献给艾青的红玫瑰——

曹积三 —— 著

曹积三随笔录

Flowers

吉林人民出版社

图书在版编目（CIP）数据

献给艾青的红玫瑰：曹积三随笔录/曹积三著 . --
长春：吉林人民出版社，2022.11
ISBN 978-7-206-19677-5

Ⅰ . ①献… Ⅱ . ①曹… Ⅲ . ①随笔—作品集—中国—
当代 Ⅳ . ① I267.1

中国版本图书馆 CIP 数据核字 (2022) 第 240704 号

选题策划：陆　雨
责任编辑：韩春娇
封面设计：上层品牌

献给艾青的红玫瑰——曹积三随笔录

XIANGEI AI QING DE HONG MEIGUI——CAO JISAN SUIBI LU

著　　者：曹积三
出版发行：吉林人民出版社出版（长春市人民大街 7548 号 邮政编码：130022）
咨询电话：0431-85378033
印　　刷：长春第二新华印刷有限责任公司
开　　本：787mm×1092mm　　　1/16
印　　张：14　　　　　字　　数：250 千字
标准书号：ISBN 978-7-206-19677-5
版　　次：2023 年 5 月第 1 版　　印　　次：2023 年 5 月第 1 次印刷
定　　价：65.00 元

如发现印装质量问题，影响阅读，请与出版社联系调换。

目 录

contents

献给艾青的红玫瑰

作者（右一）与艾青（右四）、高瑛（右三）伉俪

13 年了，那束红玫瑰，依稀仍在眼前灿灿地绽放着。

按说，送仙逝者驾鹤西去，应献白色或黄色的菊花，可我觉得，艾老是浪漫的诗人，更是世俗的反叛者，他一生追逐太阳，为光明战斗，为光明歌唱，献一束充盈着太阳颜色的红玫瑰更为合适。

于是，那天，我捧着一束如火的红玫瑰，赶到东四 13 条 97 号艾老的府上送他远行。

高瑛大姐对我说："艾青喜欢红玫瑰，他在天堂里看到你的花，会高兴的。"

我感到一阵宽慰。

后来得知，艾老走后，赶来献花的人络绎不绝，所献之花，在清理时满满地拉走了两卡车，还没有运完。可以想见，有多少爱他的读者和朋友，有多少颗虔诚的心！

戴红领巾的时候，我因读到《大堰河》而晓得了艾青这个名字。岂料这位可敬的诗人命途多舛，"潘多拉的匣子"一直伴随着他。他的诗集也一度被图书馆"禁借"，为此，我曾倍感困惑和惆怅，但不管有人怎么往他身上泼污水，那些美丽的诗行仍令我的心头发烫。值得庆幸的是，云谲波诡里，虽经七灾八难，他终于挺了过来，如同涅槃的凤凰。然而，直到 1988 年的初秋，我才得以见到心仪多年的诗人。

那是一个下午，北影有个剧组开机，约我去探班。

告说，拍摄地点在东城丰收胡同 21 号四合院。

到了那里才知道，那是艾老的家。

这房子，是 1956 年经周恩来总理批准，艾青用他的稿费购置的。1957 年"反右"后，诗人带着家眷离开北京，去北大荒的南横林子，又去新疆的八连等地，经过 21 年的颠沛流离，在王震将军的关照下，才又重新回到这里。

处于京华一隅的这个小院，像是远离尘嚣，别有一番天地，它静谧、安适，特别是那斑红灿烂的花木和葡萄架上缀满的果实，更平添了几分温馨。

拍戏，是桩扰人的活儿，把原本整洁的院子弄得很凌乱。艾老的夫人高瑛大姐秉承了我们胶东人的性子，古道热肠，对此毫不介意，还替剧组找东拿西，不停地张罗着……

小憩时，她从葡萄架上剪下葡萄，请大家尝鲜。

就在这时，我望见艾老透过书房的窗子，正笑吟吟地望着我们。

我急忙去向他问好。

那天，艾老身着中山装，笑容可掬，毫无凌人之势，热诚得如同相识多年的朋友。我们聊起了电影，他告诉我，他很喜欢电影，在延安的时候，放的是几部苏联的原版影片，没有翻译过来，一边放一边由萧三翻译，人们看得津津有味。如今，我国的电影进步很大，可惜，他眼力不济了。

我探问艾老："诗和电影，您更喜欢什么？"

他微微笑道："鱼，我所欲也；熊掌，亦我所欲也！"

艾老对于电影与诗的见解是独到而深刻的。

他说："电影与诗，尽管是不同的艺术形式，但本质上是相通的。银幕，是用真善美的内容展现生活的诗情、诗意；诗，也恰如电影一样，写出美的意境、美的画面来，才能打动人。电影，是银幕上的诗；诗，是纸上的电影。"

说得多么的精当，点到了诗与电影的真髓。

我告诉艾老，我自小就读他的诗，从背诵到理解，再到渐渐悟懂，一路相随。觉得艾老的诗不仅富有哲理，而且有画境，就像一幅幅电影的定格镜头，叫人遐想无限。

他笑了。

摄制组在艾老家拍了好几天，有时折腾到夜里很晚，高瑛大姐觉得拍电影的年轻人太辛苦了，便心疼了。不但没有厌烦，还精心做了好几顿她拿手的打卤面招待大家。

那些天里，艾老忙完自己的事情，总是坐在廊下的椅子上，饶有兴趣地观瞧着人们的劳作。这倒使组里的人们有机会和崇敬的诗人一起合影，留下珍贵的纪念。

艾老夫妇对电影的喜爱与支持，让人心里暖暖的。

1990年春天，编罢《中国影人诗选》，想到这是史上首部电影人的诗歌大成，序请阳翰笙先生写就，封面题字非艾老莫属。

我便把想法告诉高瑛大姐，大姐爽快地说："我去给你说，艾青肯定会答应的！"

艾老果然满足了我们的心愿。

当我拿到艾老的墨宝，心里充满对艾老和高瑛大姐的感激！谁能料想，就在艾老为《中国影人诗选》题签后的第三天，也就是1990年3月21日，他去中纪委招待所参加中国解放区文学书系编委扩大会时，跌倒在洗手间里，右臂不幸骨折。最后，时年八秩高龄的艾老，不得不切除了右肱骨头，装上了假体。此后，再也无法自由运笔，挥毫题字了。

《中国影人诗选》竟成为他留在这个世界上的最后题签，这是艾老与电影人的莫大缘分！

当我再去拜望艾老时，艾老满面春风，没有因为胳膊里装了假体而沮丧，尽管有说不出的痛苦，但坚强、坦然、幽默依然。

高瑛大姐告诉我，艾老曾与探望他的诗人邹荻帆有过一番苦涩的趣谈，他说："我这个人真奇怪，老是在右边出毛病。1959年在农场割麦子，右腿膝盖被镰刀割了个大口子，一个多月不愈合，腿连弯都不能打，就更不用说走路了，受了不少罪。1988年在自己家小院里跌了一跤，右眼眶起了个大疱，引起脑血肿。这一次又摔断了右胳膊，真是太巧了，都是发生在右边。"

说罢，朗然一笑。

艾老笑谈天灾人祸，罹难从容，风雨淡定，好一个豁达人生！

艾老走了，已经13年了，但悠长的岁月抹不去对他的敬重和怀念。

这敬重和怀念，就是我们献给他永不凋零的红玫瑰。

（载 2009 年 8 月《文汇报》"笔会"）

夏公：大爱之旗帜

对夏衍先生，人们都爱称其夏公，既有亲切，更有敬重之意。

20 世纪 30 年代，他便是上海地下党的电影领导小组组长，中华人民共和国成立后，又长期担任电影方面的领导职务，"文革"后，他仍是电影工作的主心骨。从左翼电影到红色经典时代，他是新中国电影的带路人，也是一面大爱之旗帜；他有丰富的创作实践，也有服众的著述，更有培养人才的成就，电影人视其为权威。

张骏祥先生对夏公有一妙比："中国电影的老保姆、老园丁"，恰如其分，岂有他哉！

夏公的创作思想影响了几代电影人；其作品也伴随着几代人的成长。

其实，他不仅是中国电影的开路人、领导者，更是老资格的职业革命家。20 世纪 20 年代初，赴东瀛留学期间，就经孙中山介绍，加入革命营垒。1927 年，他于上海加入中国共产党，随后长期开展地下斗争。在极为险恶的环境中，为人民立下许多不为人知的功勋。他是条"大鱼"，敌人无数次撒网捕捞他，一次都没有成功。可谓遇险无数，九死一生。

他将从事的电影工作视为党的事业的一部分。20 世纪 30 年代，从开场戏《狂流》开始，到后来的《春蚕》《前程》《上海二十四小时》《脂粉市场》等，他始终把阶级压迫下的苦难民众作为关注的焦点。阶级斗争的你死我活、百姓的疾苦与挣扎、知识分子的苦闷、彷徨与抉择成为他作品的主题。

特别是当中华民族面临灭族灭种的危亡之际，他怎么可能将电影变成宣扬声色犬马、醉生梦死的劳什子，而必然将其变为唤起民众、奋起反抗、决绝战斗的鼙鼓和号角。他为田汉充实的剧本《风云儿女》，以及《同仇》《白云故乡》《时代的儿女》《自由神》《女儿经》《压岁钱》等都是这样的热血之作，时代之声。

夏公的"武器"，除了电影，还有报告文学和话剧，如《包身工》《心防》《法西斯细菌》《上海屋檐下》等等。他在银幕和舞台上，两栖作战，都是心系民族的前途与命运，充满对人民的大爱，跃动着一颗赤子之心。正如他自己所说："我的一生是与祖国命运、人民利益紧密联系在一起的，年轻时，我即把国家昌盛、人民幸福当作理想来追求。回首走过的路，无怨无悔。"

在夏公的电影花地上，有一片奇葩格外耀眼，那就是他改编的作品。

改编名作家的名篇是夏公的拿手好戏，堪称绝活。20 世纪 30 年代的《春蚕》，由茅盾的同名小说改编；中华人民共和国成立前夕的《风雨江南》，则改编自葛琴的小说《结亲》。

中华人民共和国成立后，他又相继把鲁迅和茅盾的小说《祝福》《林家铺子》搬上银幕。随后，又将陶承的回忆录《我的一家》改编成《革命家庭》，将巴金的《憩园》改编成《故园春梦》，将罗广斌、杨益言的《红岩》改编成《烈火中永生》。这些作品，都是中国电影红色经典时代的力作，有的堪称经典。

夏公之改编，绝非依样画葫芦，既忠实于原作精髓，又不被原作所束缚，总是依据自己的审美精神和生活体验，对人物和情节加以独特的创造，赋予时代精神，使作品有所升华，或开掘出深一层的主题意义。

他在改编之后，常有深沉的凝思，写下经验之谈。诸如《杂谈改编》《谈〈林家铺子〉的改编》《漫谈改编》《对改编问题答客问》等等。

这些对实践的审视、剖析和总结，既形成了夏公自己的理论，也为后学者提供了有益的借鉴。放眼影坛，对于改编，既有系统的理论建树，又有丰富的成功实践，将二者结合得如此完美者，唯夏公独步。

著名导演如谢铁骊、王家乙、谢晋、桑弧等都沐浴过他的恩泽。

对谢铁骊原名为《二月》的剧本，改动有160多处，最后，将剧名加上"早春"二字，也是由他建议的。在分镜头剧本上，他再次提醒道，将《二月》还是改为《早春二月》为好，点出"早春"二字比较醒目些。同时，还对剧中人物的拿捏把握提出中肯的建议，譬如对于钱正兴这个人物，就提示不能将他处理得很轻浮滑稽，更不宜丑化，等等。

《五朵金花》导演王家乙告诉我，剧本初稿写的是金花十二朵，夏公摇头道："多了，只写五朵。"随后，作者边写他边改，直到开机。对于影片的整体构想，夏公言之凿凿："拍一部轻喜剧。要好看，耐看，人人爱看。别摆架子说空话，政治口号会让人疏远，片子里不要喊了。"王家乙一听，有些惊讶，夏公一脸的笑："你只管拍，出了问题，我负责！用不用我写个条子？"王家乙连连地摆手。

影片《五朵金花》剧照

王家乙拿着"尚方宝剑",率领摄影王春泉、美术卢淦、作曲雷振邦等一干人马,乘着一条独木舟沿澜沧江顺流而下,去橄榄坝接地气,又去大理三月街、蝴蝶泉等处采风……他们终于采撷到生活中的芬芳,将一部人美、歌美、景致美、人情美的影片呈现在观众面前。

影片映出,一个美字惊艳了影坛。不仅赢得国内的观众,也受到海外影迷的追捧,它先后在46个国家和地区映出,创下当时国产片在海外发行的最高纪录。

在第二届亚非电影节上,王家乙赢得"最佳导演"的盛誉,主演杨丽坤捧得"最佳女演员"桂冠。

夏公的创作,并非顺风顺水,曾承受过巨大压力,甚至被威胁、被批判、被罢官。

对于将陶承的回忆录《我的一家》搬上银幕,康生就再三阻挠,开始称不知道有陶承这么个人,言外之意她是假的,不真实;继之,又声言回忆录所歌颂的是错误路线,并威胁道:"片子拍成了我也不看!"

夏公不以为然,反驳道:"即便在错误路线时期,为党牺牲的同志,我们也应该铭记他们,学习他们那种勇敢地为人民的利益,为党的事业奉献自己的精神。"

康生并未就此罢休,1962年12月,他在党的八届十中全会上说利用小说进行反党活动是一大发明,由此展开对夏公的围剿。

夏公精心扶植的《早春二月》,成为炮制"大毒草"的证据;倾注夏公激情的《烈火中永生》,遭到他们的横加挞伐。

夏公呕心沥血创作的一部部优秀影片都变为他的"罪状"。

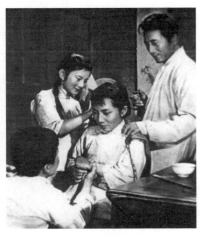

影片《革命家庭》剧照

就这样，夏公成了"资产阶级文艺黑线"的代表，他的文化部副部长职务也被罢了官。

在电影艺术家中，夏公是最有名望的革命家；而在革命家中，他是最有成就的电影艺术家。

夏公是集大爱、小爱于一身的人。生活中，他有许多雅好，爱猫、爱集邮、爱画、爱花，充盈着诗情。

夏公爱猫如子。他曾有过一只非常疼爱的大黄猫"博博"。"文革"中他被抓走后，猫咪一直等着主人回来。"博博"很有灵性，一遇到"造反派"来抄家，它就赶紧爬到树上，或蹿上房顶藏起来。"博博"天天等着主人归家，整整等了八年零七个月，等得它不能进食了，仍坚持在家里等着，等着，终于等到主人出狱的那一天。当夏公拄着拐棍回到南竹竿胡同 113 号的家，"博博"神也似的站了起来，跑了过去，用身体擦蹭着夏公那条被打折过的右腿，"喵喵"地叫着，眼里透出无限的眷恋……

第二天，它便倒在地上，再也没有起来。为此，夏公伤心多日。

夏公是位集邮大家。他藏有 1878 年我国印制的第一套邮票清代龙票，包括大龙票、小龙票和红印花票，皆为稀世珍品，价值连城。他把包括这些邮票在内的 233 件珍贵邮品，悉数捐给了上海博物馆。与此同时，夏公还把珍藏的"扬州八家"稀世珍品 25 件，齐白石 30 件及吴昌硕、黄宾虹等名家 101 件书画，捐献给了浙江省博物馆。他把自己的小爱奉献给了大爱。

因工作的机缘，我得以多次见到夏公，他的讲话总让人长见识，叫人感到新鲜。凡抨击时弊，令你振聋发聩。

编《中国影人诗选》时，我收录了 1984 年夏公致宋振庭信中的那首打油诗《整人》，这虽然是一首打油诗，内涵却不可小觑。这是夏公对整人的厌恶、反思和省悟。纵观几十年风云变幻，他荣辱沉浮，透过这诗，可窥见其内心的坦然、淡定和从容、达观。

那一年，在北京民族文化宫举办电影界的重要座谈会，我担任记录。会议结束后，送夏公回去，同他握别时，觉得他的手很有力量，让我很惊讶；更惊讶的是，他拉着我的手，问及我的工作和写作的一些情况，激励和关爱尽显其中。夏公尽管身系要务，却还挂记着下面的工作人员，叫人顿生感慨。

1995 年 2 月 6 日，享年九秩又五的夏公溘然长逝，以他为代表的一个时代——中国电影的红色经典时代告一段落。

可我的心头，一直响着阳翰笙先生在为《中国影人诗选》作的序言中，引用夏公的那首诗：

献给一个人，

献给一群人，

献给支撑着的，

献给倒下了的；

我们歌，

我们哭，

我们"春秋"我们贤者。

天快亮，

我们颂赞我们的英雄。

已经走了一大段路了，

疲惫了的圣·克里斯托夫，

回头来望了一眼背上的孩子，

啊，你这累人的，

快要到来的明天！

他没有走，在银幕上，在书卷中，在心庭里。

百年夏公，一个大写的人，矗立在天地之间。

（载 2020 年 11 月《文艺报》）

国魂田汉

田汉与夫人安娥雕像

现代中国，艺苑巨匠，倘有不朽者，当数田汉。

在他的人生回放中，有两组镜头，令人颇为感慨。

A组镜头：1949年10月1日，开国大典。

天安门城楼上，毛主席向全世界宣布，中华人民共和国成立了！

随之，天宇间响起悲怆、雄浑、激越的国歌《义勇军进行曲》……

观礼台上，它的词作者田汉作为革命有功之臣，文化精英代表，欢欣鼓舞，感受这开天辟地的一刻。

金水桥下，其长子田申担任华北坦克团代团长，率领战车团隆隆向前，接受检阅。

田汉望着万众欢腾的广场和那滚滚的铁骑，激情澎湃……

B组镜头：1968年12月10日，京城囹圄般的医院。

沉疴在身，极度衰弱的田汉，哀求看守，允许他见90岁的老母亲最后一面，只看一眼，遭到痛斥而不准。

他被"叛徒""特务"双料加身，饱经摧残后，与他深爱的共和国黯然诀别。

巍巍国魂，莽莽田汉，轰然倒下，其遗躯竟冠以"李伍"之名，焚于烈火。凤凰涅槃，飞向了天国。

此时，街上的大喇叭正在播放歌曲：

> 同学们！大家起来！
> 担负起天下的兴亡……
> 我们今天是桃李芬芳，
> 明天是祖国的栋梁……

这是为欢送那一队队上山下乡的知识青年播放的。

他们也许并不晓得，这《毕业歌》的词作者，正是"罪大恶极"的田汉。

豪壮的歌声，响遏行云，好似在为抗战时期曾资助和指引许多文艺青年投奔延安的"田老大"、当代的关汉卿壮行。

田汉的《义勇军进行曲》和《毕业歌》，其实都是电影歌曲，它们分别出自影片《风云儿女》和《桃李劫》。

1934年年底，田汉便在上海投入《风云儿女》的创作。剧本讲述了流亡诗人辛白华和挚友梁质夫所走的抗日道路，表现青年知识分子在民族危亡关头，从苦闷、彷徨到醒悟，奔向革命的内心嬗变。

剧中由袁牧之饰演的诗人辛白华写有一首长诗《万里长城》，其中的一节，便是后来的国歌《义勇军进行曲》。

1935 年 2 月，剧本刚刚杀青，田汉即被反动当局逮捕，押解南京。作曲家聂耳闻讯后，找到党的电影小组组长夏衍，主动请缨，为影片谱曲。

是年 7 月，田汉被营救出狱时，由许幸之执导的《风云儿女》已经公映。

田汉欣慰之际，惊悉聂耳在东瀛不幸溺亡，悲恸至极，想不到《义勇军进行曲》竟成他们二人合作之绝响。

田汉看到聂耳对其歌词作了些微的改动，原词中"冒着敌人的飞机大炮前进"，改为"冒着敌人的炮火前进"，而"前进"后面，又增加了个"进"字，以强调语气，增加节奏感。看罢，他暗暗叫好。聆听着聂耳的曲子，他不禁双眼盈泪，深感聂耳极完美地体现了自己所要表达的民族呐喊与怒吼；体现了中华民族不可战胜的意志与精神。

他多想对聂耳表达感激之情，怎奈阴阳两隔！不禁悲从中来，他脱口吟道：

> 一系金陵五月更，
> 故交零落几吞声。
> 高歌共待惊天地，
> 小别何期隔死生。
> 乡国只今沦巨浸，
> 边疆次第坏长城。
> 英魂应共狂涛返，
> 好与吾民说不平。

随着影片《风云儿女》的放映，《义勇军进行曲》的歌声迅速传遍中华大地，在民族危亡之际，成为激励中国军民团结救亡的号角和鼙鼓，足以告慰聂耳了。

画家徐悲鸿第一次听到《义勇军进行曲》时，万分感慨，称："消沉的民族里，乃有田汉的呼声，闻其词调，当知此人之必不死，此民族之必不亡。"

教育家丰子恺曾描摹这样的情景：荒山野岭的小村里，也有"起来，起来""前进，前进"的声音出于村夫牧童之口。都市里自不必说，长沙的湖南婆婆，汉口的湖北车夫，都能唱"中华民族到了最危险的时候"。

写有《中国大历史》，参加过远征军的美籍华人史学家黄仁宇回首当年，无限感慨："在成都青羊宫，不知唱过多少次'我们万众一心，冒着敌人的炮火，前进！前进！进！'那振奋人心的吼声至今音犹在耳。"

建筑学家梁思成在耶鲁大学讲学时，于纽黑文湖畔散步，忽闻清脆的口哨声，顿时，令他心头一热，那不是《义勇军进行曲》吗？

教育家陶行知参观埃及金字塔那天，好熟悉的旋律随风飘来，回眸一望，但见骆驼上，有人正在哼唱《义勇军进行曲》……

1940 年，著名的歌手保罗·罗伯逊在美国许多地方演唱《义勇军进行曲》，不仅在美国唱，而且一直唱到莫斯科。他说，这首歌代表着这个民族不可战胜的精神。能够演唱这首歌，是件乐事，更是一种殊荣。

也许，田汉不曾料到，他的歌会飞跃千山万水，传遍世界。正如他没有料想自己会成为名扬天下的时代歌手一样。

影片《风云儿女》剧照

田汉的歌，大多是通过电影传播开来的。然而，电影歌曲的初始目的，是以渲染情节、塑造人物、强化主题为宗旨。他写的歌，无论是主题曲，还是插曲，都很好地完成了这一使命。有的还弥补了剧本人物的不足，有的甚至提升了影片的主题意义。随着岁月的沉淀，人们已经淡忘了某些影片，然而那片中的歌曲依然独立鲜活，且越发地脍炙人口。

田汉曾为十多部影片撰写歌词。他的词，既有《义勇军进行曲》《毕业歌》《开矿歌》《青年进行曲》那样的黄钟大吕，也有如《四季歌》《天涯歌女》《夜半歌声》《告别南洋》这样的浅吟低唱。尽管它们风格和气象有异，但都写得是那般的隽永，那般的俏美，充盈着一个情字，即便不唱，读起来也撞击心怀。

田汉是左翼电影的先驱者。

中共的电影领导小组成立于1933年3月，他1926年便开始电影创作。尽管他编导的《到民间去》和《断笛余音》两部影片，因故未能玉成，半途梦断，但昭示他的银海远航已扬帆启程。

越年，导演卜万苍将他的《湖边春梦》搬上银幕，标志着田汉正式踏入影坛。

1932年，他的《三个摩登女性》公映，这是最早的一部左翼电影。

影片塑造了三个不同生活面貌的女性，展示她们不同的情愫和精神状态。追求官能享受的虞玉和伤感殉情的陈若英，成为否定的对象，而对肯于为大众利益英勇奋斗的周淑贞大加褒扬。

作品提出了一个尖锐的时尚问题：什么是真正的摩登女性？回答是：只有能够自食其力，最理智、最勇敢、最关心大众利益的才称得上是当代最摩登的女性。

洪深高度评价这部影片的现实意义，称："它已经不单将妇女当作作品的题材，而严肃地接触到妇女解放问题与整个社会问题之解决的关系。"

1933年，田汉接连推出《民族生存》《肉搏》和《烈焰》三部正面描写抗日战争的电影剧本。"一·二八"上海抗战之后，他就明确指出："最广大的紧迫的现实问题，目前已不是旱灾水灾，而是帝国主义的侵略。""一切艺术家，特别是电影艺术家，应该为这一严重问题而奋起，从艺术上反映这一沸腾全国劳苦民众热血的题材。"

随后，他又相继完成著名的国防电影《风云儿女》和《青年进行曲》等。他的每一部作品，都与抗日的大局血脉相通，与民族和苦难的大众共系着命运，因此，他走在了时代的前列，成为左翼电影的领军人物。

田汉一生共创作了30多部电影剧本，他曾坦言："对于电影这一新兴艺术，我也是有甚大野心的。"

这个野心，并非个人的名利，而是利用这片园地为民族和大众效力。

他说电影艺术"是一把无坚不破的斧头"，是"组织群众、教育群众的最良工具。所以我们应该坚决而鲜明地使用它"。

在民族解放的斗争中，田汉执矛持戈，骁勇无畏，他不仅是电影的先驱者，也是电影事业的卓越组织者，其对电影的历史贡献是独特的，无可替代的。

田汉是位才华横溢的旷世大家，成就遍布电影、戏剧、诗歌和文艺批评多个领域。

民比天大，为民请命，是其作品熠熠闪光的魂灵。

他因写下国歌，而使电影格外荣光。

泱泱华夏，《义勇军进行曲》与山河同在。

国魂田汉，恰似那千古屹立的长城。

（载 2016 年 10 月《天津日报》"满庭芳"副刊）

梅兰芳之银灯华影

那是一个上午，我去北太平庄阳翰笙先生家取其为《中国影人诗选》撰写的序言。谈话间，请教翰老："梅兰芳和欧阳予倩，是否应入影人之列？"他笑曰："这两位的艺术成就是多方面的，可以称之为不朽。纵观他们的一生，主要的作为在戏剧方面。当然，他们对于电影的贡献也是相当大的。"

那天，翰老谈兴颇高，说到梅兰芳，他赞叹："梅先生不仅继往开来，创门立派，开京戏新风。入门电影后，也大刀阔斧地走创新之路，有很多独特的创见，拍摄的《春香闹学》《天女散花》，在无声电影时代具有开山的意义。后来又在国内外拍摄了多部舞台纪录片和舞台艺术片，具有艺术文献价值。"

……

翰老的话是权威性的。电影界曾有过梅兰芳和欧阳予倩这样的人物让人颇感自豪。

梅兰芳闪亮影坛，始于 1920 年 5 月。

但是，他走进影院，观瞧这"西洋景儿"，则在 1905 年。那时，他只有 15 岁，已在红氍毹上成为名角。好奇与好学之心，驱使他常去北京南城大观楼影戏园，观瞧丰泰照相馆拍摄的京戏《定军山》片段。尽管那是默片，他却看得津津有味。一是觉得新鲜，二是能从人家的表演上学到东西。他一直为自己在台上唱戏，却无法看到自己的模样而遗憾。倘若能看到，就能晓得不足之处啊。于是，看着看着，便萌生了拍电影之念头。期盼电影这面镜子，能够照见自己在舞台上活动的情景，那该有多么的惬意！

事有凑巧，上海商务印书馆为拓展业务，在老板夏瑞芳和高梦旦的力主之下，于 1917 年收购了一家美国商人的亏本公司，建立了活动影戏部，开始进军影业。他们先是派人去东瀛考察，而后决定拍摄风景、教育、时事、新剧、古剧五类题材的片子。但古剧一项，尚无着落，适逢 1920 年春末，梅兰芳率梅剧团来沪在天蟾舞台演出。商务印书馆董事、有"商务四老"之一美誉的协理李拔可，与梅兰芳曾有过从，梅兰芳抵沪不久，他便请梅兰芳到当时颇负盛名的"小有天"吃"佛跳墙"，席间，李拔可盛情邀请梅兰芳出镜拍电影。这正是梅兰芳多年的夙愿，便一拍即合。

拍哪出戏呢？影戏部的主任陈春生提议以《天女散花》开山，梅兰芳沉思良久道："这出戏可拍，不过可以放一放，先拍《春香闹学》如何？"

李拔可自然同意了梅兰芳的选择。

梅兰芳当即表示，拍戏免掉酬金，分文不取。

这让在座者敬佩之至。

当时，没有导演、制片，更没有其他主创部门的人马，剧组的一切，均由梅兰芳一人统筹、定夺，独掌"三军帐"。商务印书馆只出廖恩寿一人担任摄影。

《春香闹学》是昆曲汤显祖《牡丹亭》之一折，梅兰芳出演丫鬟春香，姚玉芙饰杜丽娘，李寿山扮老师陈最良。

那阵子，梅兰芳晚上要在天蟾舞台演出，只能用白天休息的时间，筹备拍电影之事。

经过半个多月的筹备，《春香闹学》于 1920 年 5 月中旬开镜。

拍摄，设内、外景两地。

初涉影坛的梅兰芳，便有将内、外景分开的空间变幻之想，可谓天才。

内景在上海闸北宝山路，商务印书馆照相部的大玻璃棚内拍摄。

影片的第一个镜头从特写拉开，随着一柄折扇的徐徐展毕，露出春香的明眸俏嘴，随之，是那顽皮而逗人喜爱的笑脸，春香就此出场。然后，《弄粉调朱》《贴翠拈花》《理绣床》《烧夜香》……诸情节次第跌宕而出。表演者的服饰、化妆和布景如同舞台演出时别无二致，只是将桌椅等换成了红木家具。

但梅兰芳飘逸灵动的身段和可人的表情，令人物神采飞扬，十分动人。

外景地，选在苏州河畔的"淞社来"。

那是一处私家花园，园中虹桥曲架，假山绕水，花木争荣，满眼闪翠。所拍情节是春香假借"出恭签"去逛花园那节戏。此情节原本是舞台上的暗场，梅兰芳将其变成电影中的明场，着意塑造人物性格。在《捕蝶》《拍球》《打秋千》诸情节中，梅兰芳设计了种种柔美的身段戏，婀娜多姿，令人称奇。只是那打秋千，让他颇费踌躇。因为他不曾玩过这劳什子，上去之后，便不知如何驾驭。好在歪打正着，这恰恰符合了春香既活泼无羁又怯怯胆小的性格。

梅兰芳拍摄的第二部影片《天女散花》，取材于佛教"维摩诘经"里的神话故事。梅兰芳饰天女，姚玉芙和李寿山分别扮花奴和维摩。此片不设外景，镜头全部在天蟾舞台拍摄，摄有《众香国》《云路》《散花》三场戏。其中，《云路》一场尤为精彩。它表现天女离开众香国后，沿途所见风光。

这段独舞戏，凸显了他的卓越才情。

他在角色胸前精妙地设计了两根绸飘带，长逾丈七，宽过一尺二寸，飘飘扬扬，如同两道彩虹凌空飞舞。他挽之，舞之，蹈之，展示了天女在佛光普照之下，御风而行的神奇景象。时而如大鹏展翅，时而似仙鸟翩跹，时而像蛟龙入海，霓幻万般。这场戏，舞蹈的动作幅度大，身段变化多，且要一气呵成。镜头前的他，真个是隐现如神，缥缈似仙，令观者惊愕不已。

有人吟古诗予以盛赞：

罗袖动香香不已，
红蕖裊裊秋烟里。
轻云岭上乍摇风，
嫩柳池边初拂水。

梅兰芳饰《天女散花》之天女剧照

梅兰芳有云："当年编旧戏的，总出不了两种用意。有的专重唱功，有的讲究做、念。为的是好让有嗓子和没嗓子的演员们，都能在戏剧上发挥他们的本领。自然也有一种唱、念、做、打全重的戏，那就不多了。因为要想找一个合乎这四样标准条件的角色，实在是不容易的。"而梅兰芳恰恰是这样的全才，在《春香闹学》和《天女散花》两部影片中足见端倪。

在最初的两部影片中，他就开民族电影风气之先，为中国电影涉世立下丘山之功。其创建多多，诸如：天女的服饰，一反传统，根据古代画像而设计；天女的头饰也是别样的发髻，摒弃了传统的"大头"。同时，采用了活动布景，特别是运用了特写镜头和叠印的特技镜头，十分难得。

影片制作完成后，曾在全国多地映出，并发行到海外及南洋各埠，皆受到热烈的追捧。它不仅让人聆听了梅兰芳的优美唱腔，而且目睹了他翩若惊鸿的舞蹈，从此改变了人们听戏不看戏的陈旧观念，也扭转了海外特别是西方人对中国戏曲的偏见。

不幸的是，《春香闹学》和《天女散花》两部影片，毁于"一·二八"淞沪抗战的日寇炮火，侵略者的罪恶让我们无法再欣赏到梅兰芳当年的杰作了！

他的影坛生涯并未就此止步。

随着梅剧团在世界的演出，他的戏剧形象，逐渐登上世界影坛。

1923 年，英国电影公司将他的《上元夫人》之片段搬上银幕。

次年，日本宝冢电影公司为他拍摄了《霓虹关》之《对枪》和《廉锦枫》之《刺蚌》。

1930 年，《刺虎》由美国派拉蒙影片公司拍成他的第一部有声片。

1934 年，《霓虹关》之《对枪》亦由苏联爱森斯坦拍成有声片。

1958 年，苏联导演科米萨尔夫斯基为他拍摄了首部全景电影《霸王别姬》之《剑舞》。

此间，留下许多美谈。

1930 年 2 月，梅兰芳率梅剧团在纽约 49 号街剧院演出《刺虎》《汾河湾》和《打渔杀家》，连演了两个星期，场场爆满。

是月 27 日晚，派拉蒙公司来为他拍有声新闻纪录片，并请教他拍哪部为好。

恰巧那天的大轴是《刺虎》。他略一思忖，决定拍假扮宫女费贞娥的刺客向"一只虎"将军敬酒的一节。

戏中，他出演刺客，刘连荣扮绰号"一只虎"的大将李固。

因为派拉蒙公司特别强调：要拍一段角色齐全的场面；而且，要多拍几个梅兰芳个人的特写镜头。

梅兰芳想道：这一场，刺客戴凤冠、穿蟒衣、围玉带，扮相富丽俊美；表演时，唱念规矩、身段大气稳重；特别是他直面"一只虎"与背身而视的表情，迥然不同，可以睹其复杂变化的心境。而且，只有这一场，角色齐全，可以满足人家的各项要求。于是，就拍下板来。

岂料拍摄者不谙京戏的表演程式，摄制人员忙上忙下，整整拍了一夜，为时几分钟的有声纪录片方告诞生。

美国的报界刊登了梅兰芳横空出世，平生第一次拍摄有声电影的消息，轰动了世界。这消息迅速传遍了国内的大小城市。

未等梅兰芳回到祖国，这部片子就在当时北京的真光电影院与观众谋面了，成为正片之前加演的新闻片，观众趋之若鹜。与其说人们看的是正片，莫如说是专为梅兰芳的加演而来。京城大报小报纷纷刊出"梅兰芳《刺虎》"的大字广告和梅兰芳演出的剧照，成为一时之胜。

1934 年，曾执导《战舰波将金号》和《伊凡雷帝》的苏联爱森斯坦，将梅兰芳的《霓虹关》之《对枪》拍成有声片时，也有一段趣事。爱森斯坦个性倔强，对艺术的要求十分苛刻。《对枪》的许多镜头屡屡重拍，那一天，从午夜拍至天晓，仍不满意，还要重来。

梅兰芳头上的水沙网子已勒了超过五个钟点儿，额头阵阵发木，亦想卸妆歇会儿。剧组人员同样人困马乏，盼能立即收工，乐队的司鼓已下意识地将紫檀板收进了套子里，准备打道回饭店了。

就在此时，爱森斯坦走到梅兰芳面前，幽默地摊开双手，笑道："阁下，我知道，诸位这会儿都在骂我，骂我是没完没了的疯子吧？"

他晃了晃肩膀："良心知道，我没有把您的这部片子，当纪录片来拍的，而是作为完整的艺术品精雕细刻，所以一定要做到完美，完美！贵国不是有句名言：慢工出细活吗？"

他耸了耸肩膀，笑得像个孩子："梅先生，我和您一样，也想回去睡觉了。可是没把您的风采拍好，我于心不安呐！希望阁下劝劝您的诸位，能再坚持一下，如何？"

梅兰芳被眼前这位电影大师的真诚和执着感动了。

于是，他扬臂一挥，众人岂敢怠慢，镜头终于顺利杀青。

这段过往，成为国际影坛的佳话，让两位世界级的人物结下友谊，彼此都留下了难以忘怀的美好记忆。

在国内，梅兰芳从影的脚步也一直没有停歇。

1924 年，我国早期电影的开拓者之一、香港民新影片公司的老板黎民伟，从香港回到北京，为梅兰芳拍摄了《西施》之《羽舞》、《霸王别姬》之《剑舞》、《木兰从军》之《走边》、《上元夫人》之《拂尘舞》及《黛玉葬花》之片段。

为拍此片，黎民伟特意在北京真光电影院内搭起摄影棚，专供影片拍摄。梅兰芳很珍惜与黎民伟的合作，开镜前，做了许多案头准备工作，他回首先前的拍片得失，向摄影师提出要求：希望能保全戏剧的特点，特别是舞蹈动作，务必保持其连贯性。再三提醒："必须拍得似断还连，如像一块七巧板，拆散后拼得拢，使人没有支离破碎的感觉。"

梅兰芳饰《黛玉葬花》之黛玉剧照

拍摄中，梅兰芳执着地追求一颦一笑，一举一动，情节皆能与电影艺术相吻合，变舞台表演之短，为水银灯下之长，有许多的创新之处。

在《木兰从军》之《走边》中，他出演巾帼英雄花木兰，一手持枪，一手执鞭，舞出百般身段，以表现英雄征途无畏之风采及卫国思乡之情怀。

拍《黛玉葬花》时，他扮那《红楼梦》中之林妹妹。

在他的力主之下，摄制组走出摄影棚，到其挚友、银行家冯耿光之宅第花园去拍外景。那花园原本是贝子府，景色娴静幽美，与剧情中的大观园十分的相符。

梅兰芳在角色的服饰、化妆、道具的选择上，皆考虑到与花园环境色彩的协调之美，达到了人与环境的和谐统一。

为塑造林黛玉这一人物，他不仅巧用肢体语言，而且注重面部表情的细腻展现，力求"在眉宇之间，用一个'颦'字，来表达林黛玉的凄凉身世和诗人感情"。

遗憾的是，这些影片拍罢便被带往香港，令梅兰芳无法一睹其风采。只是《霸王别姬》之《剑舞》，后来被大导演孙瑜用到他执筒的电影《故都春梦》中，他才得一见。

难得的是，他心胸开阔，对此并未多怪，因为，他看重的并非结果如何，而是过程中的每一分努力和进步。

他说："这次拍片虽然比《春香闹学》《天女散花》提高了一步，但由于器材和技术条件的限制，还是谈不到成功或失败的。我个人的收获，就是又多了一次经验。"

中华人民共和国成立前夕，1948 年 6 月，曾执导《小城之春》《城市之夜》《天伦》《孔夫子》等名片的著名导演费穆，为他拍摄了中国第一部彩色电影《生死恨》。

此片系抗战时期，忧国忧民的梅兰芳为激发国人爱国救亡之热情，据明代董应翰《易鞋记》所组织创作的作品。演绎的是北宋末年，士人程鹏举和少女韩玉娘抗金救国的故事。梅兰芳出演韩玉娘，姜妙香扮程鹏举。国难期间，该戏曾在上海演出，引起不小的轰动，日寇惊恐，被迫停演。

著名电影事业家吴性栽对梅兰芳的这部具有历史意义的影片，投以巨大的热情，不仅出资，而且特意在上海成立了华艺影片公司进行运作。

费穆呕心沥血，充分地运用电影特性，对人物的唱腔、表演、化妆、服饰、场次的连接，以及灯光、布景等都有革新之举。

摄影师黄绍芬调动一切手段，将梅兰芳的凤喉玉音，娇旎身段，灵动的眼眸，丰富的表情，展露得魅力十足。特别是《洞房》《尼庵》《夜诉》《梦幻》等场，将那人物的性格和不断变化的复杂心境凸现无余。

合作期间，梅兰芳的风范，给费穆导演留下了极为深刻的印象，他如是深情地写道：

在摄制过程中，梅先生帮着所有的演员们排练，他指点每一个人，他兼做小生、小丑、老生、老旦的角色，特别是他表演那番奴的可鄙的神情，眼神的变化和面部肌肉的运动，无论如何证明了他是无比的好演剧者。

他又确是笨拙的学艺者，拿着剧本苦念，用心地揣摩，每一个字都念得十分实在。如果他想改一个字，哪怕是一个语助词，必定先要求把剧本改了，然后再照着念；念熟了便正韵定腔，高声地练习，排戏时的身段地位，一丝不苟，怎样排的，便怎样演；纵使违反他的意思，纵使在舞台技巧上是不可能的，他也可以照你意思做到。临场的机智，熟极欲流的手、眼、身、法、步，一切在旧的谨严的"规矩"之中发挥了出来，他是天才！

每天面对着这么一位巨匠，我觉得比寻常还要渺小！

费穆对于国粹和梅兰芳的敬畏之情溢于言表，无以复加。

在《生死恨》关机之后，他留下这样一段文字：

梅兰芳先生居然乾坤一掷，把他40年演剧的经验和他所得到的一般演剧家前所未有的荣誉交给了电影，有如在万丈高崖，纵身一跃，跳下了电影之海。今日摆在他和观众面前的，等于是我们电影工作者交了白卷；在各方面都没有获得预期的效果，对梅先生的损害是够大了。

此番谦辞，让人感受到费穆先生仰慕高天的谦谦君子之德。

无论怎么说，他拍《生死恨》功不可没，足以彪炳史册。

1955年至1956年间，著名影戏师吴祖光执筒拍摄了《梅兰芳的舞台艺术》上下两集。其中包括《贵妃醉酒》《霸王别姬》《宇宙锋》《断桥》《游园惊梦》，同时，还有九出经典之作《春香闹学》《天女散花》《虹霓关》《生死恨》《木兰从军》《雁门关》《黛玉葬花》《思凡》《抗金兵》之片段，可谓他一生经典作品之洋洋大观。

导演吴祖光先生曾对我聊起梅兰芳的这次拍摄，对其严谨为艺，谦逊如流的风范十分敬佩。告诉我，拍此戏时，梅兰芳已年过六秩，但每天可坚持六七个小时的拍摄工作，精神头儿不亚于年轻人；对于每一个镜头，他都在心中进行多番思量，无半点马虎；他遇事雅量，视戏高于天。

正是因为有这样善解人意的先生，有如此良好的创作环境，才使吴祖光先生排除了各种纷扰，完成了一部具有文献意义的影片，为记录国粹做出伟大贡献。

中华人民共和国成立十周年之际，夏衍先生建议梅兰芳将其主演的《游园惊梦》搬上银幕，而且，提议由俞振飞饰柳梦梅，言慧珠饰春香，梅兰芳觉得此言甚是，相当的兴奋，便应允下来。

北影厂长汪洋领命之后，在北京西长安街"全聚德"烤鸭店招待剧组主创人员。席间，导演许珂、摄影师聂晶、美工秦威、化妆师孙鸿魁、制片主任胡其明等与诸位名伶见面，影片随即开机。

导演许珂，乃中国电影红色经典时代的开拓者之一，为创建电影红都东北电影制片厂立有功勋，除执导有《光芒万丈》《杜十娘》等影片外，曾参与《狼山喋血记》《天作之合》《浪淘沙》《八百壮士》《热血忠魂》《保卫我们的土地》等多部影片的创作。在《游园惊梦》的拍摄中，他将戏曲艺术的特点与电影的本性，结合得十分精到，有了超出前人的多种成功探索。

1960 年 1 月 26 日，梅兰芳在北影放映室看到样片，甚为欣慰，说道："我一生拍了多次电影，从无声到有声，从黑白到彩色，这次是比较满意的。"

梅兰芳握着导演许珂的手说："我是根据导演您的意图，来拍这部片子的。它适应了电影艺术的特点，又保持了戏曲的风貌，后人再拍此类片子，可以根据这部电影来参考。"

显然，他视《游园惊梦》为其一生电影实践之峰巅。无疑也是对导演许珂的由衷评价。

越年 8 月 8 日，梅兰芳驾鹤西去，《游园惊梦》成为他银幕生涯大轴之作，导演许珂为其登仙奏雅。

从 1920 年到 1960 年，梅兰芳在电影的银灯下叱咤四十个春秋，可谓一生都在为民族的电影事业不倦耕耘，泼洒心血。

他以京戏为羽翼翱翔在世界舞台，结识了众多的人类翘楚、精英巨擘，诸如卓别林、萧伯纳、高尔基、斯坦尼拉夫斯基、布莱希特、戈登·克雷、泰戈尔、毛姆、约翰斯通、杰·马·贝蕾、爱森斯坦、乌兰诺娃、玛丽·璧克馥、范朋克、罗伯逊、嘉丽-古契、守田勘弥、科米萨尔夫斯基，等等。而他在京城的府邸——无量大人胡同之客厅缀玉轩，更是高朋满座，人杰济济的艺术沙龙。他的艺术造诣、丰厚的学养、银幕伟绩，就是在聆听巨擘，吸纳古今中成就的。同时，也用其京剧艺术架起我国人民与世界人民友谊的桥梁；其表演体系与斯坦尼斯拉夫斯基、布莱希特共为人类艺术的三大表演体系，成为中华民族之骄傲。

梅兰芳独一无二的银幕作品，既是无声时代先驱者的开拓之花，更是红色经典时代的夺目奇葩。

经典传世，大师不朽。

梅兰芳，乃一代艺术巨擘，何人可出其右者！梨园气象，撒月挥虹；凤腕玉管，恣意丹青；吟诗作赋，千古绝唱。陈毅元帅称其"完人"。

他的诗作含四言、五言、七言，尤以七言近体和五言古风最为精到。抒怀、言志、赠友、怀古、记胜……林林总总，风格隽永，意境高雅，美哉，壮哉！

抗战期间，其蓄须明志，绝不为侵略者唱戏，于上海梅华诗屋绘《达摩面壁图》，题言："六居面壁，不畏魍魉，破壁飞去，一苇横江。"咄咄豪气，直冲云天，家国情怀，民族气节，辉映日月。

程砚秋系梅兰芳所收开门弟子。为勉励程郎，赠有一诗：诗云："程郎晚出动京师，小影传来亦自姝，学得汝师须认体，所应有有所无无。"殷殷之意，令人动容。此诗被誉为梨园学戏之箴言。

1919年重阳，由酷爱国粹的实业家、教育家张謇出资，为梅兰芳和欧阳予倩建造的艺术馆"梅欧阁"在南通落成，梅兰芳应邀赴南通演出并致谢，特作《呈啬公并赠笑若》三首，其中一首吟道："人生难得一知己，烂贱黄金何足奇。毕竟南通不虚到，归装满压啬公诗。"诗中充满对张謇热爱京剧艺术胜于黄金之赞美，高度评价这位知己的博大襟怀和高洁人格，当然也是他自身不爱黄金只爱诗的心灵回响。

1961年5月，恰逢纪念世界文豪泰戈尔访华一周年，梅兰芳挥毫写下22句五言长诗，诗中有云："中印金兰谊，绵延千载久。交流文化勤，义最团结取。泰翁早烛照，正气堪不朽。"梅兰芳心心念念的是世界人民的友谊，其大爱之心，感天动地。

梅兰芳之诗作系中华文化瑰宝，弥足珍贵，渴望《中国影人诗选》有修订再版之日，捧梅先生珠玑纳入其中，以飨海内外读者。

（2020年3月于大西洋畔）

青城山下忆大千

胡立，是大风堂主张大千的入室亲传弟子，且是得意门生。

我喜丹青，更慕丹青手。

1983年4月，特意去青城山下拜访他。

先生伴山而居，环境很是清幽，有竹，有兰，草木葳蕤；淡湿而清新的空气漫延其间。室内陈设挺简洁，墙上只挂着一幅张大千的立轴山水，透出主人对老师的思念与景仰之情。

先生已沏好茶，在等着我们。当我接过茶盏，一股清冽的香气，悠然飘来。他说，这是青城山的"洞天贡茶"。呷一口，满嘴生香，端的不错。青城有茶甲天下，此话不谬。

遥想当年，张大千拒当汉奸，不受日寇伪职，化装逃出北平后，独独选了青城山，隐居上清宫，足见其慧眼。

"是的哦，大千师太喜欢青城山喽！"胡先生话音朗朗，"这儿哦，是他心中的乐园。"

随着他的话语，一个痴情于大自然的画圣浮现眼前。

每日里，张大千除了手捧书卷、挥洒丹青，便置身于山野之中，拜望千峰万仞，细品草木百花。

他听流泉，看飞鸟，拂野竹，望云海……乐此不疲。

他常常伫立于老松之下，盼顾远峰近岚，久不言声。

眉间挂风去，指尖捻画来。

雨后的夜晚，竟身披薄衫，举步登高，手捋长须，瞧那秋月透过枝丫洒下的清晖，与艳阳高照时的婆娑树影有何不同。

"大千师笃信，毫端万景，皆源于自然造化。而这造化，变幻万千。只有悉心观察，才能笔下生花。"

"大千师常说，人间有两部书，一部是有字的，系前人所写；另一部则是无字的，为自然造化。两部书都要读好，方能成器。"

"大千师叮嘱我，一定要画自己最熟悉的东西，而且，要用心去画，才能如登山一样，一步一层天。"

忆起老师的教诲，胡立感慨系之："这些至理名言，影响我的一生。"

1943年，胡立于上清宫拜大千为师，成为大风堂的门下。此后，跟随张大千，耳濡目染，学得精要。师古不忘师造化，令笔下丹青，具有感人的生命活力。

在大千师的悉心调教下，他的青绿山水，兼容宋之格局、元之意趣，笔力精俏，构思巧雅，出于蓝而胜于蓝。其代表作《青城四十景图》《蜀山新象》《离堆春雪》《青城烟云图》《都江堰的春天》等作品，精美照眼，气象非凡。

胡立的画，曾呈毛主席观赏，这是他难忘的回忆。后来，又应邀为人民大会堂和天安门城楼绘画，其作品广有影响。

"我算得上是个专情的人，一生苦心孤诣，只画都江堰和青城山，画了大约一千幅。如果没有'文革'，也许会更多。"他说着，眼里泛着泪光，"都江堰，是爹娘生我养我的地方；青城山，是识得再生父母，我的拜师之地。这里的一水一石，一草一木，都如同我的血和肉。"

说罢，他展纸，挥毫，为我画了一幅《秀水都江堰》。上署"积三同志法正癸亥三月胡立写于玉垒山居"，又钤"青城胡立"的朱红方章。

先生对都江堰实在是熟稔于心，作起画来得心应手，对故园的挚爱之情跃然纸上。

"大千师云游在外，也非常想念四川老家。可惜，他未能回得来。"胡立的话音里，有无限的遗憾。

思乡，是张大千晚年的心结，他曾写道：

> 海角天涯鬓已霜，
> 挥毫蘸泪写沧桑。
> 五洲行遍犹寻胜，
> 万里归迟总恋乡。

读了，有谁能不为之动情呢？

胡立先生告诉我，大千师曾托人几经辗转将一幅画作从台湾送回四川，表达他的思乡之情。为防不测，题款的印章，是夜里，摸着黑，钤上去的，所以，章子上下颠倒了。见到那带着老师体温的猩红印章，他如何忍得了泪水……

胡立先生为了款待我这位远方的客人，特意包了饺子。更让我惊奇的是，那醇香的米酒、可口的泡菜、独具风味的"老腊肉"，都是他的手艺，而那滋味鲜美的小菜，竟也是用他亲自挖来的竹笋烧制的。

他一面为我斟酒，一面说："大千师在青城山时，经常带着我去采蘑菇、找野菜、挖竹笋……而且，他乐得上灶，炒的青菜，碧绿如鲜；他做的'狮子头'和粉蒸牛肉，与众不同，尝过的人无不称赞。"

先生仿佛又回到了在大千师身旁的岁月，脸上洋溢着激情："有一天，刚送走来吃饭的客人，大千师对我说，做饭烧菜岂可小觑，这也是艺术。烧不好菜，难成一个懂得滋味的好画家。所以，从那时起，我就暗暗地跟着他学厨艺。"

"你知道大千师是怎么评价自己的厨艺和画艺吗？"

我当然很懵懂。

"大千师说，'我的画与菜相比，菜，当然在上'。"

我听了，吃惊不小。

张大千毕竟是张大千。

（载 2015 年 4 月《文汇报》"笔会"）

美名压枝赵清阁

赵清阁爱雪，喜梅。

冬来初雪，便将那寒英六花储于瓷罐，用来烹茶，与友人共享，说那滋味甘冽无比，妙不可言。她多有情谊甚笃的朋友，除了文化名士亦不乏政坛要人，邓颖超先生常在元旦前后，从京城寄来几枝梅花，与其共迎新春。

清阁先生清丽倩婉与威武豪气融于一身。

1940年，左明因肺疾由延安到重庆就医，清阁先生与安娥、章泯、俞珊等人解囊相助，左明病情日重，她便去红岩村向周恩来求助，终使燃眉之急得以解决。

1942年，王莹与谢和赓赴美，清阁先生料其此番远行，浪迹他乡，不知会遇到什么困难，便将自己最值钱的家当——一枚心爱的金戒指巧妙地送给了王莹。

王莹到了美国，就是在最拮据的时候，也没舍得卖掉它。因为，她觉得这份情谊，深似沧海，重于泰山。

赵清阁是位奇女子，天赋异禀，才华横溢。一干美名，如花压枝：第一位将《红楼梦》搬上话剧舞台的剧作家、主编《弹花》文艺的编辑家、师从齐白石的画家、惠泽鲁迅点拨的作家、文坛第一好字的女书法家。然而，自1933年进入上海天一电影公司始，到离休于上海电影制片厂，她的一生，都氤氲在电影的氛围中。

在影坛的银灯下，最初她为《明星日报》撰稿和做些杂活，如1935年为左明编剧，胡蝶、夏佩珍主演的《难姊难妹》写主题歌；为陈凝秋《夜的十字街头》谱曲，等等，这是她结识电影人物，熟悉电影三昧，浸淫电影圈的开端。在这期间，她结识了阳翰笙、洪深、田汉、左明、陈凝秋、欧阳予倩、应云卫、夏衍、孙瑜、安娥、陈波儿、袁牧之、金焰、冼星海、白杨、王莹等一众左翼电影精英。那时，他们正为民族电影踌躇满志，意气风发，大施拳脚。后来，他们中有的成了她的恩师，有的结交为一生的朋友，有的并肩为战友，有的是知心闺蜜，伴随着她今后几十年的人生风雨。

直到1936年秋天，南京"中电"制片厂聘其为编剧，她这才跻身于电影创作者行列。这一年，她写出了电影处女作《模特儿》，发表于她在南京自费创办的《妇女文化》月刊。

这个剧本取材于她的亲身经历。

那是1936年，她在上海美专上写生课。面前的模特儿是位妙龄裸女。从那清癯的胴体和那略有矜持的哀婉面容上，赵清阁认定此乃寒门女儿。当时，学生们都长衣长袖，唯独模特儿露骨露相，因为觉得冷，那女孩便下意识地动了动胳膊。就在这时，传来大骂："丑娘儿，你坏了我的画，你赔！"辱人者是位阔少，他嫌骂还不解气，又将嚼剩的半个馒头撇了过去。那姑娘竟出奇地冷静，两眼望着那阔少一动不动，间或显出一丝蔑视。她猛地将头一甩，"一绺额角的刘海儿飞扬上去，真像是怒发冲冠一般"。

后来得知这女孩因疾而亡，为赵清阁留下乱世一叹！她从这女模特儿的悲惨和不幸中，看到了女人——穷苦人在那个时代拼力挣扎的凄苦命运。于是，怀着义愤写出了电影剧本《模特儿》。尽管未能搬上银幕，但它所表现的题材十分新颖独特，主题意义具有震撼力，表现了她电影编剧的才情。

随后，赵清阁随时代的召唤而去，在舞台剧作方面一展身手的同时，从事抗战文学工作，为抗战救国奔走呼号。

影片《几番风雨》剧照

中华人民共和国成立后至"文革"前的十几年里，赵清阁相继在上海大同电影企业公司、江南电影制片厂、天马电影制片厂、上海电影制片厂任编剧。其间，创作了《花影泪》《梁山伯与祝英台》等多个剧本，相继有《几番风雨》《蝶恋花》《自由天地》《女儿春》《向阳花开》《凤还巢》等搬上银幕。应该说，这是她电影创作的黄金期。

"四人帮"覆灭后，赵清阁完成了描写艺人生活的剧本《粉墨青青》，发表于1979年一、二月号《西湖》文学月刊。此外，她还有一系列的创作计划，其中包括为知识分子立传的宏愿。为此，她曾专程去北京采访著名妇产科医生林巧稚，欲将其艺术形象搬上银幕。可惜，由于极左思想作祟，领导者未能允许她的愿望得以实现。

影片《向阳花开》剧照

影片《女儿春》剧照

赵清阁的电影剧作，多以妇女为描摹对象，观照她们在新旧两种社会中的命运变化，观照她们在家庭和社会中的地位，为妇女的自由、平等、进步而呐喊高歌，闪射着崇高的人性之光，充盈着人文关怀。

蛰居虹口，一连数日闭门谢客写成的《几番风雨》是其代表作之一，它通过一家三姊妹的爱情遭际，发出"这真是一个人吃人的社会"的呐喊，批判旧社会对女性的歧视、压迫和不公，呼唤新社会的到来。在《蝶恋花》中，她将笔锋探及上海最黑暗的角落，把妓女生活真实而客观地展现于银幕。表现了她对妇女命运的关切。影片行世后，赢得上佳票房。其力作《自由天地》对响应民族的召唤，投身于抗日战争青年的赞美，思想意义更为凝重。在另一部代表作《女儿春》中，她把女青年史良玉的觉醒和走向新生活的形象塑造得十分鲜活；而在《向阳花开》中，又让人看到了新社会青年人淳朴而闪亮的精神世界。

她的笔下，始终流动着生活的变化，涌动着追求幸福、美好的诗情。

"文革"前夕，她写就的《凤还巢》，把她十分熟稔的京剧江湖景象再次搬上银幕，浮漾其中的有泪水，有欣慰，有憧憬，亦有慨叹，揭示了人生如戏，戏如人生的真谛。该片由香港长城电影公司拍摄，上映后，引起不小的轰动。这是她留在银幕上最后的抒怀之作。

抗战爆发后，赵清阁从上海辗转到南京、武汉，又从那里奔赴重庆、成都。在第二次国共合作期间，她参加了中华全国文艺界抗敌救亡协会，利用主编《弹花》文艺半月刊的便利条件，以文会友，广交朋友，她的朋友中，既有共产党人，也有国民党人。显然，她以抗日救亡为旗帜把具有进步思想的人们吸引到《弹花》周围，为团结抗战做出了贡献。

《弹花》在创刊号上，如是写道：

"作家们平日他们是些零散的民族之花，彼在山涯，此在海畔，各自吐出芬香。今日他们要成为一个巨林，鼓荡出松涛。平日的得意与独立，在今日变为虚心与团结。谁能忘记过去呢？但是谁又能不对着血腥的、神圣的战争而冲上前去呢？抗日救国是我们的大旗，团结与互助是我们的口号。什么伟大不伟大，什么美好不美好，诚心用笔当作武器的，便是伟大，能打动人心而保住江山的，便是美好。伟大的不是莎士比亚与但丁，伟大的是能唤起民众，共同奋斗的这些中国作家。"

《弹花》文艺成为抗战时期中国文艺界宣传抗日的英雄阵地，像一面旗帜迎着日寇的炮火呼啸。在它的周围集聚了一批文化精英，郭沫若、应云卫、丁玲、左明、蒋锡金、安娥、穆木天、冯玉祥、罗鸣、邵子南、欧阳山、孔罗苏、草明、王莹、张恨水、张十方、陈丽门和陈瘦竹、李长之、梅林、金满城、谷剑尘、卢冀野、魏猛克、吕骥、陈志痒、赵望云等名流都曾为其提供过力作。

作为主编的赵清阁表现得如此骁勇，1938年3月至次年4月，敌机轰炸重庆，每日里空袭警报不断，那时，赵清阁正患着肺病，每天发着低烧，她不顾病体，更将生死置之度外。她常常抱着稿子躲避敌机的轰炸，在防空洞口编稿子。用她自己的话说："活过了今天不知明天还活不活"，但她万难不屈，办刊物的热情依旧不减。一次，她抱着稿子去印刷所，半路响起了防空警报，便随众人躲到一家理发店的楼梯下。突然，一声巨响，炸弹在店旁爆炸，屋架塌落，压在她的身上。她不顾一切地爬了起来，冒着烟土，冲出屋子，只见满街都是散落的肢体，惨不忍睹。她跑到安娥等人的屋子里，人们大骇，只见她满脸是血，她竟浑然不觉，双手依旧将《弹花》的稿子紧紧地搂在怀里。正是她的这种神勇，令田汉吟发"弹花如雨大河南"的盛赞，催生了郭沫若"锦心一弹花"的名句。

在田汉笔下，赵清阁是如此的一副巾帼英姿：

从来燕赵多奇女，
清阁翩翩似健男。

> 侧帽更无脂粉气，
> 倾怀能作甲兵谈。

阳翰笙先生告诉我，在重庆北碚期间，赵清阁虽然身体不好，还做了阑尾炎手术，但革命精神十足，风风火火，确像田汉所写像个假小子。她除了组稿编刊物，还在不停地写剧本。她与老舍相邻而居，又有"秘书"之衔，二人联袂笔耕之际，便传出了风言风语。在一次聚餐会上，有人轻浮地在赵清阁耳旁聊及此事，赵清阁十分气愤，拂袖而去。

当年，赵清阁得知老舍的夫人带着孩子要从北平来重庆缺少盘缠，她暗中请端木恺律师相助，盘缠终于有了着落。随后，她便到成都的《中西书局》做编辑，离开了北碚，离开了重庆。

赵清阁在世时，一直不愿直言老舍的感情之事。她对老舍的评价是："对于这样一位只活了 60 多岁，但作品无论是数量还是质量，在中国作家中都算是相当有分量的人。作为中国文学史来说，应该维护他作家的一个完整性。"她不计较别人乱嚼舌头，让自己受到的委屈和不公，不计较因此遭受到的伤害和痛苦，仍能实事求是地评价一位离世的作家、一位曾经的友人，让人感受到她与人为善的高贵品格和博大磊落的襟怀。

赵清阁仙逝前，似乎预感到自己将不久于人世，便把保留的几十通老舍信札焚于一炬。她之所以一直保存这些来信，不是怀旧，只是为了自我保护，以便在不得已时，用这些信件多少可以说明他们感情交往中的实际情况。烧掉了它们，她终于可以安心地离去了，她希冀留下美好和善意，不愿留下有损朋友形象的过往文字。

洪深的女儿、赵清阁的忘年交洪钤女士写有一段文字，如是评价赵清阁："她的人生路，走得艰辛，走得很累。""她身上自有一种透着高贵气息的矜持。她和那种感情可以随意付出的轻浮女性，有着完全不同的气质和生活方式。""那些和赵阿姨共事过、相处过，而又不乏善意的人会有同感。"

那一年，我去拜会清阁先生，她如见老友，亲切有加。聆听先生聊及电影界的许多往事；与先生交流对电影界现状的看法，受益颇多，那情景犹在眼前。

清阁先生的赠书、寄来的书札和贺年卡，我至今珍存着，因为它涌动着一位电影贤圣的气场，何其珍贵！

1993 年岁末，清阁先生寄来的贺年卡是她的丹青大作《泛雪访梅图》，先生的画，总是隐着她的真性情，那是追慕梅红雪白的唯美禅境，这幅画依然如此，十分的隽雅，一派古风迎面扑来。

卡中赋有一诗：

> 雪飘天地洁，
>
> 梅开万象新；
>
> 日月兴正气，
>
> 河山报早春。

诗后附文云："二十七年前旧作。友人为我祝寿八秩，在香港印制。画不足观，一点意境而已。题赠曹积三、阎桂生同志雅玩留念，并贺新年、春节吉祥如意。"

如今，先生已乘鹤西游，见画令人好不黯然。

沐浴更衣，燃心香一炷，望烟缕袅袅，遥敬碧霄。

晚年，清阁先生在来信中谈及因视力不济，病痛相缠，操笔已力不从心，期盼最后一部散文集能及早行世，托我寻找出版的地方。

我谈了京城内外的几家出版社，都直言：自费吗？我不敢将实情说与先生。只为不能帮上先生，愧疚至今。

然而，中国之大，总有不拜赵公元帅的"另类"，后来得知她的书终于在西南一家出版社印行，叫人得以释怀。

（2020 年 10 月于查尔斯顿）

望乡的胡蝶

胡蝶是我国电影史上首位民选的电影皇后。

这位美艳如花、辉光四射的"影坛蝶神"，生于虎狼当道的旧中国，她会遭遇到什么，是不难想象的。然而，在民族大义面前，她是如此的智慧和果敢，让人看到一种高傲的气节，不能不令人敬佩。而她为民族左翼电影所做出的贡献，在中国电影的史册上留下了闪光的一页。

巨星胡蝶宛若一只彩蝶，在影坛神奇地飘飞40余载，岁月的风雨曾打湿过翅膀，却没有摧毁她的意志。她几度息影，又几度复出。留下百余部影片，也留下一段"影坛蝶神"之传奇。

1933年初夏，风头正劲的胡蝶，"电影皇后"加身，有人要为其举办加冕盛典。当时，日寇已侵占东北，且步步进逼，国难当头。她心情黯然，再三谢拒。后来，举办者将盛典改为抗日募捐晚会，她才应允。赴会时，她动情地高歌《最后一声》，呼唤人们参加抗日斗争。

她身着一袭旗袍，芳华里透着凛然，清音婉婉：

> 亲爱的先生，
> 感谢你殷情，
> 恕我心不宁，神不静。
> 这是我最后一声。
> 你对着这绿酒红灯，
> 也想到东北的怨鬼悲鸣？
> 莫待明朝国破恨永存，
> 先生，今宵红楼梦未惊！
> 看四海沸腾，
> 准备着冲锋陷阵。
> 我不能和你婆娑舞沉沦，
> 再会吧，我的先生！
> 我们得要战争，
> 战争里解放我们。
> 拼得鲜血染遍大地，
> 为着民族争最后光明。

此乃胡蝶为了参加这场晚会，特意请安娥以她的口气作词，由任光谱写的心曲。胡蝶唱罢，听者无不动容。

当她手托礼帽下场募捐时，人们慷慨解囊。捐得的款项，连同这场晚会的门票收入，悉数捐给了航空救国协会，用以购买飞机，支援抗日。

胡蝶说，人生苦短，乱世难熬，一些个人的生活琐事可以不必过于计较，紧要的是在民族大义的问题上不要含糊。

日寇侵占香港后，对文化名流施以怀柔政策，占领军高官矶谷廉介曾邀胡蝶去半岛饭店赴宴，表示友善。

在矶谷廉介的授意下，报道部的和久田幸助更是多次登门"问安"，殷切邀请胡蝶去东京做客，还要为她拍一部《胡蝶游东京》。

胡蝶心里明镜似的，个中隐藏着大阴谋，要收买她为法西斯涂脂抹粉；要拉拢她成为日本军国主义的帮凶，她岂能上了圈套？为稳住敌人，便施了个缓兵之计，她巧笑倩兮，回了鬼子，说她正身怀六甲，暂不能成行。好事不怕晚，以后再说，行吗？

随后，她和家人迅速逃离了香港，一路颠沛流离，去了重庆。当时，京剧大师梅兰芳也在香港，为了不给鬼子唱戏，蓄须明志。

胡蝶是个弱女子，依然胸怀大义，民族气节，不让须眉。

胡蝶对日寇的狠毒早有领略。"九一八"事变时，胡蝶正跟随摄制组赴北平拍戏，她与张学良根本没有交集。日本通讯社为转移中国人对日寇发动事变的仇恨，竟把怒火转移到张学良和胡蝶身上，制造了所谓事变之夜张学良与胡蝶共舞的谣言，大肆传播，就连著名的教育家马君武也信以为真，他在上海的《时事新报》上愤而发表《哀沈阳·二首》，怒斥"赵四风流朱五狂，翩翩胡蝶最当行。温柔乡是英雄冢，那管东师入沈阳。""告急军书夜半来，开场弦管又相催。沈阳已陷休回顾，更抱佳人舞几回。"致使胡蝶成了不抗日的"红颜祸水"，蒙受不白之冤。日寇欠下的这笔冤枉债，岂能忘记！

胡蝶把对日寇的憎恨深深地埋在心底，鬼子蹂躏香港后，这仇恨又增加了一层。"电影皇后"尽管是一袭华丽的锦袍，也难免爬上虱子，被污秽所染。多亏胡蝶胸怀宽厚，具有开朗的性格，流言蜚语，明枪暗箭，都奈何她不得。

她说："人生也是舞台，悲剧也总有结束的时候，我自己在苦的时候常对我自己说，快了快了，演完苦的就会有快乐的来了。"

这种自我安慰，使她产生非凡的忍耐力，无论命运将她置于何种境地，皆处变不惊，而能挺起腰来，向前走去。

对于胡蝶，通俗文学大师张恨水曾惊叹："美人！美人！既能倾人城，也能倾人国，丽质天生倾人心"！他如是评之："胡蝶为人落落大方，一洗儿女之态，与客周旋，言语不着边际，海上社会，奇幻百出……胡真情明练达之人哉，言其性格则深沉，机警爽利兼而有之，如与红楼人物相比拟，则十之五六若宝钗，十之二三若袭人，十之一二若晴雯。"

也许正是因为胡蝶擅于观察生活和具有练达的处世之风，演起角色才出神入化，游刃有余。在六集影片《啼笑姻缘》中，她一人出演双角儿，既扮善良淳朴的艺人沈凤喜，又饰浪漫摩登的何丽娜，将两个截然不同的人物演得活脱、生动，凸显高超的表演功力。

随后，在《姊妹花》中，她再次上演一人双角儿的戏码。同时拿捏大宝、二宝两个迥然不同的角色。这两个人物，尽管是双胞胎姐妹，德行、品格和性情却差异巨大。

影片《姊妹花》剧照

胡蝶说："我过去一向演的都是善良的妇女，所以演大宝比较得心应手，演来也显得真实自如；演二宝就比较难了，二宝的霸道、骄奢淫逸的作风就不太合我的戏路。"

但是，她凭借多年的生活积累和表演天赋，还是将角色把握得泾渭分明，既呈现了大宝的善良、质朴、坚韧和容忍；也刻画了二宝的轻浮、娇纵和狡黠。在惟妙惟肖中，突出了大宝的深沉、含蓄和内心的起伏；也在大开大合里，将二宝的骄横跋扈表现得淋漓尽致。

影片《姊妹花》批判腐蚀灵魂、扼杀骨肉伦常的剥削阶级思想；揭示了阶级的对立和贫富差异的社会问题，被誉为是郑正秋伦理片的巅峰之作。胡蝶的上佳表演，为其奠定了江山。

因此，《姊妹花》也是胡蝶的代表作。

1934 年春节，作为贺岁片行世的这部影片，受到观众的热捧，连映两月有余，天天爆满，创造了当时国产片的最高票房纪录。

后来在东南亚、西欧、日本等国映出，多有赞誉。

1935 年，莫斯科国际电影节主办者特别邀请胡蝶作为代表赴会，她成为我国第一位走出国门的女星。电影节上，放映了胡蝶主演的《姊妹花》和《空谷兰》两部影片，胡蝶一亮相便吸引了国际影坛的目光，惊艳了世界。

电影节后，胡蝶在苏联参观，又赴法、德、英、瑞、意等国观光考察，这是胡蝶眼界洞开的国际电影之旅，也扩大了我中华民族电影的影响。归国后，她撰有《胡蝶女士欧游杂记》一书，由良友公司出版。书中记述其旅踪、异域风情及所感所受，成为传播中外文化的使者。

胡蝶是最早投身于左翼电影创作的演员之一，对于 20 世纪 30 年代左翼电影的贡献功不可没。

1933 年，左翼电影的旗手夏衍等人推出左翼电影的开山作《狂流》。影片以 1831 年波及 16 省的长江大水灾的"狂流"为背景，相当真实地表现了农村尖锐复杂的阶级斗争景象。影片从思想、形式到表现手法，都一扫陈旧之风，开了新生面，被誉为"中国电影新的路线的开始"，标志着中国电影进入了以左翼为旗帜，摧枯拉朽的新时代。胡蝶在影片中出演水患区的农村姑娘秀娟，她的表演十分刻苦，成功诠释了人物丰富的内心世界和反抗精神。

夏衍依据胡蝶的特点和优势，曾特意为其创作了剧本《脂粉市场》。说的是学生出身的李翠芬为求生计去百货公司做店员，却遭到几个上司的纠缠，受到同事的白眼。为了尊严和清白，她愤然离去……作品旨在揭露旧社会把妇女当作商品的世风，呼唤妇女的觉醒，摆脱受压迫、受欺辱的命运。剧本搬上银幕后，胡蝶出演女主角李翠芬，她真实地表现了职业妇女在险恶生存环境中的觉醒和勇敢创造新生活的勇气。将人物不为世俗所污染，不为生计而逐流的新女性形象，塑造得惟妙惟肖，灵动鲜活。

此外，在《盐湖》《春水清波》《女权》等左翼影片中，胡蝶都有出色的表演。

胡蝶是我国电影史上不可多得的天才艺术家，她在银幕上塑造了众多的艺术形象。其演出的影片题材林林总总，风格样式大有不同，而人物无论是今人还是古人大都拿捏入微，显出灵魂，具有耐人寻味的美感。

影片《狂流》剧照

著名评论家石凌鹤先生在那时有过这样一段评述：

中国电影将近二十年的成绩，只是创造了一个胡蝶，这话虽不免过火一点，但也颇有道理，事实上是如此。胡蝶已经成为观众的偶像，无论男女老幼，一提到电影便会联想到她，差不多是没有了她便没有了中国电影似的。

值得称道的是，胡蝶虽然成了大明星，却肯放下身段，在影片拍摄前总要到生活中去，体味红尘烟火。

为了解乡下农妇的生活，捕捉她们的辛劳和内心世界，《狂流》开机前，她一面仔细研读剧本提纲做好案头工作，一面到江浙附近的农村去游走，观瞧农家女的穿衣戴帽，劳作和说笑，同她们唠家长里短，苦乐辛酸，为塑造她所饰演的秀娟获得了生活的依据和营养。

为演好《永远的微笑》之歌女玉华，她多次到南京秦淮河畔去观察歌女的生活状态，聆听她们的歌声，观瞧她们的做派，揣摩她们的心境……

不脱离生活，了解并表现真实的人生百态，这是她取得成功的一个关键要素；也是她受到观众长久喜爱的根本原因。

对于钟情的艺术，胡蝶勤奋、刻苦。她不因出名而不求进取，把加强修养不断提高自己的素质作为终生的课题。她曾向梅兰芳请教京剧、向粤剧泰斗薛觉先学粤剧；又向梅兰芳学普通话的发音……

她读书、骑马、开车、游泳、打球……

不仅强健了身体，保持了身材，而且修炼了善德爱心。

20世纪30年代，一般的观众都是冲着明星而走进电影院的，胡蝶"那深深挟着梨涡的俏脸"成为亮丽的招牌。

1925 年，胡蝶参拍《战功》初出茅庐，同年在陈铿然执导的《秋扇怨》中饰主角沈丽琼而真正开山。胡蝶一生先后在祖国内地、香港、台湾生活和拍片。《后门》是她在香港拍摄的最后一部获得殊荣的影片，因饰演徐天鹤妻，荣膺1960 年第 7 届亚洲电影节最佳女主角大奖，成为"亚洲影后"。

1966 年，在台湾拍罢《明月几时圆》和《塔里女人》两部影片后，"银幕蝶神"隆重落下艺术生涯的帷幕。

胡蝶生于 1908 年，恰是光绪皇帝和慈禧太后归天的那一年。尽管她与皇亲国戚毫不相干，但毕竟让这位"银幕蝶神"之诞生因了这些宫闱事，让谈资平添了几许红尘沧桑气。

胡蝶祖籍广东鹤山，生于上海提篮桥。少年时，曾于天津住过两三年，在圣功女学初级班读书。

胡蝶说："我原名叫胡瑞华，那时好像当演员的都有一个响亮的艺名，我原打算起个'胡琴'的名字，但一想：胡琴，岂不是让人整天拉来拉去吗？我这个人虽然还能随遇而安，却也不想让人拉来拉去。大约想过好几个名字，总不满意，'胡来胡去'，也不知是哪来的一下灵感，想到了'胡蝶'，'胡''蝴'同音不同字，但还不错，当个'蝴蝶'可以自由地飞来飞去，最后就以'胡蝶'这个姓名去报考了。"

这便是胡蝶的由来。

她这只向往无拘无束的彩蝶，飞跃了中国电影从无声到有声的两个时代，见证了中国和世界的巨变，在电影的浩瀚星空，实现了自己的电影梦想。

1975 年，她经由香港从台湾移居加拿大。人生暮年，心心念念的是想回家乡看看，然而，一想到年轻时发生过的事情，便十分地踌躇，只好常常依窗望远，寄托着无尽的乡愁。

她说："虽然我十分地想念我熟悉的朋友、我亲爱的观众，也曾多次起了远行的念头，但毕竟力不从心。据说温哥华的地形像摊开的右手，手的方向是伸向太平洋彼岸的亚洲，伸向中国。我住在这滨海城市的临海大厦，不论是晴朗的白天，或是群星灿烂、灯火闪烁的夜晚，当我站在窗户边向远处眺望时，我的心也像温哥华的地形似的，伸向东方，希望握着祖国、我的母亲的温暖的手。"

1985 年，我国著名影星王丹凤曾专程去看望胡蝶，二人相见甚欢。

此行，王丹凤还带去了中国电影家协会主席夏衍先生的口信，邀请胡蝶回国看看，所有花费都由夏公请客。

胡蝶大轴影片《塔里女人》剧照

胡蝶十分地感激，但她毕竟年事已高，踌躇间未能成行。

4年后的1989年4月23日，彩蝶在温哥华带着遗憾合上了翅膀。

此前，她把去世30多年的夫君潘有声的骨灰，从香港移葬到温哥华的克士兰公墓。

这儿，山清水秀，北依雪峰，南朝碧野。

那墓旁，便是"影坛蝶神"的憩魂之处。

胡蝶留给这尘世和朋友们最后的一句话，浪漫里充满不舍和忧伤：

"胡蝶要飞走了！"

胡蝶像只蝴蝶翩翩飞往了天国。

坎坷、传奇、颠沛流离；浪漫、诗意、充满乡愁，是她一生的写照。

在纪念电影百年华诞暨中国电影九十华诞时，胡蝶荣膺中国电影世纪奖和女演员奖。这是祖国和故园乡亲对她的褒奖和深切的怀念。

（2020年中秋节于查尔斯顿）

非凡林杉

林杉先生留给我的印象，是那亲切的声音和儒雅的笑容。

还记得一次《大众电影》编辑部开会，有位年轻的编辑迟到，作为主编的林杉先生指着身旁的座位说："坐这儿吧！"岂料，那位编辑竟冒出了句："我可不能与你为伍！"

全场愕然。

显然，这是慌中出错，词不达意。他心里想的怕是"我怎敢与您平起平坐！"

这时，只听得林杉先生笑道："我的孩子也经常说些不着边际的话。大家编稿子可得推敲，用错了词，会闹出笑话的！"他的话，顿时化解了屋子里的紧张气氛，也让那位编辑下了台阶。

正是因为他创造了编辑部的和谐气氛，引领大家拼力开拓，使得当时的《大众电影》成为读者喜爱的刊物。

那时，我有幸在林杉先生的麾下工作，聆听他的教诲，感受他的思想和作风，受益良多。

林杉先生是新中国电影文化的倡导者，也是呕心沥血的践行者。他率先提出电影剧本不仅是拍摄影片的思想和艺术基础，而且应该像小说一样具有可读性，成为独立的文学样式，他的电影剧本就是这样的蓝本。创办电影刊物，推广电影文化是他的功绩之一。在长影，他积极推动《电影文学》和《长春电影画报》的创办和发展；后到北京，他任主编将《大众电影》办得风生水起，每期发行达560万册，创历史的峰值；"百花奖"评奖活动成为人民大众享受电影文化的盛事；后来，他又参与创办中国电影"金鸡奖"，将中国的电影文化推升到一个新水平。

先生为电影事业所奉献的心力，不止于这些，他曾是中华人民共和国成立初年的中央电影局艺术委员会秘书长，后来，又长期担任主管艺术的长影副厂长，就是在任《大众电影》主编那阵子，还同时担着中国影协书记处书记之衔。他为新中国电影事业的拓荒和繁荣，殚精竭虑，鞠躬尽瘁。

其拿手好戏是剧本创作，这是他人生的华彩之章。先生一生创作十一个半剧本，除了猝然逝世前，未及收篇便成绝唱的《凤凰涅槃》之外，其余的都搬上了银幕。《凤凰涅槃》是以曾囚禁他的国民党杭州浙江陆军监狱为背景的故事。表现一群共产党人的狱中斗争和出狱后的"凤凰涅槃"。为丰满剧中的人物和情节，他曾与当年的狱友多次聊天，回首狱中的斗争往事和出狱后的工作情况。

先生的这个剧本，从1986年9月到1992年他逝世，整整写了六个春秋，病恙抛掷一旁，每日坚持写 500 字以上。

他在日记中写道："我晚年的宗旨是：甘于寂寞，保持童心，期望晚翠。"然而，创作是个痛苦的过程，不可能顺风顺水，正如他在日记中所写："半年来，无法进入如兰的安宁的心境。""总感到有什么东西压在身上，是那个未完成的剧本。"他焦急，他甚至在日记中呐喊："剧本写不下去了，苦恼啊，苦恼！如何度过晚年！"

他的这个剧本已经写出了 5 万字，按正常字数，剧本已近杀青，但他终归未及终篇，便赍志而殁，成为遗憾。然而，他至死不渝的那份追求，留给了我们无限的感动。

林杉先生是影片《上甘岭》的执笔编剧，而且是导演之一；其剧作还有《党的女儿》《冬梅》《两家人》《刘胡兰》《吕梁英雄传》《丰收》《风从东方来》《复试》《再生记》《试航》和《在三年的日子里》。其中，不乏红色经典时代的传世之作。毛主席曾击节称赞《上甘岭》说："这可是一部中国的影片啊！"林杉先生的作品不仅受到领袖的褒奖，而且鼓舞了一代又一代的观众。

改革开放初年，我与编辑许贻来先生约来了诗人雁翼的剧本《灯》，这大约是长影厂较早反映与"四人帮"斗争为题材的作品，当时还没有调京的林杉先生看过剧本，十分兴奋，给予肯定，并建议厂里投拍。

因了这个剧本，先生曾同我聊起创作问题，他说："剧本的灵魂，来源于生活；生活的取向，应当是时代精神；而时代的主脉，只能是人民前进的愿望。"他还谈道："剧本不管你怎么写，就像孙猴子逃不出如来佛的手心一样，终归是要写人物；无论你表现什么，都不该离开真善美，都应给观众以触动，让人感受到向上的力量。"显然，这是他的创作主张，也是经验之谈。

他告诉我，为捕捉《上甘岭》惊天地、泣鬼神的英雄之魂，他在志愿军部队生活了近 200 天；《党的女儿》《冬梅》《两家人》《刘胡兰》《吕梁英雄传》等影片中那些鲜活蹦跳的人物形象，无一不是因扎扎实实地深入生活而得到的馈赠。后来得知，他不仅自己看重到生活中采风，汲取滋养，而且总是建议与他合作的导演、摄影等主创人员别急于开机，要先到生活中去看看……这就是他的作品思想厚重、激情洋溢的缘由。这也正是他笔下的人物质朴生动、充盈生活诗情的根脉所在。

在他的代表作《上甘岭》和《党的女儿》中，那种对祖国的挚爱，对斗争的骁勇和对信仰的忠诚，让人胸膛发烫，难止热泪！其实，这不仅是他的艺术张扬，更是他一个热血革命战士的情怀宣泄。

他17岁加入中国共产党，在上海投身党的地下斗争，开展工人运动。后赴山西抗日，曾在灵石组建500余人、300多支枪的地方游击队开展游击斗争。在残酷的战争岁月里，他创建吕梁剧社，又担任大众剧社社长和七月剧社副社长等职，率队活跃在晋西大地，以戏剧为武器，为成立新中国而战斗。

鲜为人知的是，他在国民党反动派的杭州浙江陆军监狱，度过长达5年的铁窗生活，历经各种磨砺，而志弥坚。岂料，按照党组织的指示出狱后，竟长期蒙冤。林杉先生的夫人曹汝仪大姐告诉我："与真相不符的'叛徒'罪名，在林杉的档案里整整躺了50年。"直到他离休的前两年，1986年3月，才被恢复了历史的本来面目，还林杉先生以清白。

信仰，事业，祖国与人民，他爱得是如此的深沉。这爱恋，使他的内心变得如山泉般清澈，江河般畅达，大海般深沉，人世间无甚可将之摧毁！

他身处逆境，却一派兰风梅骨。1962年8月，在吉林省党员干部会上，他不怕引火烧身，为被错划成"右派"、曾与他一起创作《上甘岭》的沙蒙等长影艺术家们诉说冤情。为此，他遭到批判，但他那颗正直的心，却让人陡生敬意。

我读过他发表在《大众电影》上的纪念文章《怀念唐漠同志》，读来心头悸颤不已。唐漠先生是林杉先生提掖的一位年轻艺术家，曾与林杉先生一起创作过《两家人》，曾编剧《山河泪》，系《烟花儿女翻身记》的编导。《大众电影》和《电影文学》都是他兢兢业业奉献过心血的地方。然而，43岁那一年，他却被"文革"毁灭了。就在他被逼被辱愤而了断生命的第二天，又遭到"缺席"批判，陪绑者便是林杉。

林杉先生在文中拷问："为什么正直的人被压，甚至惨遭横祸，而那些伪君子、两面派，甚至踩着别人尸体往上爬者却能得势当道？为什么工作勤奋者挨整，而那些饱食终日、对革命交白卷者竟然趾高气扬成为'左派'？为什么说真话者有罪，而那些说假话、说大话的可以邀功？为什么坚持实事求是有时要冒着坐牢或杀身的风险？"这是他对残害唐漠先生的"四人帮"者流的愤怒讨伐，更是对民主和正义的渴望。

林杉先生任长影艺术厂长期间，他把全部心思都放在厂里创作人员业务素质的培养和影片质量的提高上，特别注重对年轻人的提掖与扶持。他忍辱负重，思谋的是事业的发展，早将个人名利置之度外。那一年，影片《冰雪金达莱》因剧本问题，导演停拍，他亲自动手，改本"救火"；有位业余作者写了个本子，题材新颖，但基础较差，他带着导演刘国权去广州深入生活，重新写本，但他既不具名，亦不要稿酬，这就是后来的优秀影片《女跳水队员》。

在与林杉先生的交往中，我只晓得他的牙齿不好，致使他常闹胃病。可哪里知道给他带来更多苦恼的是眼睛。在敌人的狱中 5 年，牢房黑暗，由于他坚持读书，出狱时，双眼近视达到千度，不久，右眼失明。在大半生里他就是靠着一只视力极差的眼睛在顽强地工作。他顶着常人难以想象的精神压力，克服重重困难，为了他心仪的事业，荷戟执戈、奋不顾身，堪称一位非凡的人！

林杉先生告诉我，他的名字，最初取自他在国民党狱中的番号"八四零三"后三位的谐音。为了不忘牢狱之难，他由李文迪易名为"施林杉"，1943 年，在《晋绥抗战日报》上发表《拾粪记》时，署名又改为林杉。他仰慕巍巍杉树风摇雪压，四季青翠的风骨，便与"杉"一生为伴。

1992 年 2 月 5 日，林杉先生悄然离开了我们，但他的艺术主张、作品和他的品格，像那杉树一样，翠然于人们的心中。

（载 2011 年 1 月《文汇报》"笔会"）

白杨书房

1984 年 10 月，我因组稿来到上海，应白杨大姐之邀，再次去她家做客。

大姐笑盈盈地把我让进二楼的书房。书房敞亮而雅致，列成长长一排的书柜里，摆满了书，我似乎闻到了那诱人的书香。

白杨大姐是位洋溢着书卷气的艺术大家，与书缠绵着不少的故事。

鼎鼎大名的杨沫是其双胞胎姐姐，她的《青春之歌》乃红色经典的励志之作，曾影响了几代人。

白杨大姐告诉我，这部小说与她还有一段不浅的因缘。

那是"九一八"事变后的冬天，她刚刚出道，在影片《故宫新怨》中跑龙套。饰演女主角的刘莉影，是位热情爽朗的东北大姐。农历除夕，她邀请白杨到她的宿舍吃饺子，白杨叫上了姐姐同去。在那儿，她们邂逅了从哈尔滨逃亡来京的几位学生。大家边吃着饺子，边同仇敌忾声讨日寇的罪行。

有位姓陆的大哥，亲切地与白杨聊起话来。

他身材魁伟，英英爽爽，说话很讨人喜欢，谈到时局，谈到救亡，他慷慨陈词坚信中国不会亡，说得大家热血沸腾。

杨沫与他相识后，有了来往，其学识、见地和为人，令她久久不能忘怀。20 年后，他便成了《青春之歌》中的卢嘉川，而刘莉影则成了白丽萍的原型。

白杨大姐童年悲苦，少年从艺。那年月，女孩子当演员如同在黑海洋里行船，随时都会遭遇不测，随时都会沉沦。17 岁时，白杨因主演《十字街头》成名后，便有人在她身上打起邪恶的主意，企图将她变成任人摆布的拍摄庸俗影片的摇钱树；国民党特务头子陈果夫操笔反动剧本《大德》，要其领衔。多亏地下党阳翰笙先生等人的及时呵护，才使她勇敢地不为所诱，坚定地去拍有意义的影片，投身左翼营垒；也正是在阳翰笙先生的指点下，让白杨与书结下良缘。从那时起，她开始有目的地去读中外名著，去读艺术之书、政治之书和哲学之书，启迪才智，修养心性，逐渐成为习惯，受用一生。为此，白杨大姐曾深情赋诗感恩阳翰笙先生，诗云：

> 睿智谦和情挚厚，
> 艺苑芬芳，朵朵香衣袖。
> 亮节高风才八斗，
> 文坛卓越一旗手。

　　　　坦荡真诚又善诱，

　　　　我幸识荆，影路光明走。

　　　　翰墨笙歌功，

　　　　名垂青史人长久。

　　但见书房的墙上，挂着画家黄永玉先生赠予白杨大姐的《红荷图》。画中的荷花斑红灿烂，凌波浩然，栩栩如生，秀气可闻。

　　大姐指着画说："这幅画，是我看着黄永玉一笔一笔地描成的。那天，刘海粟和夏伊乔夫妇也在场。"

　　她"哎呀"了一声，慨叹道，"黄永玉作画时，似乎早已忘却了嘴上衔着的大烟斗，笔走如神，他根本不是在用笔画，而是在用心画，他的全部心性都通过笔端倾泻出来了！"

　　她由画转而说到演戏："其实，作画与演戏是一样的。每每接下角色，必须去捕捉人物，从语言到动作，从眼神到形体，都要捕捉得清清楚楚。这样，到了镜头前，你才能生动、准确，并富有诗情地表现出来。就像画家手中的笔，笔笔传神，笔笔都显出灵气一样。"

　　随之，她微微一笑，讲起她扮《祝福》祥林嫂时所做的案头工作。为能准确地捕捉到角色的灵魂和那一颦一笑，真是寝食难安。常常深夜起床，披衣读书，不仅去熟悉鲁迅笔下的单四嫂子、旁姑、顺姑、闰土……还要苦心琢磨叶圣陶的《阿凤》《一生》，夏衍的《包身工》，柔石的《为奴隶的母亲》所描写的人物。在那段日子里，作家们的书，引领她走进祥林嫂生活的岁月，对于理解祥林嫂的悲惨命运起了莫大的作用。

白杨饰影片《祝福》之祥林嫂剧照

大姐甚为感慨地说："对于称职的演员来说，即便是你将剧本熟烂于心，也是远远不够的，正如石挥所说：'剧本上印的一行行字，固然很重要，但行与行之间的空白，才是我们演员创作最重要的地方。'如何去捕捉那些'空白'的内容，只有向生活请教，向书请教，别无他路。"

《祝福》这部戏，由于白杨大姐的案头工作做得相当之好，终于如愿以偿，把鲁迅笔下那个被旧社会吞噬的悲惨灵魂——祥林嫂，演绎得生动而逼真，成为白杨大姐塑造的不朽的经典艺术形象。该片荣膺卡罗维发利国际电影节特别奖，被国际影坛所称赞。

白杨大姐影坛生涯的两部大轴戏是《金玉姬》和《冬梅》，它们都是革命历史题材的作品，对于前者表现的东北抗联斗争，后者描写的中央苏区红军生活，她都十分陌生。但她把抗联游击队长金玉姬、红军指导员李冬梅两个人物塑造得血肉丰满，真实感人。许多人都将其归功于白杨大姐的悟性和炉火纯青的表演功夫。

她却笑道："哪有凭空而来的悟性和功夫！"

大姐告诉我，能塑造好这两个历史人物，得益于两种书。

一种是无字的书，那就是生活。

长影导演王家乙为使她能了解当年东北抗联艰苦卓绝的斗争，请来了被誉为"不死鸟"的抗联英雄与她相识。老英雄讲起亲历的岁月，声声悲怆句句血，她说在一次与鬼子的惨烈鏖战中，小分队其他的战友们都喋血山谷，壮烈牺牲，她因重伤，埋于深雪中而侥幸活命。乌鸦将其当作死尸来啄食，她智捕乌鸦充饥。扒着没身的积雪，九死一生才辗转找到抗联营地。杨靖宇、李兆麟等英雄的事迹更是令白杨大姐深受震撼。为能感受当年红军的艰苦岁月，她远赴江西瑞金老区访问革命老表，老红军战士，了解当年浴血的斗争生活；陈毅元帅亲自为她讲述了红军的感人故事……

与此同时，大姐阅读了有关的传记和小说，这些有字的书和那些无字的书一起，让她走进了历史，走进了戏中的人物，得以曲终奏雅。

回首拍摄往事，白杨大姐感慨系之："没有像杨靖宇、李兆麟和'不死鸟'这样英雄的感染和启发，就不会有我在银幕上的金玉姬和李冬梅的形象。"

白杨大姐不仅是影界的明星，亦是剧坛的翘楚。抗战时期，她抛弃了在上海优裕的明星生活来到重庆，以话剧为武器，动员民众投入抗日救亡的洪流，与当时的红伶舒绣文、张瑞芳、秦怡一起被誉为"四大名旦"。

白杨饰影片《冬梅》之红军指导员李冬梅剧照

她演出了《重庆二十四小时》等数十部话剧，塑造出一个个鲜活灵动的艺术形象，无论是《屈原》之南后郑袖、《天国春秋》之傅善祥、《万世师表》之方尔嫖；还是《日出》之陈白露、《雷雨》之四凤、《家》之瑞珏；《法西斯细菌》之静子；以及《日光杯》中的郁丽丽、《结婚进行曲》中的黄瑛、《复活》中的玛丝洛娃，等等，都被观众啧啧叫好，称她："就连背影都是戏。"

周恩来多次观看《天国春秋》，称赞她将傅善祥的热情、泼辣、自负、多疑，刻画得活灵活现。夏衍在赠给她的《法西斯细菌》剧本上写道："你光辉的演技给我留下愉悦的回忆。"郭沫若对她扮演的南后，更是称赞有加，竟喜不自持，挥毫赋诗，诗云：

> 南后可憎君可爱，
> 爱憎今日实难分。
> 浑忘物我成神化，
> 愈是难分愈爱君。

白杨大姐忆起重庆舞台上的这段时光，颇有感触，说道："那时，相当忙，一面演戏，一面读书，真是读了不少的书，中国的，外国的；现实的，历史的。读书令人快慰，令人遐想和玄思，也会令人顿悟。如果没有那些书的帮助，演好舞台上的人物简直难以想象。没有书的借鉴，塑造的那些戏中人物就会贫血，就会少了许多的意蕴。"

她深有体会地说："书，是灯盏，照亮你看不到的地方；书，是翅膀，带着灵感神奇地飞翔。"

在白杨大姐的书房里，呷着香茶，嚼着干果，边听她聊着读书、演戏的往事，惬意中，心生许多感悟，受益良多。

当我的目光，不经意间触碰到书柜里那帧周恩来总理的照片时，大姐的眼睛一亮，兴致勃勃地说："积三，你知道吗，周总理和陈毅元帅都来过我的书房做过客……"

那是 1961 年 7 月，周恩来总理陪同朝鲜金日成主席到上海访问，那天，特意抽空和陈毅元帅来到白杨家做客。在书房里，他们同白杨、赵丹等上海影界的艺术家们亲切会面，倾心畅谈。从上午十点直谈到下午两点过后，话题一个接着一个，从演员的基本功到深入生活；从如何塑造真实感人的艺术形象到总结创作经验……领袖和艺术家们相谈甚欢。

周总理和陈毅元帅对白杨家颇多的藏书很感兴趣，陈毅元帅拉开书柜的门，颇有兴味地观瞧着，还不时地抽出一本，翻阅起来……

周总理望着书柜里那一排排的书，特别强调了读书的重要性。他意味深长地说，演员要修身养性，其中的一个办法就是博览群书。如果不读书，不深入生活，又缺乏人民群众的思想感情，那就难以塑造出人民群众喜爱的艺术形象。

周总理的话令在座的艺术家们十分赞同，人们纷纷颔首。

我凝视着周总理的照片，心头油然升腾着敬意。

白杨大姐的书房如此的神圣，书香里曾氤氲着领袖的巨大气场，也许至今仍未消散。

书房不仅是白杨大姐藏书、读书的乐园，也是其挥笔放飞心曲的天地。她在书房里赋诗、著书、创作剧本、撰写锦绣文章，其《落入满天霞》《我的影剧生活》《电影表演探索》《白杨演艺谈》等著作，以及发表于我工作过的《大众电影》《电影文学》和主编的《电影晚报》等刊物上的文稿都出自此。

那次相聚，临别，大姐将她的散文集《落入满天霞》题字赠我，成为永恒的纪念。如今，白杨大姐已鹤飞电影道山，但她的书房依然在我的记忆里是那样的温馨，散发着幽幽的书香。

（载 2021 年 10 月《藏书报》）

民族电影音乐之父
刘雪庵与《何日君再来》

年轻人总是新潮的追随者。还记得"文革"之后，新时期来临，最早穿起喇叭裤，手拎卡带录音机的便是那些红男绿女，而他们录音机里播放的正是邓丽君演唱的《何日君再来》。尽管当时还有报纸在批判它是"黄色歌曲"，是"腐蚀"人的"靡靡之音"，然而，在首都体育馆的新星演唱会上，歌手已不顾一切，忘情地演唱着它，令全场万千听众如醉如痴。

所以至此，自然是那旋律的美妙，打动了人心。

其实，此乃从红尘深处飘来的岁月沉香，距今已有八十几个春秋了。

邓丽君并非《何日君再来》的首唱者。

这首歌在政治变迁和沧桑风雨中，历经褒贬；作者更是为此尝尽心酸和苦难。

《何日君再来》的首唱者究竟为何人？如今，怕是多有不谙其详者。

她，正是其声如金笛之鸣，其歌如天籁之音的"金嗓子"周璇。

时在1937年2月，上海艺华影业公司拍摄喜剧片《三星伴月》，目的是为出资方生产之三星国货做推广，影片以实业救国的企业家与女歌星的情爱为包装，演绎一桩爱情故事，片中既有美歌也有狂舞借以招徕观众。

制片人当然晓得片子的插曲能否叫座，那可是一决胜败的撒手锏之一。于是导演方沛霖为此颇费心思。当时名震海上的音乐教育家黄自先生，有刘雪庵、贺绿汀、江定仙和陈田鹤四大高足，他便请到了其中风头正劲的刘雪庵。

那是个月朗星稀的晚上，方沛霖邀刘雪庵来到思南路梧桐掩映的咖啡馆里，一面品着法国咖啡，一面介绍影片《三星伴月》的情节。聊罢，方导演便道明来意，想劳刘雪庵为片中未来的歌写曲。

刘雪庵问："不知方导想请哪位演唱？"

方导一笑："当然是头牌金嗓子啊！"

刘雪庵得悉是周璇，不禁一阵欢喜，略一沉吟道："在下倒有一首现成的《何日君再来》，不知可否能为您派上用场？"

方导大喜过望，连声说道："好好好！"

……

当时，方沛霖并不晓得这首《何日君再来》竟挟裹着一段凄美的故事。实际上，它是刘雪庵为骤然鹤飞的恋人而作的一支追魂曲，是思恋情人的私密之歌。

就在此之前，与刘雪庵热恋的同窗学妹孙德志不幸被庸医治死，猝然离世，刘雪庵悲不自胜，精神几近崩溃。好友贺绿汀便把他拉到歌舞厅去散心。

刘雪庵听着舞池旁演奏的探戈舞曲，猛然间，仿佛恋人孙德志又出现在面前，那蹁跹起舞的舞者变成了自己。一支旋律便从心庭飞了出来——

好花不常开，
好景不常在。
愁堆解笑眉，
泪洒相思带，
今宵离别后，
何日君再来。
人生难得几回醉，
不欢更何待。
来来来，
喝完了这杯再说吧。
今宵离别后，
何日君再来。
……
停唱阳关叠，
重擎白玉杯。
殷勤频致语，
牢牢抚君怀。
今宵离别后，
何日君再来。
人生难得几回醉，
不欢更何待，
来来来，
再喝一杯干了吧。
今宵离别后，
何日君再来。

此歌共分四段，以上是第一段和第四段的歌词。

毋庸置疑，歌中的君，自然是刘雪庵心中的恋人孙德志，而非其他。尽管后来的人们，无论是国人还是外国人，无论是掌权者还是舆论的操控者，将其演绎为种种寓意，皆为移花接木，风马牛不相及也，都与原作无半点的关系。

周璇拿到这首歌的词谱后，异常兴奋，一唱而不可收。凭其预感，此歌非红不可。

她邀刘雪庵一起到"百乐门"来听听人们的反应。

当金嗓子的莺声响起，全场鸦雀无声，只有那幽婉而甜美的旋律随着乐队的伴奏在歌厅里回荡。坐在听众席上的刘雪庵留意着周围的人，一个个如同喝了忘情水，望着台上的周璇，痴迷万般……

一曲终了，掌声响起，恰似钱塘江卷起了大潮……

周璇凤冠三叩，连连鞠躬，表示谢意。她款款说道："现在有请作曲家刘雪庵先生与诸位见面！"

人们的掌声再次响起。

然而，此时的大厅里却寻无作曲家的踪影，他带着兴奋已悄然离去。

1938 年 2 月 14 日，影片《三星伴月》于上海新光大戏院上映，周璇在片中饰演女主角——电台女歌星王秀文。当影片的情节推向高潮，王秀文和情人分手时，颇为伤感，便唱起了《何日君再来》。这支插曲迅速传遍上海滩。那时，日寇入侵，上海沦陷，愁苦哀思的苦难同胞们不由得将向往自由之情寄托其中。当上海百代公司将这首歌灌成唱片发行后，又由上海传遍北京、南京、天津等都市，乃至一些小城镇。《何日君再来》红了！

鲁迅先生在其《写于深夜里》《书信集》等篇什中曾多次提及"人凡君"，其君原名刘平若，后来参加新四军，任谭震林将军之机要秘书。他有如是之说："上海沦陷前流行的歌曲是《义勇军进行曲》，沦陷后流行的歌曲是《何日君再来》。这倒不是上海人甘心沉湎于灯红酒绿、纸醉金迷的生活不可救药，而是表示做了奴隶后的期待——期待光复解放的日子到来。"

改革开放后，香港著名导演李翰祥仍赞不绝口，他说："一直到现在，每一听到：好花不常开，好景不常在……马上就会想起当时的生活情景，跟着就会想起周璇，所以中国的影星和歌星，一直到现在为止，仍以周璇的唱片销路最多，地区也最广。"他认为半个世纪以来，在中国最流行的歌曲拔得头筹的应该是《三星伴月》里的《何日君再来》，而非其他。

1939 年 6 月，香港大地影业公司推出抗战影片《孤岛天堂》，该片由蔡楚生编导，领衔主演的是红星黎莉莉。她回忆说："当时为了扩大抗日民族统一战线，宣传为正义而战的民族战争，决定在香港建立一个摄制进步国语片的据点。

我和吴蔚云等七八个同志从重庆中国制片厂被调到香港，拍摄老蔡同志导演的《孤岛天堂》。"谈到影片插曲《何日君再来》，担任《孤岛天堂》摄影师的吴蔚云称："蔡楚生决定选用这首歌曲，并不是……把它当作反面人物的陪衬，如果它当时是什么'汉奸'歌曲，我们是决不会让它在这部抗战爱国的影片中出现的。"

黎莉莉主演《孤岛天堂》之剧照

影片《孤岛天堂》表现的是上海成为孤岛后，一群热血青少年在与汉奸的斗争中，得到东北流亡舞女的帮助，最后消灭这伙民族败类，投奔抗日游击队的故事。黎莉莉出演流亡舞女，她面对为虎作伥的汉奸，唱起《何日君再来》，更加激起大家的民族义愤，终将汉奸处死，把全剧推向高潮。

那时，黎莉莉与胡蝶、王人美并称影坛"歌舞三杰"，片中的《何日君再来》，自然由她来唱。尽管是同样的歌词，但黎莉莉与周璇的演唱韵味大有不同，这就更加吸引了观众。重要的是，当此外寇侵辱，救亡图存之时，随着《孤岛天堂》在海内外的播映，《何日君再来》有了明确的政治属性，堂而皇之地成为唤起民众，重整山河的抗日歌曲。而这，恐怕也是影片编导蔡楚生要把《何日君再来》作为影片插曲的终极目的。

《何日君再来》行世后，或褒或贬，或荣或衰，与作曲家皆不相干，早就悖缪了刘雪庵的原意，正如读哈姆雷特，百人百哈；赞林妹妹，其美各异一样，都是个人的自我解读。令刘雪庵始料不及的是，它竟成为权谋者和侵略者的一种政治恐惧，连累了好心的传唱者，成了刘雪庵的"潘多拉匣子"，害得他终生背骂，惨遭厄运。

刘雪庵乃具风骨之俊才。他有强烈的家国情怀，披肝沥胆追求光明和正义，是堂堂的黑暗制度的反叛者。早年于成都读书时，受到新文化运动的影响，便靠近地下党人，逐渐对人类大同的理想产生向往，并参与地下党的活动。在上海就读的中华艺术大学，其校长陈望道是翻译《共产党宣言》第一人，"左联"也于此成立。在这样的环境里，岂能不耳濡目染？后来，他参加鲁迅等人发起的"中国自由运动大联盟"，呐喊"不自由毋宁死"，讨伐蒋介石反动政府的黑暗统治，是不言而喻的。1935年他叱咤风云，领导了国立音专学生的"一二·九"爱国示威游行。

抗战全面爆发后，他先后加入"上海市文化界救亡协会"和"上海文艺界救国联合会"，投入抗日救亡的洪流之中。他亲自创建了"中国作曲者协会"，组织音乐工作者在抗战中发挥自己的作用。这个协会就设在他自己的家中，成为上海音乐界抗日救亡运动的一个活动积聚地。同时，他还自费创办了全国唯一的、专发抗战歌曲的《战歌周刊》。

上海沦陷后，他带着《战歌周刊》辗转武汉等地，到达重庆，继续编辑出版。此刊共出版十八期，成为影响广泛的抗日音乐刊物。作者包括夏衍、陶行知、老舍、光未然、安娥、麦新等。贺绿汀的《全面抗战》《游击队歌》；夏之秋的《歌八百壮士》《卖花词》；刘雪庵的《流亡三部曲》；沙梅的《打柴歌》；江定仙的《焦土抗战》；陈田鹤的《八一三战歌》等著名抗日歌曲，都是通过这个刊物传遍大江南北，长城内外。

在武汉和重庆，刘雪庵成为周恩来、郭沫若挂帅的第三厅少将军衔的音乐家，军阶比冼星海的上校还要高。他与贺绿汀等人策划组织了全武汉歌咏界为纪念"七七"抗战一周年、聂耳逝世三周年和保卫大武汉歌咏系列活动；并与阳翰笙、田汉、李公朴等共同主持了聂耳逝世三周年纪念大会，用歌声震撼民心，鼓舞民众的抗日斗志。

得悉台儿庄大捷后，他与田汉合作，谱写了歌曲《捷报》：

> 在东战场，
> 在北战场，
> 都捷报连连。
> 在天空中，
> 在陆地上，
> 展开了壮烈的歼灭战。
> 我们走上了胜利的初步，

> 我们挫折了敌人的凶焰。
>
> 我们败不气馁，
>
> 我们胜要自勉。
>
> 巩固军民合作，
>
> 加强统一战线，
>
> 用全民族的力量，
>
> 争取自由解放的明天！

让这庆贺胜利的战歌，伴随全民抗战的滚滚洪流。

武汉告急后，刘雪庵随第三厅撤退到重庆，后因拒绝加入国民党而遭免职。白色恐怖加剧，他不畏威逼，继续为郭沫若借古讽今的名剧《屈原》谱乐作曲，该剧借剧中人之口，痛斥国民党消极抗日、积极反共的卑劣行径，在群众中引起了巨大反响，铸成一代经典。

1979年年底，上海音乐学院教授倪瑞霖和苏州市文化局局长谢孝思来看望久违的音乐家。见他坐在一把带窟窿眼儿的椅子上，窟窿眼儿下面是马桶。椅子的两个扶手间横着一根木棍，他每日里只能死挺挺地呆坐在上面。扶手上挂着几个馒头，是他不至于饿死的干粮。两位来访者见此情状，泪水涌下。内心不禁在诘问：这难道是当年指挥《黄河大合唱》的乐坛翘首吗？

随着改革开放的到来，邓丽君的《何日君再来》不可阻挡地飘到内地后，音乐界的一些人仍在开会怒批《何日君再来》，称之："汉奸歌曲沉渣泛起"。坐在会场里的刘雪庵气得周身发抖，眼底出血，视网膜脱落，从此双目失明。

刘雪庵谱曲配乐之话剧《屈原》剧照

在那人人自危的政治环境下，许多的好友和同窗都在念及着他，但出于无奈不敢和他往来。当然，也有不听邪的，如贺绿汀、周小燕、谢孝思、江定仙等人时常来看望、关照他。当年，在重庆时，刘雪庵曾为著名戏剧家金山执导郭沫若的名剧《屈原》中的《橘颂》《礼魂》《渔父吟》《招魂》《惜颂》《雷电颂》等谱曲，并为全剧配乐，获得"名歌六阙，古色古香，堪称绝唱"的极高评价，为该剧大获成功立下汗马功劳。金山不忘旧情，他从"四人帮"的牢狱中一被释放，就赶来探望刘雪庵。

1980年8月20日，深知刘雪庵蒙冤的贺绿汀在报上发表题为《应该还他本来面目——从〈何日君再来〉谈刘雪庵》的文章，为刘雪庵鸣不平。文章写道："错划右派得到改正的刘雪庵也只好默默无言地蹲在他的小屋子里，忍受着继续向他射来的冷箭。对一个人的评价必须实事求是，一棍子打倒和全盘否定都是错误的。"

知情者，一个个挺身而出，说历史，摆事实，讲道理，要求为刘雪庵雪耻申冤。潘子农的《澄清一件史实》、吴蔚云的《要历史地公正地评价》、黎莉莉的《幸存者有责任讲实话》、刘猛洪的《抢救历史》、徐苏灵的《对"艺华"不能一刀切》等文章相继见诸报端。

得悉"四人帮"覆灭的消息后，刘雪庵曾欢喜若狂，为郭沫若的《水调歌头·粉碎"四人帮"》谱曲，并与潘子农合作，谱写了《衷心曲》，歌中唱道：

> 经历多少苦难，
> 尝遍多少艰辛！
> 如今日出乌云散，
> 化雪融冰，
> 迎来个百花齐放大地春！

情真真，意切切，表达了他要为新时期的祖国乐坛一展身手的渴望和喜悦。

1982年，他在盼望中终于收到平反的书面通知。然而，那结论仍把《何日君再来》定为"黄色歌曲"。作曲家听罢，仰天长叹，欲哭无泪。

1985年1月，双目失明的刘雪庵已年届八秩，风烛残年伴着瘫痪，更有严重的褥疮缠绵重疴，被送进北京医学院第一附属医院后，却停留于观察室。一个月后，待住进病房，病情早已恶化，回天无力了。离世前，他仍不忘做最后一件事，把自己的遗体捐献给国家。

是年 3 月 15 日，一代乐坛奇才怀着一颗慈悲之心含冤逝世。

刘雪庵不幸的一生，叫人不胜唏嘘，不禁想起诗人白桦的诗：

> 昨天我还在秋风中抛撒着黄金的叶片，
> 今天就被寒潮封闭在结冰的土地上了。
> 漫天的雪花一层又一层地覆盖着大地，
> 沉重的天空板着难以揣摩的老脸。
> 我所有的枝杈都在断裂、坠落，
> 我只能倾听着自己被肢解的声音，
> 一个无比庞大、无声而又无情的军团，
> 把我紧紧地围困着，
> 风声如同悲哀的楚歌。

刘雪庵好似大漠胡杨，历经劫难而不倒。生活对于他无疑是一场炼狱熬煎，可无论生活将他陷入何种危厄的境地，他从未停止过音乐耕耘。即便是在他不久于人世的住院期间，两眼已无视力，褥疮令他疼痛难忍之时，他还心心念念地要把弥足珍贵的《南北派十三套琵琶新谱》重新整理出来，为民族音乐宝库增光添彩。他的这种精神难道仅仅是对音乐的痴情吗？不！这是对邪恶的另一种反抗，刘雪庵要证明，其内心对光明的向往是任何力量都动摇不得的！即便山崩地裂，泰山压顶，也绝不会屈服，因为他崇尚善良，崇尚美好的信仰永远像那音乐一样美妙无比！因之，铸就了他山岳般的桀骜风骨，海洋般的非凡襟怀！

还记得那首脍炙人口的抗日歌曲《松花江上》吗？

> 我的家在东北松花江上，
> 那里有森林煤矿，
> 还有那满山遍野的大豆高粱。
> 我的家在东北松花江上，
> 那里有我的同胞，
> 还有那衰老的爹娘。
> ……

谁也不会忘记那首《长城谣》吧？

万里长城万里长，

长城外面是故乡。

高粱肥，大豆香，

遍地黄金少灾殃。

自从大难平地起，

奸淫掳掠苦难当。

……

它们都是刘雪庵谱写的曲子，那每一个音符都浸透着他对祖国和同胞深沉的炽爱，充满对觊觎我大好河山侵略者的憎恨之情。

刘雪庵一生创作了570多首歌曲，其中，有多首抗战歌曲，皆为倾情之作，热血之作，乃真善美的典范。由抗日歌曲《松花江上》《离家》《上前线》组成的《流亡三部曲》是其扛鼎作之一，还有《满江红》《民族至上》《自由神》《忆南京》《出发》《前进曲》等，都是"心之颤动""灵之叫喊"。那时只要响起他的"四万万同胞心一条，新的长城万里长"的歌声，人们就会血脉偾张，热血沸腾，许多男儿就是高唱着它奔赴前线。他谱写的《中国空军军歌》《中国海军军歌》，成为激励中华热血儿女奋勇杀敌的战歌。

他的许多名作都是电影的主题曲或插曲。那首跨越时空的岁月金曲《长城谣》就是影片《关山万里》的主题歌。从1935年摄制的影片《父母子女》始便涉足影坛，曾为《父母子女》谱出征歌；为《新桃花扇》谱定情歌；为《十字街头》谱思乡曲；又为《弹性儿女》《花开花落》《满园春色》谱主题歌。抗战时期，其谱曲的影片有《关山万里》《中华儿女》《保家乡》《万象回春》《天堂春梦》《何处不相逢》等多部，谱写电影歌曲数十首，几乎都制作了唱片，流传甚广，它们讴歌祖国，讴歌人民，讴歌爱情，讴歌对光明的向往，特别是那些抗日歌曲成为激励民众奋勇杀敌的鼙鼓和号角。

刘雪庵因影片《三星伴月》的主题曲《何日君再来》而成名，也由此改变了他的创作风格和主题，从个人的抒情小调转为民族的强音。特别是抗战时期的作品数量最多，影响最广，且不乏经典之作，使其攀上创作的巅峰，成为中华民族抗日救国前锋的擎旗歌手。

刘雪庵的电影音乐创作从进步电影、左翼电影到抗战前后的电影，跨越不同的历史时期，为民族电影音乐犁莽拓荒，并孜孜以求进行不知疲倦地探索，成就斐然，堪称民族电影音乐之泰斗。

刘雪庵原名廷琬，笔名晏如、晏青、苏崖等。四川铜梁人。他生于清末的书香门第，自幼学昆曲。1926年入成都私立艺术专科学校，师从李德培学钢琴、小提琴和作曲。1929年秋考入上海陈望道创办的中华艺术大学，得欧阳予倩、洪深、冯雪峰等名师教诲；越年转入上海国立音乐专科学校，有幸成为音乐大家黄自的高徒，得西洋作曲理论之真传；并师从朱英学琵琶；师从吴伯超学指挥；师从龙榆生学韵文及诗词；师从李维宁学赋律和自由作曲；师从俄籍教师奇尔品学钢琴，因之，有"学贯中西，习通古今"之誉，此话不谬。

刘雪庵不愧是一介音乐天才。在读书求学期间，便创作了《踏雪寻梅》《枫桥夜泊》《早行乐》《菊花黄》及《淮南民谣》《布谷》《飘零的落花》《红豆词》《采莲谣》等曲目，播扬海内外，蜚声巴黎、纽约、东京等域外乐坛。

刘雪庵乃中国音乐民族化、大众化的奠基者，是我国第一首钢琴组曲、第一首钢琴小奏鸣曲、第一首钢琴独奏曲的作者。在中国音乐的史册上独享功高至伟的一页。

1934年起，他先后在中央航空学校、上海音乐艺文社《音乐杂志》、上海新夜报《音乐周刊》任教及做编辑工作。1938年后，相继任中国电影制片厂音乐顾问、军事委员会政治部设计委员会委员、中央训练团音乐干部训练班教官、国立音乐学院理论作曲组副教授、国立社会教育学院艺术系教授。

中华人民共和国成立后，刘雪庵先后任无锡苏南文化教育学院教授、系主任；江苏师范学院艺术系教授、系主任；华东师范大学音乐系教授兼主任、教务长、副院长；北京艺术师范学院教授兼筹委会副主任；中国音乐学院作曲系教授。刘雪庵一生从事音乐事业，创作了众多作品，培养了大批音乐人才。他历经苦难，而志弥坚，堪称鞠躬尽瘁，死而后已。

随着新时期的拨乱反正，人们终于等来为一代大师刘雪庵平冤昭雪之日。1985年5月18日，北京八宝山革命公墓肃穆安然，哀乐低回。国家文化部、中国音乐学院为刘雪庵举行追悼会。中国音乐学院院长杜利在悼词中称："刘先生半个世纪以来致力于我国的音乐艺术和音乐教育事业……以自己的耿耿忠心和辛勤劳动，培养了许多专业音乐人才，创作了大量音乐艺术作品，丰富了中国民族音乐的宝库。他尊重中国民族音乐传统，并具有不断探索和勇于创新的精神，因而形成了自己的创作特点和艺术风格，为中国民族音乐文化的发展做出了宝贵贡献。"

尽管这一评价来得太迟，太迟，但毕竟满足了人心所向。尤为可喜的是，1992年刘雪庵为抗日影片《关山万里》谱写的插曲《长城谣》和为影片《三星伴月》谱写的插曲《何日君再来》，皆被收入《20世纪华人音乐经典》，它们同聂耳为影片《风云儿女》所作主题歌《义勇军进行曲》一样，被列为中华民族最优秀的音乐遗产。

民族电影音乐之父，一代音乐大师不朽的优美韵律将永绕于史册，永绕于人们的心庭。

1999年，乐坛新杰田青先生赋有一诗，慨叹先贤的不幸命途，诗云：

> 曹操说"何以解忧，惟有杜康"，没人怪他栖惶。
> 东坡说"人生如梦，一樽还酹江月"，没人骂他颓唐。
> 可为什么你唱了一句
> "好花不常开，好景不常在"
> 便被赶下歌堂？
> 荒唐，荒唐，笑罢似觉悲凉！

好一个震颤心灵的悲凉。

在那不堪回首的历史过往中，又有几多如刘雪庵一样的英杰才俊陷进了荒唐，被那荒唐断送了前程，乃至误了卿卿性命。在悼念刘雪庵先生的时候，也为那些不幸的灵魂祈祷安息；更祈祷来路不再有那令人发指的荒唐。

思古鉴今，亦鉴未来，如是才能让人笑得惬意，笑得安然。

（载 2021 年 10 月《名人传记》杂志）

谢添：一生快乐著风流

谢添有"快乐大师"之誉，幽默、诙谐，是其处人、待客之道。

他为人如此，为艺亦然，在他孜孜追求的真善美中，快乐精神、喜剧元素，成为他的特质和风格。

何以至此？怕与戏剧大师卓别林的影响不无关系。

卓别林之梦

谢添祖籍广东番禺市桥镇，1914 年 6 月 18 日生于天津。

津门，乃京城之门户，受京派文化的影响颇深。当电影传到皇城不久，1906 年，天津的权仙茶园就成为最早的电影院。

谢添的娘是个影迷，常常抱着襁褓中的他去瞧电影。

谢添 4 岁时，望着银幕上变幻的人物，竟也产生了兴趣，灵慧的黑眼睛闪动着光芒，两只胖嘟嘟的小手直比画……

20 世纪 80 年代初，我作为《大众电影》的记者采访谢先生，他回忆童年的电影往事时，笑道："论影龄，我可有年头了，我是在娘的怀里看着电影长大的。"

我问："您还记得电影里的情节吗？"

他摇了摇头："不记得，没印象。"

但是，他告诉我，后来自己去看电影的时候，最有印象的是卓别林。

他特喜欢卓别林那既有几分邋遢，更有几分潇洒的样儿，鸭子步、肥裤子、弯拐杖、滑稽的眼睛、飞快变化的动作、逗人的神情……他觉得这个人物，特熟悉，也很亲切，仿佛就是天津街头手摇着"哈拉巴"唱快板，伸过破帽盔颤颤巍巍讨饭的穷大伯、穷大叔。

在他的心里，不知怎的竟生发出一种同情，因此对卓别林也更加喜欢了。

于是，他就模仿卓别林的样儿，在玩伴面前显摆，常常逗得那些顽童们笑得前仰后合，那天有个叫"来福"的孩子笑得竟尿了裤子。

谢添也把他的这套把戏，在爹娘面前抖搂，显能耐。他的父亲在铁路上谋生，是个多才多艺的乐天派，说拉弹唱都有一手，见儿子能绘声绘色地模仿卓别林，且有模有样，甚是高兴，连声地叫着好，说道："儿子啊，你就是中国的卓别林！"

真是应了那句话，无心插柳柳成荫。他岂能想到，这一句夸赞，竟点拨了儿子，从此，小谢添立志要成为中国的卓别林。在后来的日子里，谢添就真的朝着卓别林的路子往前奔了。

对此，谢添感慨系之："没有我父亲，也许就没有卓别林之想，也就不会有后来我的影坛生涯。应该说，卓别林是我人生中的嘎巴菜、咖啡和烤鸭，也是良药。那个穷困潦倒中的硬汉，尽管命途多舛，却百压不倒，他独到的潇洒，独特的笑容，一生都勾着我的心窝。"

读小学时，谢添是老师眼里的"淘气包儿"。他对课本里的那些启蒙知识不感兴趣。倒是天津南市的杂耍、说书、大鼓、梆子、相声、魔术、杂技艺人们的表演更令他着迷，那是他课余和寒暑假流连忘返的"天堂"所在。有时，他还叫上小伙伴，说些甜话，搭乡下进城的马车去北京天桥看热闹，那里比南市好看的玩意儿更多。

南市也罢，天桥也罢，看的是玩意儿，展示的却是人生况味。有闲人在此取乐，而苦命人在这儿玩命。在这些地方，谢添看到了三教九流，世俗百态，体味到世道的不公和人间的不平。

当然，他眼睛看着，心里也没闲着。谢添心里明镜儿似的：要成为中国的卓别林，必须有像他那样的十八般武艺，所以，他边看热闹边暗中向人家学习门道，学打竹板、学唱京戏、学说相声、学扭秧歌、学踩高跷……

他嘴甜，机灵，又会来事儿，竟跟一些艺人师傅搭上了腔儿，混熟了！那些师傅也愿意手把手地教他这个挺仁义的孩子。慢慢地，日复一日，他还真就学会了一招儿又一招儿的本事。

尔后，走向了社会，即便名声大振之后，他在梨园、画坛、书法界、曲艺各界仍广交朋友，仍不断地向行家里手学真格的本事。他与豫剧大师常香玉，评剧大咖吴祖光、新凤霞夫妇，评书翘首陈士和，话剧大家于是之，漫画家华君武、丁聪、方成等都有交集。相声界的朋友更多，与一代宗师马三立、侯宝林等都有交情。他从他们那儿探求到捧哏与逗哏，甩包袱与解包袱的许多秘籍，浸淫到幽默和悬念那些只可意会不可言传的功夫；而他也为侯大师提供过令人捧腹的素材，据说，那个《醉酒》中爬手电筒光的著名段子，就是出于他的创意，可谓教学相长。

那一年，作为颁奖大会的组织者之一，我和我们《大众电影》杂志社社长崔博泉去请曹禺颁奖。在"金鸡奖""百花奖"颁奖会的后台，亲眼看见获奖的谢添与前来颁奖的曹禺相见的一幕。当曹禺出现在台角，谢添急步上前，一面问着："万先生好！"一面向着曹禺双手抱拳，行着大礼。那目光的虔诚，那面容的喜悦，洋溢着他心庭里那片真挚的崇敬之情。当年谢添曾在重庆演过曹禺先生的戏，尽管事过数载，但谢添仰慕曹禺先生的才情，一直视其为师。虽然此时谢添已功成名就，可他依然是虚怀若谷的学子模样，那尊师敬贤的美德令人动容。

谢添一生广交朋友，一生向先贤学习，从未间断。而这一切，是从南市、天桥打的底儿。

谢添没上过艺术科班，是在社会大学的红尘烟火中自悟成才的。

对此，他既有遗憾，也很感恩，常对人说："本人是'天大'杂科毕业的。"

他说的"天大"，当然是"天桥大学"喽！

他灵魂深处的平民精神，是如此的至淳至真，闪闪发光！

他对芸芸苍生充满敬畏；对民间的艺术充满感恩之情。正是这种敬畏和感恩，成就了他的卓别林之梦！

胡蝶、洪深引荐入影坛

养育谢添的天津卫，毕竟是个追赶潮流，引领风气之先的时尚之都。20 世纪 20 年代，就出现了"天津""北方""渤海""新月"等摄制电影的公司。随着它们的横空出世，电影的衍生物也粉墨登场。当时，颇有读者缘的《国强报》其副刊"都市的显影"和"鲜货店"办得活色生香，热闹一时。

操刀的主笔便是后来执导《老兵新传》《北国江南》等名片的影坛大伽沈浮，当时的名字叫沈哀鹃。他在自己经营的一亩三分地上，刊出了不少关于电影人的趣闻轶事和电影消息，这吸引了痴迷于卓别林之梦的谢添。

于是，他不断地给沈浮投稿，由于文笔不错，内容也有些趣味，稿子相继得以发表。

谢添以此为敲门砖，跑到南市荣吉街天一坊隔壁的报馆去拜访沈浮。沈浮那会儿一面编报，一面在渤海影片公司兼职。他得知谢添有演电影的愿望，就向其介绍了电影界的一些讯息，告诉他上海是电影界的大码头，更可以施展拳脚，鼓励他为人生的理想奋力一搏。1933 年，沈浮被上海联华影业公司聘为编导后，辞报而去，远赴上海。

沈浮离开津门后，谢添的一颗心也飞向了上海滩这个电影界的大码头。可为一时找不到牵线的人犯了愁。

当他把这事儿说给儿时的玩伴胡珊时，胡珊道："你去找我姐呀！"

她姐是谁呢？

是红遍上海滩的电影皇后胡蝶。

原来胡蝶8岁时曾在天津天主教圣功女学读书。其父与谢添之父皆为铁路员工，因为他们是广东老乡，两家人处得相当的好，遇到大事小情都相互照应。胡蝶的堂妹胡珊与谢添乃青梅竹马，既是玩伴也是小学的同窗。

有了这层关系垫底儿，谢添平添了自信，只身到了上海。见到胡蝶，说明来意，胡蝶是个恋旧之人，老乡情深，立马将他推荐给了在明星公司任职的、人脉颇深的著名编导洪深。

此公毕竟深谙江湖之道，他略一思忖，并未立即举荐谢添去演电影，而是介绍他到欧阳予倩和应云卫的"狮吼剧社"演话剧，先练练拳脚。

谢添对舞台并不陌生，高中时就曾组织剧团演戏，演过《雷雨》《女店主》等多个剧目，其中《雷雨》中的五个角色都让他演了个遍。

在"狮吼"舞台上，谢添的表现给人留下不错的印象，洪深、欧阳予倩和应云卫等人都很满意，觉得谢添是个可造之才。

不久，老天眷顾谢添，给他送来了个机会。曾执导《时代的儿女》《热血忠魂》《桃李争春》的导演李萍倩拍姚苏凤编剧的《夜会》，出演花花公子的孙敏突然染病，一时无人替代，急如锅上蚁。他邀洪深小酌，特意点了他最爱吃的红烧蹄髈，请洪深帮忙，洪深趁机将谢添举荐给他。

令洪深喜出望外的是，谢添将花花公子这个角色演得游刃有余，李萍倩很是满意，演罢这部片子，还赠予谢添一个艺名叫谢俊。

就这样，22岁的谢添以谢俊之艺名加盟明星公司，来到水银灯下，开始了银幕生涯。

随后，在"明星"麾下，谢添相继拍摄了欧阳予倩执导的《清明时节》、应云卫执导的《生死同心》、袁牧之执导的《马路天使》、张石川执导的《压岁钱》《社会之花》《母亲的秘密》和吴村执导的《四千金》及程步高执导的《梦里乾坤》等影片，在这些影片中，他与白杨、赵丹、周璇、袁牧之、陈波儿、舒绣文、谈瑛、黎明晖、王献斋、魏鹤龄、龚秋霞、吴茵、英茵等名角搭戏，使他学到不少银幕表演的精髓，演技上了一个台阶。

后来，日寇侵华，民族救亡迫在眉睫。谢添撂下了自己的卓别林梦，投入民族救亡之洪流。他随左翼艺人从上海辗转南京、汉口、成都、重庆等地，一路演出《保卫卢沟桥》《黑暗中的笑声》《重庆二十四小时》《日出》《雷雨》《结婚进行曲》《金玉满堂》等剧目，动员民众团结一心，拯救破碎的山河。

抗战岁月，谢添给坊间留下不少以乐驱恶的趣闻，其中有口口相传的一篇。说在 1944 年，他在逃难的途中"内急"，正在路旁的树下宽衣，几个国民党兵痞来到近前。那带队的官儿见他身披国民党兵的破旧上衣，以为是逃兵，便要把他带走，进行发落。谢添计从心来，"扑通"一声，倒在地上，两腿乱蹬，双手痉挛，翻着眼珠，口吐白沫。那官儿惊恐万状，以为他患了"瘟疫"，枪一挥，率人兔子般一溜烟儿地蹽了，谢添凭借自己的智慧和演技躲过一劫。

我曾打问："可有其事？"

他笑曰："大半不虚。"

抗战年间，战乱频仍，谢添只拍了一部名为《风雪太行山》的片子，但是，它之于谢添具有非同寻常的意义。先前他在银幕上饰演的都是配角，而这一次，由他出演的农民马老汉是剧中主角。那一年，谢添 25 岁，平日里，他一副玉树临风的潇洒模样，扮成老汉，不仅在体态、表情、动作上要下一番功夫，在心理上也要接受由青年到老年的挑战。谢添细心观察身边的老人，与其聊天、逗笑话、一起劳作……生活为他提供了丰富的滋养，最后，将那角色演得朴实厚成，很接地气，导演贺孟斧对其表演相当满意。

谢添在《圣城记》中出演金神父剧照

日寇投降后，谢添重登银幕。1947 年，他的老相识——当年在《国强报》当副刊主笔的沈浮，接连起用他担纲主角。分别在其执导的影片《圣城记》和《追》

中，出演金神父和少校军官方可家。1948 年，钱渝、梅阡在其执导的影片《满庭芳》中，第四次启用谢添出演主角——木偶戏艺人老魏。另外，在徐昌霖执导的《十三号凶宅》《深闺疑云》及陈铿然执导的《郎才女貌》中，谢添分别担任了举足轻重的角色。他将这些角色演绎得各有千秋，可圈可点。在这些片子里，与谢添配戏的有白杨、黄宗英及其胞兄黄宗江、魏鹤龄、路明、项堃、白光、王元龙、陈燕燕、林默予、史宽，等等，皆为影坛一代风流。谢添称能与他们合作是自己的幸运，这些同道为自己营造了相当好的创作氛围，你不认真都不行，不允许你有丝毫的懈怠。

从配角到主角，标志着谢添演技的日臻成熟，为其实现卓别林之梦打下了坚实的基础；也使他有了底气，为新中国人民电影去大施拳脚，一展才情。

一人一面，一人一魂

我曾请教谢先生："演戏，到底演什么？"

他笑曰："面相和灵魂。面相，连着情；灵魂，才是人物的主脑，才是打动人心的关键。"

他告诉我，这是他从演话剧到演电影的漫长实践中摸索到的东西。所以，他给自己定下一条铁律：演戏，要一人一面，一人一魂。既不重复自己，也不重复别人；不能千人一面，更不能有面而无魂。

抗战期间，他在成都演话剧《日出》，扮张乔治。

先前，人们都把这个人物扮成 20 多岁的风流倜傥儿，梳得油光锃亮的分头，鼻梁上架着金丝闪闪的眼镜，突出他惹人眼球的帅气。

谢添却不以为然，把他设计成四五十岁的中年绅士模样，鬓边花白，目光里闪动的并非公子哥拈花惹草的轻浮，倒有几分的沉凝，叫人琢磨不透。

有人质疑："不突出张乔治的帅，陈白露岂能对他一见倾心？"

谢添并不反驳，但他心里确信，让张乔治老辣一点，更能体现这个风月场中的老混混的阴毒、狡诈，手腕非同一般，使他在陈白露面前具有一种威势，令陈白露欲罢不能。

年龄感的差距体现了社会背景的复杂性，加剧了戏剧矛盾，也使陈白露的悲剧人生更为深刻。

演出后，人们纷纷击赏，曹禺称赞谢添版的张乔治，进一步开掘了社会矛盾，让观众看到了张乔治这个人物的灵魂深处。

谢添一生在银幕上饰演过各色人物，塑造了色彩斑斓的艺术形象，有"影坛百面人"之誉。在众多的正面人物中，《洪湖赤卫队》中的张副官，出神入化，格外精彩。角色的戏份并不多，但他把人物勾勒得粗犷中有精细，细腻中画龙点睛，将人物的使命感、胆略、机智都展示得鲜明灵动，叫人过目难忘，是中国电影红色经典时代的经典艺术形象。

谢添在塑造正面形象的同时，还塑造了不少反派形象，在《六号门》中，他与评书泰斗陈士和配戏，饰演封建把头马八辈之子马金龙；在与姚向黎配戏的《新儿女英雄传》中，饰演杨小梅丈夫张金龙。这两个龙，都是恶龙。一个是欺压码头工人的恶犬；一个是卖身投敌的汉奸。尽管他们都聚在一个恶字上，谢添却把他们不同的恶展示得各有蛇蝎。他摒弃了凶神恶煞的脸谱化表演，从生活入手，不温不火地塑造出迥异的人物性格，既凸显了不同的历史氛围，也让人看到了不同年代市井生活的真实图景。

1985 年春，我忝为主编在长影创办《电影晚报》，特请谢先生为文学副刊"春草地"题写墨宝。睹其挥毫，叫人惊诧，他右腕不用，偏用左腕，而那笔力遒劲的苍墨大字，竟是尾先头后跃然纸上，笔管之下，好似春风舒展拱地而出的一脉春芽，曼妙有趣，好一派"倒笔书法"！

他说，书法讲究意趣。正笔看的是意，倒笔才叫有趣。接着又道，苏州司徒庙里四株柏树，我最欣赏其中的三株，那"清"柏，直直挺挺，倒也气势不俗，可那有半朽空灵的"奇"柏、干如蛇缠的"古"柏、卧地三弯的"怪"柏，才更有味道呢！

谢添追慕的是独出心裁，超凡入圣。如同倒笔书法一样，谢添对于表演，苦心孤诣，孜孜以求的就是"他片所无""他人所无"的东西，要那出新、出奇的彩头和震撼。

在影片《林家铺子》中，谢添接了个"烫手山芋"，演的林老板与当时影坛的主流形象工农兵明显相左，甚至大悖。演，还是不演，令他纠结。演，这是个费力难讨好的角色。不演，又难舍这个由夏衍根据茅盾小说改编的好剧本。此刻，林老板，好似一片金矿，吸引着他这个掘金者；犹如一座险峰，召唤着他这个希冀登顶的人。

末了，创新的欲望，还是使他不顾一切地变成了林家铺子里的林掌柜。

他拜生活为师，呕心沥血，拿捏人物内心深处的变化，在传神阿堵上巧做文章。终于塑造了一个"在豺狼面前是羔羊；在狡兔面前是恶狗"的形象，入目三分地揭示了旧中国小商人的生存状态和绝望崩溃的心境。这一形象，堪称谢添表演艺术的顶峰之作。

1962 年，谢添因在银幕上的喜人成就，被评为新中国"二十二大明星"之一。这是人民对谢添数十年银幕生涯的一个阶段性评价，是对其饰演角色的褒扬。

谢添是公认的中国电影红色经典时代的表演大师，但他一再申明：不熟悉的人物我不敢演。李翰祥曾力劝他去演影片《茶馆》中裕泰茶馆的掌柜王利发。他却连连地摆手道："老兄，这万万使不得！您把我当作神啦，我哪有那么大的造化？老北京人的生活，我晓得的只是皮毛而已，远不及于是之，他才是不二人选。"他没有因为自己是那部戏的导演就霸下这个角色，而是从艺术出发，知人善任，将角色留给了曾在影片《龙须沟》中成功饰演"程疯子"和演了多年《茶馆》的于是之，使影片大放异彩。

谢添为中国电影的红色经典时代留下许多脍炙人口的艺术形象，也有因为种种原因未能现于银幕，胎死腹中的角色。20 世纪 60 年代初，上影曾有拍摄《鲁迅传》的畅想，其中要请谢添出演阿 Q。谢添兴奋的同时，做了大量的案头准备工作：读鲁迅的著作及有关的书，为阿 Q 造型，琢磨他的眼神、走路的姿势、说话的声音、面对不同人的笑模样，每场戏的节奏与全剧的高潮，等等，对上述这一切，他都做了精心的设计。倘若此片拍成，人们将会看到一个有血有肉的阿 Q，也许是谢添的又一个经典形象，可惜未能如愿。

蒲松龄，是谢添多年念记在心的一个人物。那是改革开放的初年，新锐导演黄健中立下宏愿要拍《蒲松龄与他的女鬼们》，并请谢添出演蒲松龄。谢添那个兴奋啊，几近手舞足蹈，为之夜不能寐，且暗自下了功夫。可是，迟迟不见筹备的消息，他不止一次地追问黄导何时开拍，却未果。不知黄健中出于何种无奈，此事不了了之。这，无论之于黄健中，还是谢添，都是一种遗憾，也是历史留给广大观众的遗憾。

黄健中为弥补这一遗憾，1997 年，他执导影片《红娘》，盛情邀请谢添出演法本方丈。当时，谢添尽管年已八秩有四，且刚刚做了脑血栓手术不久，正在康复期，但他欣然接受了这一角色。

他为演好法本，特意走进山门，向老方丈了解佛门当家人的生活情况。

寿眉垂耳的住持告诉他，只要把握住两个字就够了。

谢添虔诚地向他打了个肥诺，问道："师傅，请明示哪两个字？"

住持微微一笑，道："平静。"

在住持的点拨下，谢添认真咀嚼、消化"平静"二字的禅意，终于成功地塑造了一位心如止水的老方丈形象。

嗟乎！这竟是谢添告别银幕的大轴收篇，曲终奏雅矣！

集编、导、演于一身的全才

谢添一生为中国电影奉献了50多部心血之作，其中，编剧7部，导演19部，演出28部，他如心仪的卓别林一样，集编、导、演于一身，成为中国的"谢别林"。

你瞧，他演出的影片，画龙腾天，描虎啸林，英雄威武，魔鬼凶煞……而那执导的作品，题材、样式，更是林林总总，现实的、历史的、体育的、儿童的，不一而足。既有正剧、也有喜剧，还有戏曲片和杂技艺术片，等等，特别是他把那些早已脍炙人口的歌剧、话剧、豫剧、浦剧名作，成功搬上银幕，使其开了新生面，成为朵朵奇葩。

人们也许奇怪，他当演员已风生水起，声名籍甚，为什么又改行当导演呢？

这大半是因其心气太高，孜孜不辍，心有不甘的缘故吧。他觉得，演员即便是有齐天大圣那般的通天法术，也难逃导演这个如来佛的手心儿。演员总归是导演手上牵着的那线纸鸢。他岂肯如此罢休？

他要进一步的自由，要更加地过瘾，去实现自己的艺术理想。

他对我说："演员在一部戏里演一个角色，也就过个小瘾而已，只有当导演，驾驭全部角色，才能过大瘾。"

于是，他披挂上阵了！从1958年与桑夫联袂执导《探亲记》起，进入了导演这片天地。随后，相继将《欢天喜地》《水上春秋》《为了六十一个阶级弟兄》《春暖花开》及《洪湖赤卫队》《花儿朵朵》《小铃铛》《三朵小红花》和《甜蜜的事业》《七品芝麻官》《茶馆》《丹心谱》《生财有道》《小铃铛续集》《烟花泪》等搬上银幕。他栽花花红，种瓜瓜甜。他导演的作品，如同他演出的影片一样，接连荣誉加身。《小铃铛》荣获全国少年儿童文艺创作一等奖；《甜蜜的事业》获《大众电影》"百花奖"最佳导演奖。随后，《七品芝麻官》又获《大众电影》"百花奖"最佳戏曲片奖，而他的《茶馆》被中国电影"金鸡奖"授予特别奖，同时，荣膺文化部优秀影片特别奖。

谢添绝不做平庸之辈，而要一鸣惊人。"文革"刚过，他竟斗胆去招惹《七品芝麻官》，别出心裁地将那鼻梁上涂着白粉的丑角，作为他片中的"一号人物"。天哪，将丑角当作第一主人公来美化，来歌赞，向其大撒鲜花，绝非小可之事！这在往昔，轻则怕是要挨批挨损，重则怕是难以预料。然而，谢添硬是创造了一个丑角不丑的奇迹。且看，那位露水前程的小小芝麻官唐成，位卑不敢忘百姓，遇恶敢为民做主。好一个刚直不阿，正大浩然，惊天地、泣鬼神的形象。谢添既继承了传统豫剧的精华，又将电影的特技、镜头变幻等特性发挥得恰到好处，二者相得益彰，凸显了人物的性格和作品幽默、讽刺的锋芒。影片上映之后，顷刻红遍大江南北，"当官不为民做主，不如回家卖红薯"的台词，一时间成为百姓热词，不胫而走。

谢添走的都是险棋。

《洪湖赤卫队》本是一部歌剧，他与合作者陈方千、徐枫却偏要将它用电影的形式，电影的语言，电影的手法，将其从舞台搬到银灯下。

朋友们为其暗暗捏着一把汗："老兄如此折腾，能弄出个名堂吗？"

嘿，他愣是把它弄得"倍儿好"，同行的朋友们争相称道。特别是在其调教下，领衔主演韩英的歌唱家王玉珍演得相当出彩，不仅把人物刻画得生动感人，而且那优美的歌声《洪湖水浪打浪》《看天下劳苦人民都解放》《没有眼泪没有悲伤》《月儿高高挂在天上》等如珠玉落盘，似天籁绕梁，撞击着观众的心庭。周恩来总理对《洪湖水浪打浪》尤为赞赏，称其是"一首难得的革命的抒情歌曲"。

影片拍摄于 1961 年，正是我国经济遭遇困难时期，摄制组人员每人一天只有七两粮食，一点点的油水，伙食可想而知的差。由于缺少营养，女主角王玉珍和其他的演员一样，脸色浮肿；饰演男主角刘闯的夏奎斌脸颊塌陷成两个坑，拍戏时，为了让人物形象丰满，只好在口腔里填充棉花。

作为导演的谢添，和大家一样在艰苦的条件下工作。实际上，他的肩头承受着比别人更重的担子。从他在影片中饰演的张副官的镜头画面上，就可以清晰地看到，他的面颊已经瘦成了尖下颌，为这部戏，他掉了几斤的肉。即便如此，谢添依旧三更灯火五更鸡地劳作，终于把歌剧《洪湖赤卫队》从舞台上给解放出来了，成为红色经典时代的一部银幕力作。

谢添十分明细，话剧《茶馆》，是老舍作品经典中的经典。1958 年春，由一代巨擘焦菊隐和夏淳执导搬上话剧舞台，此后数十年被观众追捧，成为北京人艺的镇台之宝。参加演出的于是之、郑榕、蓝天野、林连昆、英若诚、谭宗尧、朱旭、黄宗洛、胡宗温等一干老戏骨，演技炉火纯青，个个都十分的了得，都是戏神，驾驭、拿捏其成为银幕形象，显然是一种巨大的压力。

然而，谢添想到，《茶馆》只在北京的舞台上叱咤风云，能饱眼福的观众必定有限，为什么不把这众星捧起的名作搬上银幕，让更多的人一睹其风采呢？于是，谢添执意要把话剧变成电影。

为拍《茶馆》，他没少往北京人艺颠儿。在当时人艺大咖们栖身的筒子楼宿舍里，他和于是之等人也没少唠。唠人物，唠镜头，唠过往，唠如何把狭窄的戏台扩展到天地广阔的银幕，唠如何把台词幻化成人物的内心世界，等等。

人艺的艺术家们可谓德艺双馨，皆视艺术为生命。再者，此前其中的多人都是谢添的艺术之友，深晓谢添的艺术功力和为人，都佩服他。谢添登高一呼，众人无不击掌赞同。群英起舞，尽显身手，终将老舍先生的舞台精粹，绽放成斑斓耀眼的银幕奇景。

谢添执导的《茶馆》，凝聚话剧的思想内涵和艺术精髓，又以行云流水般的时空变换手法，将个中人物形象塑造得更加富有沧桑气息、雄浑而鲜活；把历史深处的苦难、悲凉、绝望、挣扎与无奈，展示得淋漓尽致。此乃电影史上，话剧改编为电影的又一经典之作。

我曾问谢先生："您翻跟斗打把式，含辛茹苦地拍电影，到底为的是啥？"

他"嘿"了一声，道："冲小了说，是为了快乐。往大了说，还能离开社会的进步，民族的兴旺，国家的发展，大家伙儿过好日子嘛！"

正是这样的目的，令光明、正义、善良、奋斗、希望、反思和赞美，构成其作品的迷人色彩；令一股浩然正气，一种质朴美艳，一种高贵的民族精神呈现在观众面前。

1979 年，65 岁的谢添加入了中国共产党，他一生的奋斗和追求，皆可以在此得到诠释。

在谢添执导的作品中，有四部儿童片《花儿朵朵》《小铃铛》《小铃铛续集》和《三朵小红花》格外惹眼。除了《三朵小红花》外，他还是另外三部的编剧。其拍摄时间，从 1962 年到 1986 年，跨度二十几载，足见他不变的追求和对孩子们的重视。

儿童片大师严恭曾感慨："拍孩子们的片子费心、费力，要下更大的功夫才行。"谢添为拍这几部片子，所泼洒的心血可想而知。在这些片子里，有的让童心童趣插上了神奇的翅膀；有的颂赞孩子们的高贵品质……而这一切的一切，都融进了寓教于乐的心思。显而易见地，他对孩子们的关爱，寄托着他对祖国明天的美好希冀。

喜剧，是谢添极为痴迷的探索样式。他执导了《甜蜜的事业》《锦上添花》《生财有道》等喜剧片。这些作品，都是紧跟时代的脚步，从现实生活的激流中撷取的故事和人物，所设置的矛盾、铺排的情节，包括许多生活细节，无不具有苍生烟火之气。无论是《甜蜜的事业》里的唐二婶、田大妈、招弟；还是《锦上添花》里的胖队长、老解决、老怀表、段志高；以及《生财有道》里的任老乐、李老大、乐婶等，都是观众身边的人物，亲切熟悉，气息可闻。所以，这些喜剧影片，观众看了，能发出自然而惬意的笑声。

谢添抓住了社会总要进步，美好总在前面这根生活主脉，因此，他的喜剧，是具有民族风的真正人间喜剧。

卓别林说："我一直喜欢在雨中行走，那样没人能看到我的眼泪。"谢添历经人生苦难和政治风雨，何尝未被那历史的风雨淋得浑身透湿，但他同卓别林一样，不愿让人看到他的泪水。

他笃信：生活是一面镜子，你笑它便笑。他的喜剧为我们撑起一把伞，遮挡了风雨；带着笑声，让我们享受心灵的阳光，用快乐和希望激励人们为生活的美好奋步前行。

沧海留笑声

季羡林说得好："我相信，一个在沧海中失掉了笑的人，决不能做任何事情。我也相信，一个曾经沧海又把笑找回来的人，却能胜任任何的艰巨。"

谢添正是曾经沧海一路响着朗朗笑声的人。

他留给这世间的，不仅是那绚丽多姿的电影作品，还有那伴随笑声的快乐、幽默、达观的人生佳话。

"文革"年间，他被再三折腾后，送到了大兴，成为重点"看护"对象。"看护"者担心其想不开寻了短见，夜里不敢睡觉，谢添却鼾声如雷。一觉醒来，他见那"看护"者疲惫不堪，便笑道："您不是怕我有个三长两短吧？别担心，人生百年，我还没活够呢！"后来，他和"看护"者成为好友，那人便是影坛才俊黄健中。

有一年，他正在摄影棚里忙活，突然夫人来报，说家里进了贼。当他赶回家里一瞧，什么也没丢。人们无不奇怪。谢添笑道："你看我这儿乱的，那贼一定是以为早有同道抢先一步来过，怎肯别人偷驴他拔橛呢，还不调头就溜？"原来，谢大师与艺坛的许多大咖如装帧大师张守义、指挥大师尹升山、美术大师刘学尧等一样，为了得心应手，所看之书，所用之物恣意而放，房间里便显得杂乱无章。哪想到，这随意的性情竟躲过了窃贼之劫，而谢添的豁达与幽默也传成坊间的段子。

改革开放初年，有一哥们儿想开洋荤，求谢添弄张内部电影票，而且要有裸体镜头的，越裸越好。谢添一口应允，不日，他将一张纸票塞到那人手里，并再三叮嘱："要保密啊！"那人甚喜，可回家一瞧，竟是一张洗澡票！那哥们顿觉自己的荒唐不堪，谢添的戏谑，令其警醒，羞愧不已。

谢添的倒笔书法堪称一绝，本来就喜欢他的粉丝们，更为他的绝技所折服，所吸引，都来求字，他只要有暇，有求必应。他的题字绝非随意敷衍应付写几个字而已，而是斟斟酌酌，笔墨充满意蕴，往往会令人忍俊不禁，笑出声来。

天津老家包子名店"狗不理"派人专程来京，请他题写墨宝。他故园情深，掂量再三，深深地运下一口气，纸现"笼的传人"四个大字。一个笼字，一语双关，岂能不叫人想到龙字？顿时，那"狗不理"便氤氲在中华民族源远流长的食文化的古风之中矣！

漫画家方成画了一幅钟馗，要其题签，他大叫一声"好"，刹那，左腕甩出仨字："鬼见愁"！方成见此，扼腕慨叹："吾兄之墨，力透纸背，一语中的！"随之，辗然而笑。

棋圣聂卫平也来求字，大师写了个："棋乐无穷"，令其齿牙春色，不禁连声"啧啧"，说道："还是谢导懂我，写到我的心坎里啦！"

有位晚报的无冕之王，奉主笔之命，敬请大师题字。谢大师甚感此情难却，眉毛一挑，纸现禅意："人好报好，好人好报"，喜得那无冕之王连鞠三躬，赶忙打道回府，喜盈盈地交差去了。

一位专治肛瘘的名医也慕名而来，叩门求字，谢大师请其上座，且沏了杯"茉莉花"奉客。然后，铺纸运笔，只见他一挥而就，倒笔写出："后生可畏"，这亦庄亦谐的题字，引来春风满堂，一片笑声。

人说，谢添一生就是一部讲不完的开心段子。

他豁达一生，幽默一生，风趣一生，不愧是快乐大师。

可叹天不永年，2003 年 12 月 13 日，上午 6 点 10 分，谢添的心脏停止了跳动，他在北京积水潭医院羽化登仙，享年 89 岁。

尊其嘱，骨灰撒于故园海河。

碧水悠悠，白浪滔滔，载着他的不舍和那朗朗的笑声，奔向了天际……

（载 2021 年 7 月《名人传记》杂志）

文隽画雅·忆高莽

作者（右一）与高莽（右四）

白山黑水多俊才，1926 年生于哈尔滨的高莽便是了得的一位。

1943 年，还是学生时，17 岁的高莽便以译作——屠格涅夫的散文诗《曾是多么美多么鲜的一些玫瑰》问鼎文坛，从此，其作品如那芬芳的玫瑰一样，开放在受众面前，直到他 2017 年九秩有一，出版《高莽》后，乘鹤而去。

高先生驰骋文、画两坛，整整 74 个春秋，皇皇伟绩，驰名中外。他隽笔书华章，丹青绘精英，众多桂冠闪耀一身：中外人民友谊的文化使者、俄苏文学研究家、翻译翘楚、名家画圣、文坛常青树、继往开来的《世界文学》主编、中国社会科学院荣誉学部委员、俄罗斯美术研究院名誉院士，含金量十足。俄罗斯总统曾授其"友谊"勋章；并获得普希金、高尔基、奥斯托洛夫斯基等多种俄罗斯奖章；2011 年中国翻译协会隆重授其"翻译文化终身成就奖"。

高莽先生是把苏联革命战士保尔·柯察金介绍到中国的第一人。

1947 年，他翻译了根据苏联名著《钢铁是怎样炼成的》改编之话剧《保尔·柯察金》，翌年，哈尔滨剧团将其首演；随后各地剧院陆续演出，《保尔·柯察金》火遍全国。剧中主人公保尔·柯察金成为青年人励志的榜样，他说："人最宝贵的是生命，生命属于人只有一次，人的一生应当这样度过：当他回首往事的时候，他不会因为虚度年华而悔恨，也不会因为碌碌无为而羞愧，当他临死的时候，他能够这样说：我的整个生命和全部精力，都献给了世界上最壮丽的事业——为人类的解放而斗争。"这话，成为名言，传遍大江南北，影响并激励了一代又一代人。

高莽先生功不可没。

高莽先生译作颇丰，内容相当广博，诗歌、小说、传记、散文、戏剧、电视剧……林林总总，数量繁多，作者囊括诺贝尔文学奖获得者阿列克谢耶维奇、托尔斯泰、高尔基、普希金、屠格涅夫、冈察尔、莱蒙托夫、舍普琴柯、布宁、叶赛宁、阿赫马托娃、马雅可夫斯基、卡达耶夫、帕斯捷尔纳克、葛利古里斯、卡哈尔等泰斗级人物；还有阿菲诺根诺夫、格列勃涅夫、科涅楚克、布宁、叶夫图申科、德鲁尼娜、沃兹涅先斯基、曼德尔施坦姆、特瓦尔多夫斯基、卡扎克瓦、罗日杰斯特文斯基等多位巨匠。译作包括《普希金诗集》《莱蒙托夫诗集》《孤独天使》《叶赛宁诗集》《蒲宁诗集》《安娜·阿赫玛托娃诗集》《臭虫》《澡堂》等经典之作；以及《人与事》《团队之子》《粘土与瓷器》《卡尔·马克思青年时代》《翅膀》《亲骨肉》《绣花丝巾》《冈察尔短篇小说集》等数部名作和传世之作。

在高莽先生之艺苑，更有自己的原创作品不断行世，你瞧《妈妈的手》《人生笔记》《墨痕》《域里域外》《白银时代》《高贵的苦难：我与俄罗斯文学》《心灵的交颤》《久违了莫斯科》《画译中的纪念》刚刚竣笔；又有《鲍里斯·帕斯捷尔纳克——历尽沧桑的诗人》《俄罗斯大师故居》《圣山行》《历史之翼：品读文化名人》《枯立木》《我画俄罗斯》《四海觅情》《俄罗斯美术随笔》《灵魂的归宿》《墓碑·天堂》等呈现于你的眼际。

他的笔墨，清新、隽永。读来细腻、亲切。细腻，如那叮咚唱着，潺潺流淌的溪水；亲切，像那亲人于耳畔叮咛般的阵阵絮语。字里行间，可以看到他博大的慈爱襟怀和高远敞亮的眼界，而那充满纸笺的文化气息，为你铺展一片花的原野，无边无际。

高莽先生既是文坛和翻译界之巨擘，亦为画坛之大家，出版有《马克思与恩格斯画传》《高莽速写集》等多部画集，特别是他为中外数百位文化名人如鲁迅、茅盾、艾青、巴金、冰心、丁玲、老舍、胡风、萧乾、冯至以及普希金、高尔基、托尔斯泰、肖洛霍夫、博尔赫斯、井上靖等多位名人所绘肖像，端的传神，影响广远，作品为中国现代文学馆、苏联高尔基故居纪念馆、日本井上靖文学馆，欧洲及拉美等多家纪念馆收藏。他为海内文化巨擘们所造之像，得到被画者的颔首称赞，并多有题款。

茅盾的题字是一首七绝：

> 风雷岁月催人老，
> 峻阪盐车未易攀。
> 多谢高郎妙化笔，
> 一泓水墨破衰颜。

艾青写道："一下把我抓住了！"

丁玲题云："依然故我。"

季羡林写的是："形似神也似，高莽高手也。"

巴金题词很幽默："一个小老头，名字叫巴金。"

并题："我说像我。"

我认识高莽先生就是从他的名人肖像画开始的，确切地说是看到他为上、中、下三册的《外国名作家传》的作家造像开始的。

那是 20 世纪 80 年代初发生的事。他为那套书所绘的外国作家肖像，惟妙惟肖，生动逼真，虽然是黑白两色，却端的传神，让人过目难忘，特别是其中苏联的作家，画得格外具有神韵，后来知道，他为此研究过大量的资料，有的还去过他们的故居，访问过相关的人士，下了很多功夫。毋庸讳言，他的画像，为《外国名作家传》增色不少。如果没有他的画，也许不会有那么多的读者会那么喜欢这套书，我便是其中之一。

正是从那时开始，我决意要出本书，请高莽先生画人物肖像。

十几年后，当我决定编《当代百家话读书》时，就去拜会高莽先生。我深知书中将有百余幅人物肖像，画起来，并非一日之功，是件很黏手的活儿，这要占去先生很多时间，他会答应吗？

那时，先生住在海淀昌运宫一号楼，我登门造访，说明来意，他爽快地说了两个字："好吧！"

这两个字，说得我心头发烫。

其实，当时，他手上有许多的活儿，为画我书中的人物肖像，将它们都搁下了。

我更不晓得的是，那时，他身体的许多部件已经亮起红灯，他心里悄悄在说："今年是我最后一年！"他竟要把他生命最后的时光献给《当代百家话读书》，这是何等的慷慨，是何等的牺牲精神！倘若我知道如此，也许会改变主意的。叫人欣慰的是，那之后，他又"最后"了21年。

正是因了《当代百家话读书》，使我与高莽先生有了交往的机缘。

曾见有才气的人，话语间常常会不经意地透出些桀骜之气，他却没有。

他的谈吐，同他的为人一样，淳朴，淡泊，如行云流水，但十分的睿智，十分的幽默。他常常为我讲述他不谐世俗，遭小人骂，受恶人骗的故事。同他聊天，体味到他渊博的学识和对世事、社会、人生的冷峻透视，总觉得长见识，受益匪浅。

高莽先生为作者造像

那时，他的书房，兼着他的画室和会客室，什物很多，转身的范围都很小，我简直无法相信，他的那些大幅的画作，如陈列在梅兰芳故居纪念馆里的《赞梅图》、被小人骗走的《孔子》等，都是怎样在这间屋子里完成的。

"开个特区，把东西往四面撤，画纸铺在地上，一段一段地画，再大的画也不难完成。"

他说得很轻松，似乎窄小的空间对于施展他的才情并无大碍。

听了，谁能不为他这种超然物外的精神所打动？

他告诉我其房子共有三室，这书房，是面积最大的一间。另外两间，除了他和夫人孙杰大姐的卧室，便是母亲的屋子。

我想看望高先生的令堂。

他说："请吧！"

打开屋门，只见老人躺在床上。她面庞清朗，皮肤白皙，可以想见，年轻时其容貌一定会很出众。但岁月沧桑总是那样的无情，让美丽的容貌慢慢蚀去，现在老人已经很瘦了，特别是那一双劳累一生的手显得有些枯干。

高先生说："明年，我母亲就100岁了！"

我很吃惊，老人竟是望百寿星，真为他耄耋之年还有令堂这尊佛陪伴在家而高兴，真是令人羡慕得很。

高先生深深地爱着他的母亲，曾充满诗意地深情写道：

我还记得小的时候，妈妈怎样用一双细嫩的手为我洗头，洗身，洗脚。她的手轻轻摸抚着我的皮肤，好惬意，好温柔哟！

我喜欢伏在妈妈身边，看她在布头上缝绣彩色花条。她那么专注，那么细心，缝了拆，拆了缝，稍有欠妥的地方，一定返工。后来，我看到布头上绽开了鲜花，长出了绿叶，飞来了小鸟，似乎还能闻到花草的清香，听到鸟儿的啼鸣。这是妈妈为我缝制的枕头套。我喜爱极了。我睡在这个枕头上，感受到妈妈的手爱抚着我的脸，温暖着我的心，连夜里的梦也不太苦涩了。

高莽先生常常忆起童年时妈妈对她的慈爱。读小学时，班上演节目，老师让他扮演小松鼠，可服装却要自己解决。妈妈一笑说，她有办法。只见她买来一块灰绒布，琢磨起来。白天忙，没工夫，就在晚上对着油灯，比量着高莽的身子，裁裁剪剪……

一天早上，一件带着大尾巴的松鼠服，像变戏法似的出现在妈妈的手上，高莽穿上，真像只松鼠，十分的逗人，美得他"哏哏"地笑出了声。

可他哪里知道，妈妈为了让他高兴，三天三夜没有合眼。

母亲九秩大寿时，高莽先生送母亲一件礼物，用他在"五七干校"时练就的手艺，亲手为老人家缝制了一套衣裤。母亲接过衣服，端详了许久，眼睛里闪着欣慰却有点异样的光芒。

那天晚上，高莽先生午夜醒来，发现母亲房间的门缝里透出灯光。他担心妈妈忘记了关灯，影响她的睡眠，便悄悄地走到门前，朝里一望，惊呆了！

只见母亲戴着老花镜，手里握着剪子，在拆儿子给他缝制的那套衣裤。

高莽先生没敢打扰母亲，悄悄地退回了自己的卧室，可心里百思不得其解，妈妈，这可是您60岁的儿子一针一线孝敬您的礼物哇！

几天过后，他终于憋不住了，问母亲这究竟是为什么？

"你的心意我领了，可你的活儿干得不地道，针线走得不直，也不匀，看着多不顺眼呐！"

老人家本想偷偷地将那衣裤拆了，重新缝起来，哪承想，手不听使唤了，拿起针就抖个不停，衣裳没有缝就，还让儿子发现了。

高莽先生望着母亲那双枯干的手，很是心疼，更觉得母亲了不起，人虽老了，可心里还是一朵花，像以前一样的要强，无论干什么事，都尽心尽力，不让别人有些许的挑剔；他要求儿子也一样。

老人家不识字，但却爱看儿子写字、画画。没卧床之前，常常坐在儿子身旁，默默地看着他伏案忙碌着，注视着儿子手中的笔在纸上滑动着。欣赏和羡慕中，浸透着她对儿子的切肤之爱。

她曾叮嘱儿子：待她死后，在她心口窝上，放一本书，到了另一个世界，她一定要去学字，读书，弥补今生今世的遗憾。

高莽先生敬重母亲，深深地爱着母亲。

后来，老人卧床了，一切均不能自理。

高先生的夫人孙洁大姐失明，帮不上他。

每天，特别是夜里，高莽先生都要几次起来将母亲抱下床"解手"。斯时，他已是近70岁的人了，而且有腰疾，抱母亲上床、下床，已勉为其难，他多半是单腿跪在地上，用另一只腿的膝盖顶着床沿，才能满头大汗地将母亲抱上床去。

他觉得侍奉母亲，是应尽的孝心，倘能多侍奉老人家一天，做儿的心里会感到宽慰。

老人家 102 岁时走了，高莽先生是那样地留恋母亲，舍不得她离去。

母亲虽然走了，但叮嘱却还响在他的耳边：

"孩子，你给男人画像，要画得比真人年轻些；画女人时，一定要比真人漂亮才行。"

高先生也说不清老人家为什么会有这样的想法，可他觉得妈妈倒是捕捉到了一般人的好恶心理，担心他的笔对不上被画者的心思。

高先生在为《当代百家话读书》中的撰稿者画像时，还真遇到了几件事，其中，有位女士看了画像后，大约是觉得画者没有将她画美，便来信问我，画者是谁？那潜台词是不言而喻的。

高莽先生当然牢记着母亲的提醒，但他画像有雷打不动的原则，那就是形神兼备，尤其要传神。在传神中，表现被画者的个性和特点，绝不天马行空，胡乱溢美。在《当代百家话读书》中，他为 105 位文化精英造像，不仅人物众多，而且，俊才们囊括多种学科、行当，特点各异，真是难为了他。

他在照料卧床的百岁老母的同时，一个个地琢磨着，一位位地画着，一笔不苟，精益求精，汗水涔涔地画了整整一个夏天。

其间，他换掉两副眼镜，病痛折磨着他，也不在乎。这本书行世后，获得全国大奖，直到十多年后，还有读者打来电话，询问何时再版，可见读者欢迎的程度，而这欢迎，是与高莽先生的心血与辛苦分不开的，他的人物造像为书中的内容增添了魅力。

因了《当代百家话读书》让我走近了高莽先生，并进一步了解、熟悉了他，倘若全面评价他，应该增加一个称谓——孝子。他不仅是学富五车的学者、妙笔生花的才子，还是一位美德于身的孝子。

高莽先生是位充满爱心的大丈夫，他孝敬母亲，也疼爱自己相濡以沫一生的夫人。他与夫人孙洁大姐都属虎，所以他戏称自己的家是"老虎洞"，其好友、书画家古干特意题了一方匾额"老虎洞"悬挂于客厅门楣的上方。

1947 年，由高莽先生翻译的俄罗斯剧本《保尔·柯察金》在哈尔滨首演，饰演冬妮娅的是当时任小学教员的孙洁，她为演好角色，去向高莽请教，在其帮助下，角色演得相当成功。那年，两位年轻人都正值 20 岁的芳华，因了保尔·柯察金，1953 年，男才女貌的他们结为百年之好。随之，度过了幸福难忘的一生。

天有不测风云，晚年，孙洁大姐因眼疾双目失明后，高莽先生为心爱的夫人当眼睛，每天都要给她读书、读报、读来信，讲天下的新闻，令其心头依旧充满阳光，充满快乐。

高莽去世的前一年，恰好九秩，他告诉密友，曾有一位美貌的知性女子，暗恋他一生，终身未嫁，这是他在参加其追悼会时得知的。

高先生一生忠诚于夫人，夫人失明了，依然是他的最爱。

先生曾对我说过，他不希望自己走在孙洁大姐的前面，理由是显而易见的。

朋友们有谁不希望他们夫妇长寿呢？

密友鲁光兄在他九秩那一年，曾写有一诗，为其祈福，诗云：

> 老虎九十不出洞，
> 写画人生不放松，
> 待到高兄百岁时，
> 老友相聚喝一盅。

然而，天不假年，越年，2017年10月6日晚22时30分，高先生溘然逝世。六个月之后，2018年4月24日12时，孙洁大姐脚步匆匆与高先生相聚天堂了。

故人已辞"老虎洞"，"老虎洞"里景幽幽，亲情、爱情，依然在这里氤氲着祥瑞；文隽、画雅，依然伴着高先生和孙洁大姐惬意的笑声。

（2021年10月于南北溪）

金焰：别具风神『驸马爷』

庚子二月，上海友人微信说，金焰的夫人秦怡在疫情中迎来 98 寿诞，真是可喜可贺！

秦怡不仅是影坛寿星，更是永不息影的明星。2007 年，她不顾 85 岁高龄，带着直肠癌的病痛，参拍电影《我坚强的小船》。2014 年，九秩有三的她又远赴青海，在海拔 3000 多米的高原，完成了自编自导自演的电影《青海湖畔》。随后这几年，她仍在为新的剧作《橘黄时节》忙碌着。她要把自己一生的坎坷、奋斗和挣扎都写进这部电影，像剥橘子一样，把一次次磨难，一宗宗美好，一层层地剥开……

然而，无论她怎么写，笔墨总绕不开她的挚爱夫君金焰。

秦怡年迈时仍在钟情于她的银幕，也正是要继承夫君未完成的事业。

金焰是史上首位民选"影帝"，时在 1932 年。

那年 5 月，上海《电声日报》发起"中国十大电影明星"评选活动。经过一年多的观众投票，胡蝶、阮玲玉和金焰赢得前三名，票数分别为：13 582 票、13 490 票和 13 157 票。因为金焰居男演员之首，自然被"皇帝"加身。

其实，那会儿金焰只拍了两部片子，属于影坛的处子金童。他所以能受到万众热捧，是因为当时的银幕上小生形象萎靡不振，非酸即痞，病态横陈，而他在《野草闲花》中饰演的音乐家黄云，一派青春气象，健美、阳刚、乐观向上，让人眼前一亮，看到生活的美好。

银幕内外的金焰清秀，俊朗，特别是那一双明眸，英气逼人。成为"影帝"之后，引来粉丝无数。有位女"金迷"竟写来 30 000 余言的情书，欲结秦晋之好。

田汉看罢，叹息不止，据此而生发灵感，写出了电影《三个摩登女性》，戏中的陈若英，就是以这位"金迷"为原型的。

金焰对于漫天抛来的鲜花，并不以为然，觉得自己还是那个金焰，并没有什么了不得。一次，有位女粉丝对他行跪拜之礼，并称他为"陛下"，金焰觉得她太下作，毫无做人之尊严，便扭身而去，执意不肯给她签名。

金焰，原籍朝鲜，1910 年生于汉城。两岁时，跟随被日本警察追杀的父母逃至通化，后加入中国籍。

在天津南开中学读书时，因痴迷鲁迅的作品，心生敬仰，便将原名金德麟易为金迅，后因求生求艺之路坎坷连连，遂改为金焰，誓以熊熊烈火为激励，永不泯灭人生之希望。

初中临近毕业时，他于《大公报》上，读到电影人的趣闻轶事，遂生明星之梦；后去大上海，看到梅兰芳主演的电影《天女散花》，此志更为坚定。他说："从那一天起，电影就像一见钟情的爱人悄悄走进我的心里。"

然而，他的从影之路，充满艰辛。

当更夫，是他迈出的第一步。

在影院打更，可以免费看电影。尽管晚上只能侧身躺在一条窄窄的板凳上过夜，但他仍感到很惬意。入夜，人去楼空，他躺于窄凳之上，回味电影里的一幕幕情节和一个个角色，常常心生感慨："我要去演，肯定比他好！"

睡了一年冷板凳，他终于得到跑龙套的机会。于是，他满怀希望一次次地去应聘演员，遭到的却是一回回的凉水泼头。

此间，田汉的南国艺术剧社，成为他唯一解闷消愁的"天堂"。

他整天泡在剧场里看话剧，把那角色的台词背得滚瓜烂熟。也巧，那天，田汉改编的《莎乐美》演到第五场，男主角却迟迟不见踪影，救场如救火，田汉便捏着一把汗让金焰换装替补。

岂料，金焰上得台来，竟演得如行云流水。谢幕时，观众掌声如春雷之展。

田汉暗自大惊："此人不可小觑也！"

就这样，金焰堂而皇之地登上舞台，相继在《一致》《卡门》《回春之曲》等剧中一试身手。

这些舞台实践，对于他走向银灯，无疑是个极好的热身。

新锐导演孙瑜慧眼识珠，让其担纲《风流剑客》主角龙飞，果然不同凡响。接着，又令其在《野草闲花》中施展身手，大出彩头；随后，连连加码，打造金焰、阮玲玉之"金玉搭档"，拍《恋爱与义务》《一剪梅》《桃花泣血记》等影片，更使金焰誉声大振。

接下来金焰趁热打铁，相继演出了《三个摩登女性》《野玫瑰》《黄金时代》《母姓之光》《大路》《新桃花扇》《壮志凌云》等名片，让自己更上了一层楼。他所饰演的角色，大都是反抗侵略与压迫的热血青年，是追求自由和美好爱情的时代弄潮儿，因而，成为青年一代的青春偶像；也被无数"金迷"视为梦里情人。

金焰的第二任夫人秦怡曾如是评价她的夫君："他还真是又塑造了人物，又完全不做作；就感觉到又有演员的魅力，又有人物的魅力。"

金焰一生演出40多部电影，其中多部作品是20世纪30年代现实主义力作，特别是孙瑜执导、由他领衔主演的《大路》，系一曲反帝爱国的壮歌，被誉为"中国不朽之名片"。

影片在无锡外景地拍摄时，成千上万的"金迷"蜂拥而至，一睹其风采，为其助威。金焰受到极大的鼓舞，全力投入拍摄，甚至连即将临盆的妻子也无暇照顾。

就在影片首映前夕，当金焰领唱、聂耳作曲的《大路歌》《开路先锋》传开来的时候，金焰与第一任夫人王人美的孩子，生下八天，便不幸夭折了，金焰为拍《大路》付出了惨痛代价。

金焰以自己的艺术实践，参与并见证了中国电影从默片时代向有声时代的迈进，是名副其实的左翼"影帝"，不可磨灭的功勋将永载电影史册。

孙瑜是金焰之伯乐，栽培了金焰，成就其明星梦；而金焰也助孙瑜实现宏愿：令其电影成为"复兴国片之革命军，对抗舶来片之先锋队，北京军阀时代之燃犀录，我国家庭生活之照妖镜"。金焰一生都念及孙瑜的知遇之恩。当年，拍《野草闲花》时，他曾为孙瑜画过一幅彩粉画像，以示景仰之情。孙瑜十分珍视这份感情，直到 20 世纪 80 年代还将它挂在书房里。

金焰称田汉为第一位恩师。在他刚到上海滩，生计无着时，田汉收留了他，请他在霞飞坊栖身一年有余；淞沪战争结束后，田汉为躲避反动派的耳目，也曾在法租界金神父路金焰的家里起居。在那些共处朝夕的日子里，田汉对金焰多有教诲，他为人、为戏之精神，深深地影响了金焰。在田汉的引领下，金焰热情投身于左翼演剧活动，曾发表公开信，呼吁演员以自己的艺术为社会服务，为大众效力，不去做资产阶级的玩偶；还曾撰文号召电影界同仁团结起来，为抗日反帝而斗争。

1907 年，朝鲜民族英雄安重根在哈尔滨击毙了日本法西斯"铁血"首相伊藤博文，威震敌胆，轰动世界。金焰自小就崇拜这位英雄，珍藏其照片。淞沪抗战结束不久，安重根的胞弟安恭根又与其他抗日志士一起，在上海虹口公园炸死炸伤日军酋白川大将、重光葵外相等多人，大快人心。

事后，金焰见到安恭根，二人把酒，畅叙甚欢。金焰从安恭根处了解到许多可歌可泣的抗日经历。于是，他决意以安恭根传奇般的抗日业绩为素材，写一部上下两集的电影剧本《英雄血泪》，请田汉担任总顾问，自己饰演安恭根，夫人王人美演安恭根的妻子崔顺玉，由小童星韩小虹饰安恭根的女儿安静生；并拟订了影片发行计划，不仅在国内，而且要向全世界发行，借以传扬抗日精神，激励朝鲜族同胞的抗日斗争。遗憾的是，后来，抗战全面爆发，突生多种情况，致使这一计划未能得以实现。显而易见地，金焰不仅是对电影艺术孜孜以求的大明星，更是胸怀大义的抗击日本侵略者的斗士。

周恩来总理曾亲切地称他为"中国的驸马"。

毛泽东主席曾接见过他，并亲自任命他为国家一级演员。

我读小学五六年级时，那天，跑到镇外的阜丰山上，去观瞧长影《暴风中的雄鹰》剧组拍外景，见到了身着藏袍饰演老巴尔的金焰，他两眼炯炯有神，话音洪亮，亲切有加……

这是我与大明星的一面机缘。

我忝为影人之后，由于工作的关系，得以多次见到他的夫人秦怡。每次谋面，见她总是化了妆，打扮得漂亮而得体，让人感受到内心的阳光和坚毅。其实，她多次与死神擦肩而过，至今已动过七次大手术，胆囊已被切除，她笑称自己是"无胆英雄"，种种磨难都遮挡不住她的笑容。

金焰、秦怡合作的唯一影片《失去的爱情》剧照

人们多么盼望当年的"影帝"和新中国的二十二大明星之一的夫人，能伉俪合作，多拍几部佳作，以饱眼福。可惜，他们夫妇二人只合作过一部影片，那是由汤晓丹执导的《失去的爱情》。这部电影，被认为是金焰此生拍摄的最棒的一部戏。不幸的是，它被当时的制作单位因怕招致政治上的麻烦而烧毁了！此后，我们再也没有机会一睹这对伉俪的凤凰和鸣了。

在金焰的眼里，小他12岁的夫人秦怡是他唯一的真爱，没有第二。1947年，新婚之夜，金焰抱得美人归，由于过于兴奋，加之朋友们的肆意相劝，酒喝得太多，以至于让他兴奋得飞檐走壁起来，夫君在檐上飞跑，新娘担心，在檐下紧追……

然而，在随后漫长的岁月里，风雨不断袭来。到了晚年，金焰疾病纠缠，饱受折磨，秦怡陪侧，一样煎熬。

尽管命运无情，秦怡却痴情不改，精心侍奉卧病在床的夫君20多年，直到1983年12月27日，73岁的金焰离世。

如何评价这对饱经沧桑的明星夫妻，泪水、鲜花，不过敬意而已。因为现实是如此的残酷，而真正的美好，是因坚守而来，总与苦难相伴，任何溢美之词，都难以表达其万一。

秦怡是这样评价她的夫君的：

"他这个人，个性强，不大会说话，很难阐释清自己的意见。但是，他是一个真正有爱心的人。其实，我是由衷佩服他的人品的，或许是因为在恋爱之前他就是我的偶像。所以，很可能后来没有仔细地想过他的缺点，但是回过头来想，他外表英俊，内心善良，真正算是一个完美的男人了。"

真情，不需要华丽的辞藻。

这段心语，应该是秦怡寄往天堂的最美情书。

金焰，这位"驸马爷"，留在电影史上的是一段传奇。

他与秦怡的爱恋，书写了一阕幸福且悲怆的诗篇。

凄美的故事里，伴随种种痛苦和磨难的是慈悲和真情，这便是默默的爱。

（2020年10月于詹姆斯岛）

飘然而去的石挥

那年元旦期间，"金鸡奖"评委在北京西山评奖，余随我们《大众电影》社长崔博泉先生去探班。

评委黄宗江先生将我拉进他的房间，神秘地说："积三，你猜，我昨晚梦见了谁？石挥！见他站在九霄云头朝我笑呢！"

宗江先生常有惊人之语，也常有惊人之举。记得去西安和延安参加"金鸡奖""百花奖"颁奖活动，会后，我与他等都被安排在第二批飞离西安返京，那之前，恰有航班出事。宗江先生竟对大家说："坐飞机悬呐，咱们先开个追悼会吧！"

众人惊诧，随之哄堂大笑。

他说梦见石挥我信，他是石挥的好友，太钦佩石挥了，久思之人便会现于梦中。

"石挥和您说什么了？"

"还没等说，就醒了！"

随后，他不住地慨叹着："石挥要是活着该多好！遗憾，遗憾，太遗憾了！"

在北京人艺的宿舍里，我同样听到过石挥的外甥于是之先生如是的慨叹……

我一直以为艺术家有两个生命，一个是自然生命，另一个是作品生命。有的人，尽管早已仙逝，但其作品却长久地留在世间，而且，经年流月，愈发地被人们所喜爱。

石挥就是这样的艺术家，就这个意义上讲，石挥还活着。

20世纪四五十年代，他由北京而及上海，红遍影、剧两坛，其话剧《正气歌》《秋海棠》《大马戏团》《大雷雨》《梁上君子》以及《林冲》《金小玉》《雷雨》《福尔摩斯》等风靡万众，人们为之痴迷，为之疯狂，为之顶礼膜拜，称其为"话剧皇帝"。

随后，他由话剧转为电影，"石挥旋风"又跟着他的身影席卷银幕。他叱咤影坛五度春秋，主演13部影片，且执笔5部，编剧4部，平均每年奉献给观众的作品达4部之多。脍炙人口的作品有《我这一辈子》《假凤虚凰》《夜店》《天仙配》《关连长》《鸡毛信》《艳阳天》《太太万岁》《母亲》《宋景诗》等等，在人们眼里，他不仅是"话剧皇帝"，也是"电影皇帝"。可谁能料到，就在他创作如日中天之时，"反右"风暴骤起，石挥岂肯无辜挨批，1957年11月中旬的一天，他竟于人间蒸发，蒸发得无影无踪，直到17个月之后，人们才在上海南汇的海滩上发现了"皇帝"，而此时的他，早已去天堂拍戏了。

石挥当年的夫人，现居美国纽约的著名京剧名角童葆苓说："那天下午，他挨批回来，听说我要去接待一个外国文化代表团，舍不得我走，一下子就把我抱住，拼命地上下吻我……"可她没有觉察到，这竟是丈夫与她诀别的亲昵。石挥辞世时，英年 42 岁。

尽管岁月如水无情地流去，然而，人们并没有忘记当年的"皇帝"和他的作品。一经拨乱反正，关于石挥的纪念会、座谈会纷纷召开；研究石挥的文章屡见报刊；有关他的书籍洛阳纸贵；他的电影更是通过多种媒体回到海内外的观众视野。

石挥逝世 20 多年后，意大利举办中国电影回顾展，权威的国际电影评论家一睹石挥电影，甚为震惊，慨叹："发现了中国电影，也发现了石挥"；有人翘起大拇哥，说："无论作为导演，还是演员，石挥一流！"

世界电影百年诞辰暨中国电影华诞 90 年之际，国家有关部门授予石挥"中国电影世纪男演员奖"，让人感到欣慰。

石挥自编自导自演的《我这一辈子》和《关连长》，编剧署名为"杨柳青"，许多人不谙其详，其实，这是他的原乡情结。天津杨柳青石家大院，是他出生的地方。尽管后来石挥浪迹天涯，但他始终不忘自己是杨柳青的儿子。天津以这样的赤子为荣，人民政府出资，在西城寝园为石挥修墓立碑，供后人缅怀纪念。

石挥幼年随家迁往北平，只读过两年初中，后来，他何以在舞台和银幕上呼风唤雨，左右逢源，成为百变"戏精"？这要得益于他痴迷于京戏的父亲，石挥4 岁起，便被父亲带进金鱼胡同的"吉祥戏院"听夜戏，稍大后，又去前门的"广和楼"观瞻"富连成科班"的演出，一年 365 天，总有 200 天以上浸淫其中，从开场的闹戏，直看到大轴的武打戏。如此这般地一连度过四五年的漫长时光。那些古老的戏码，像种子一样，在少年石挥的心里，慢慢地发芽了。

15 岁那年，因父亲失业，少年石挥不幸辍学，生活的重担，袭上他的肩头。他如一艘小船，在凄风苦雨的黑海洋里随着风浪颠簸着；他如一个饥肠辘辘的乞丐，为了讨得一口饭吃，去卖报纸、当学徒、做杂役……正是在此时，他接触到五行八作的穷苦草根、市井各色人等；因屡屡受到欺凌，而体味到世态的炎凉、社会的丑恶、权势者的嘴脸……

后来，他能得心应手地塑造各种人物，无不是生活给予他的馈赠。在真光电影院当杂工时，天赐良机，让他可以免费看电影，如不是那时观瞻了那么多的中外电影，也许就没有后来的"电影皇帝"了。

生活的苦难经历，锤炼了石挥的桀骜不驯。

一次组团，私人老板的代理人韩非宣称："名角薪水每月最高600块！"

石挥应声说道："我要601块！"

有人嘀咕："人家赵丹也就这个价！"

石挥回道："赵丹是赵丹，我不是赵丹！"

石挥并非狂妄，而是自信。

戏剧大师黄佐临称他是"稀有的表演艺术家"。

别人读剧本，瞧的是那一行行的字，而他却主张"剧本上印的一行行字，固然很重要，但行与行之间的空白，才是我们演员创作最重要的地方"。

他追求的不是一部戏，一个角色的成功，而是希冀牢牢地抓住观众的心。

他说："我上场前要观众盼着我，在场上要观众看着我，下场后要观众想着我。"

凭什么让观众盼着，看着，想着，当然是他的百变演技，是那一个个有血有肉，鲜活蹦跳的人物。

石挥演过30多出戏，无论正剧、喜剧，还是悲剧，亦无论正派、反派和大小角色，都跃动着属于石挥的思想与灵性，都有他拿手的绝活儿，都具有无可替代的魅力。

石挥饰话剧《飘》之白瑞德

他演《正气歌》中的文天祥，浩气直冲霄汉，爱国情怀令人血脉偾张，在面对强敌，陷入绝境那场戏里，他仰天长啸："天地虽大竟没有我文天祥容身之处了！"话里悲中含壮，听得人心都碎了。编剧吴祖光为之一震，二人因此结缘，成为挚友。

在曹禺的名作《雷雨》中，石挥扮演鲁贵，那手势、那话音儿、那眼波、那衣着……把个奴才"范儿"，拿捏得惟妙惟肖。唱小曲那段戏，让全场静得连根绣花针掉在地上都能听到动静儿。石挥的表演，让曹禺心生喜悦，不由得赞道："石挥演得比我写得都好！"他原本觉得鲁贵的戏份多，要删戏，看罢石挥的表演，顿觉一丁点儿都不多。

石挥外形粗犷，不属于玉树临风的腕儿，谁也想不到他去演青衣，在《秋海棠》中，俨然换了个人，把那一代红伶秋海棠演得出神入化。这出戏，在上海连演四个半月，180场，空前绝后。

那阵子"看石挥去"成为上海滩的一时之盛事。

石挥的戏，让张爱玲的心也动了，她秀笔吐花，称："《秋海棠》一剧风靡上海不能不归功于故事里京味气氛的浓，石挥身上的京味或是痞气都让上海滩的观众感到新颖。"

在《大马戏团》中，石挥摇身变为老江湖混混儿慕容天锡。他将这个悲剧人物演绎得十分可笑、可怜、复可恨，被评论家赞曰"是天衣无缝的人和角"。这出戏长达四个半小时，一次演出，由于过度疲劳和人心，石挥竟昏倒在舞台上。

"国剧大王"梅兰芳，曾亲临北京卡文登剧场观瞧石挥的演出，散场后，他握着石挥的手说："这么年轻啊，可真不容易，台词这样地熟练！"

当时颇负盛名的《立言画刊》刊登了他与梅兰芳的合影，足见对石挥的褒扬与追捧。

石挥是中国艺苑独成一派的大家。

他不囿窠臼，随性表演。他敬畏生活，依据生活，浑身是戏。在他的艺术画廊中，塑造了不少反派和丑角，诸如《正在想》里的老窝瓜、《夜店》里的金不换、《金小玉》里的军阀王司令、《梁上君子》中的夏屏康律师等，他演反派，演丑角，丑到逼真，丑到骨子里。他揭示的是角色的丑陋本质，让人欣赏的是其表演艺术，给予观众的是一种美的享受。

石挥的电影，同他的戏剧一样，民众的喜好，是其出发点，也是最后的归宿。因此，大众情怀，生活本真的淳朴诗情，构成其作品的主色调和长久的艺术魅力。

为实现这些追求，他苦心孤诣。为把黄梅戏《天仙配》搬上银幕，一连看了二十几遍安徽省黄梅戏剧团的演出，而且，从不同的座位和角度去看，台上台下轮换着看。此外，他还多次去观看苏联芭蕾舞剧片《罗密欧与朱丽叶》，揣摩这出名剧是怎样从舞台走向银幕的。片中朱丽叶请神父赐予毒药，有个从台阶飞奔而下的长镜头，石挥甚是欣赏，由此得到启发，必须熟记黄梅戏《天仙配》的全部乐谱和舞蹈动作，才能拍好电影。

他做到了。

石挥的《我这一辈子》，堪称平民史诗。

他在片中所饰演的主人公"我"，并非顶天立地的英雄壮士，而是混迹于市井的"臭脚巡"。

影片《我这一辈子》剧照

石挥操着一口京腔，把这个佝偻老迈的苦命警察，那一腔热血和唯唯诺诺，表现得淋漓尽致。

一个人辛酸的沧桑经历，描画出的却是一个旧时代的图景。

此乃石挥的导演处女作，也是他的顶峰之作，更是电影史册中当之无愧的经典。

1952年，石挥在执导影片《鸡毛信》的时候，曾写有一段心语："我们爱祖国、爱人民、爱艺术，准备把自己的全部生命献给人民电影事业。"

拳拳赤子心，日月可鉴。

石挥是艺术家，无意在政治上出人头地，但并不糊涂，愿倾吐肺腑，爱说真话。

他发现"有人不喜欢别人说真话，有人不允许别人说真话，有人不敢说真话，有人说了真话真吃了亏，有人说了假话反而得到尊重，于是乎真话逐渐少了，假话逐渐多了，这是我们新社会中极不应该有的现象，是一股逆流。"

他这位性情中人，将此番肺腑之言，写进杂文《东吴大将"假话"》中去了，发表于1957年5月11日《解放日报》。

石挥万万没有料到他的警世之语也会招致灭顶之灾。更让石挥没有料到的是，先前的朋友也都纷纷变了脸，口诛笔伐，指鹿为马，造谣中伤，向他"开炮"，欲置其死地而后快。他惊诧了！惊诧人性的丑恶！惊诧世道的不公！惊诧邪恶将他逼向了绝境！

就在遭到昧着良心的人们对他信口雌黄的第二次批判之后，他去意已决。行前，他曾忧心忡忡地向好友沈寂诉说心中的绝望，尽管沈寂尽力安慰他，但石挥还是摇头不止，随着"完了，完了"的两声长叹，决绝地朝前走去……

石挥悄悄地登上了开往宁波的"民主三号"。

这条船对于他并不陌生，因为，此前在执导《雾海夜航》时，他曾来船上体验生活。

他抚摸着熟悉的船舷，望着夜雾弥漫的海面，他的心境像那四围的夜色一样漆黑，漆黑得他曾有过的一腔热血都变得冰凉，冰凉。

他万万没有想到《雾海夜航》竟成了他最后一部作品。

更没有想到，这条船成了他的"泰坦尼克号"，将载其去往另一个世界……

石挥在他艺术创作的巅峰时期，飘然而去了。

那是一段人性被异化的岁月，面对强权高压，人人都求自保，纷纷屈膝，自相践踏。此时，在一片跪卧的人群中，他桀骜地矗立着，如一面镜子，照出了那个特定年代电影圈各色人等不堪的灵魂。他本不想做什么英雄，但那段耻辱的日子，逼他成了勇士，他为捍卫自己的清白、正直和良知，选择了常人不敢选择的果敢，其无所畏惧的精神震天撼地！

士可杀，而不可辱！

倘如没有那场就连朋友都为之变脸的政治运动，他还会创作出多少经典之作？他和童葆苓的爱情该是何等的幸福？

可惜，这世间，没有倘如……

也许，正因为如此，人们才更加珍爱他留给我们的作品，咂摸他的英勇和不幸。

为正义而殉生命的千古英雄，是历史的镜鉴，矗立在沧桑的风雨中。

石挥与夫人童葆苓是 1954 年结为百年之好的。

然而，在短短的 3 年婚姻中，他们一直劳燕分飞，于北京、上海唱双城记，直到 1957 年 11 月，才终于在上海成了家。

不幸的是，就在成家不久，石挥绝尘而逝。

后来，童葆苓在写给《文汇电影时报》副主编余之先生的信中写道："我们总算安居了，我们想在这房子里生个小宝宝。想不到'反右'开始了。他就从这房子出走和我永别了。我承受不住这种打击，虽然我当时只有二十几岁，但我的身体坏极了，我病倒在上海，我的母亲不得不把我接回北京。真是一场梦。不过我常做好梦，梦见他回来了，我真希望别醒过来，永远在梦里多好。"

　　这信，字字含情，如杜鹃啼血。

　　九霄云头的石挥可嗅到了这心香一瓣！

（2020 年 10 月于詹姆斯岛）

画茶花女的『酒仙』

我颇喜爱张守义先生的装帧艺术。

展读由他装帧的书籍，透着一股隽雅清秀之气；特别是为外国文学巨擘的名著所设计的装帧，散发着诱人的异国情调；那插图，更是笔墨含情，简约传神，令人扼腕，叹为观止。

我正是带着仰慕之情去拜访张先生的。

那是1990年冬天的一个午后，好不容易找到人民文学出版社的职工宿舍。当我登上六楼，叩开张先生的家门，令我吃惊不小！

迎接我这个不速之客的是一张精瘦的脸，实在太瘦了，那是一副无法再瘦的脸庞，想不到张守义先生竟会如此之瘦削！

然而，那一双透着热情和睿智光芒的眼睛，令我至今难忘。

在他的画室兼会客室坐下后，先生热语暖人，我俩颇有相见恨晚之感。

他随手拿出两瓶啤酒，倒了一杯递到我的面前，又给自己倒了一杯。

他笑吟吟地举起杯子，道："积三，来！"

我本不胜酒力，平时滴酒不沾，可怎好辜负他的一片盛情？

我呷了一口，而他的杯子刹那见底。杯酒下肚，他拿过酒瓶，小心翼翼地揭下了瓶肚上的商标，在上面写下"某年某月某日某时于舍间与积三先生雅会"。

随后，又从抽屉里拿出厚厚的一叠啤酒商标，让我观瞧。

那上面记录着他与一位位作家和编辑会面的时间地点和名字。看罢，他欣喜地将刚刚揭下来的商标，也放到了那一摞商标之中。

看着他把那些啤酒商标又收藏到抽屉里，我的心头顿时升起一股暖意，感受到这位装帧大师对朋友和友情的珍爱。

原来这是先生的一种习惯。凡有新朋友见面，他便会如此这般，以酒瓶上的商标作为纪念。

后来知道，凡出席会议或与朋友雅集，张先生也总是用这种方法记下与新朋友的谋面。偶尔遇到瓶子上的商标揭不下来，他竟会执意把那瓶子带回家来，再慢慢地揭下商标……

熟稔之后，令我很是吃惊，平日里张先生不喝水，只喝啤酒，以酒当水。一日三餐，很少吃主食、蔬菜和鱼肉，主要以啤酒养生。天天如是，岁岁如此。

他是啤酒滋润的一位天才，无怪乎朋友们称其为"酒仙"。

我曾一度暗暗地为先生庆幸，以为"啤酒是液体面包"，这种生活习惯，于他的健康无碍。后来得悉，啤酒除了热量，并无更多的营养，这就不能不让人想到他精瘦的原因；不能不让人担心他的身体！可是，啤酒已经成为他生活和生命中不可或缺的一部分，他如何能离得了啤酒呢？

"丹青为命酒为魂！"

这是大师堂而皇之打出的人生旗帜！

朋友们只能望而叹息，又奈他何？

他除了喜啤酒，尚有一雅好，喜石。

他之爱石，与众不同，既非搜罗美石、秀玉；也非为镇宅，逞奇。

他所觅之石，均与装帧创作有关。

他求之石，有两类。

一类，是他曾装帧过的外域作家的家乡石，或其作品内容涉及的地方石。先生告诉我，他曾多方寻觅托尔斯泰、高尔基、歌德、雨果、泰戈尔、马雅可夫斯基、卓别林、塞万提斯、陀思妥耶夫斯基、大仲马、小仲马……的故园石；出国访问，巴黎圣母院、奥斯威辛集中营、柏林墙……成为他必去的探访之地，在那些他既熟悉又陌生的地方，总要想方设法寻觅到一粒石子或一片石皮，装入行囊，带回家中，予以珍藏。

另一类，是他曾为其书籍做过装帧或插图的国内作家的家乡石或宅石。无论是誉满文坛的大家，抑或未名的青瓜蛋儿，他都孜孜以求。

他多次虔诚地向文坛翘首严文井索石。

一日，严翁终于托人送来了一个纸包，他打开一瞧，嘿！竟是一颗牙齿。

严翁在纸笺中写道，这，虽然不是我家乡的土生之石，却是我的身生之石，更有意义也！

张先生读罢，连呼："妙！妙！妙！"急忙收好，如获至宝。

张先生心心念念地极想获得一枚老舍先生亲赠的家乡石，无奈先生驾鹤西行，使他抱憾不迭。

那天，终于有了机会。老舍的夫人胡絜青先生慨然应允他在庭院里，可取一方铺地的石砖。

他将那石砖，小心翼翼地用纸包裹好，恨不能立马带回家中，珍藏起来。

可是，到了存车棚，那车锁像是着了魔法似的就是打不开。他环顾四周，找不到任何可以敲锁的家什，兀地看见了那块包裹好的石砖，无奈之下，他只好用它来轻轻地敲锁……

这些举动，竟被暗中的看车人盯得清清楚楚。

碰巧那天，他腋下还夹着一只揭不下商标的啤酒瓶。

从他那不修边幅的衣着行头，到他腋下的酒瓶，再加之他用砖砸锁的举动，看车人认定他是"三只手"，便叫来了警察……

直到人民文学出版社的有关部门派来了人，这场"冤案"才得以澄清。

每每谈及这桩"乌龙"案，张先生总是慢条斯理地说："都是我急着回家，要不能敲锁吗？"

接着，便连连慨叹："那方石砖，听过老舍先生的笑声，映过老舍先生的身影，印着老舍先生的脚印，将他入柜收藏，受点儿误会，值，值啊！"

我一直没有向张先生请教，他为什么那么痴迷于索石？但我隐约觉得，那依然是他对于装帧过的书、合作过作家的一种情结，那是一种深沉痴爱的情结。而这种情结，缘于张先生对于他所从事的装帧艺术的痴迷与真爱！

我和夫人桂生有幸受到张先生的抬爱，他曾为我们的五本书装帧，除了画封面，有的还画了插图和尾花。

先生为《中国影人诗选》设计的封面，典雅、端庄，意象隽永，令人爱不释手。他选用乳白色的丝绢铺就封面，上面烫印着三条细细的弧形金线，象征着影人的镜头和春天的彩虹。护封通体洁白，右落诗坛泰斗艾青的题签，中间的上半部分，是用鹅黄、水蓝、卉紫画就的三条飘逸的弧线，诗意盎然，教人浮想联翩……

然而，仅仅这三条弧线，其粗细、其间距、其弧度、其颜色、其排列，他苦心孤诣，再三琢磨，一再比对，才落笔成形。

他为我们的电影人物散文集绘制了数十幅影人的头像，如陈强、张艺谋、刘晓庆、雷振邦、潘虹、苏里、庞学勤、张笑天、王家乙、颜彼德、杨在葆、达奇，等等，一幅幅画得都是那样的生动传神，栩栩如生。

他特别擅于留白，在残缺中，凸显人物的特征，看起来，画面上，不是缺鼻子，就是少眼睛，可一琢磨，特点就强调出来了。

有时，他会在画面上，留下一个小点痕，看似无意，确是着意的。

我问："这是为什么？"

大师笑而不答。

我理会这就是只可意会不可言传之处。

小小点痕，带来意想不到的笔墨气息，这也许就是大师与非大师的区别吧。

为了掌握每个人物的特点，画出各自的风采，张守义先生要我尽量多的找来画主不同角度、不同表情的照片和有关他们的文字资料，一一悉心研读。他对于创作，真可谓殚心竭智，倾心倾情。

按常理，他这样的人物，那画，用的一定是相当好的纸张，起码是正常的白白净净的画纸。可令人意想不到的是，他用的画材，十分随意，信手拈来，可以是早年的挂历，也可以是看过的广告，翻过来便可。

他画人物，并非一气而就，而是，画罢，左看右瞧，端详再三。不如意的线条，就撕下一片纸屑，粘上；再琢磨，再端详，将那仍不如意处，再粘上一片纸屑……那画面，简直就是百衲衣。印出来之后，却漂亮得很。

我不曾想到，先生对表演情有独钟。

他告诉我，自己常常从演员的表演中，获得创作的灵感，而他自己也常常闭门对着镜子，自演自画。

他颇为得意地说："在创作法西斯集中营里囚徒的插图时，我就是把自己反锁在家里，一丝不挂，躺在椅子上，左倾右卧，东倒西歪，对着镜子当模特，边演边画的。"

一天，我抱着一箱新牌子的啤酒去看望先生。

他见了十分高兴，便从厨房端出香肠、花生米和酱牛肉，要我陪他喝两听。

纵着酒兴，他神秘地问我："你看我长得像谁？"

没等我回答，他道："像鲁迅啊！"

我急忙应诺："还真有几分像！"

他又道："鲁迅先生是我最佩服的人，他是新文化的旗手，也是书籍装帧的开山泰斗！他从 1909 年为《域外小说集》设计封面开始，直到 1937 年为《且介亭杂文》一书设计封面，装帧设计的书籍有 30 多部哇！"

他"哎呀"了一声，不住地慨叹着："鲁迅先生的装帧设计，拙朴至美，那才是时代感与民族性结合的典范。有的装帧，还采用了汉魏六朝的画像，民族味太浓了，那是经典的东西，够我们学一辈子啦！"

他突然放低了声音，望着我："我一直有个愿望。"

那眼神里充满渴望："演鲁迅。"

我为他对鲁迅先生的挚爱感动了。

聊起表演，张先生谈兴难尽。说道，演员可以用不同的角度、不同的空间，全方位地展示角色，而画家的一幅插图，只能表现一个凝固的瞬间。这就要求画家必须对作品有深刻的感受和准确的理解。

他以为，这种功力的获得，来源于学养和对生活的积累；来源于对真善美的追求和对假恶丑的憎恶；来源于一个情字。

在与先生的交往中，我得知，每每为经典作品插图，他都会变做一条"书虫"忘情地"钻"进书本之中，反复地去咀嚼其中的内容。

在为小仲马的《茶花女》插图时，他不仅仔细地阅读了全书，而且反复地吟诵过重点段落，终于使那个有着不幸遭际，美貌如花的玛格丽特，走进了他的心庭；让那段撕心裂肺的独白不停地击荡着他的耳鼓——

"我们这些人已经心不由己，我们不再是人，而是没有生命的东西……总有一天，我们会在毁灭别人又毁灭了自己以后，像一条狗似的死去。"

张守义的心在战栗着，他的眼角闪动着泪光，他的笔端涌动着对玛格丽特悲剧命运的深切同情。

于是，一帧带有灵魂的形象跃然纸上；一幅动人心魄的茶花女的插图诞生了！

然而，人们也许并不晓得，张先生为画茶花女，还曾反复欣赏舒伯特为颂扬圣母玛利亚之非凡所谱写的《圣母颂》，为的是让那圣曲不断地撞击着心弦，让灵感的激情沉浸在神圣之中。

（载 2015 年 7 月《天津日报》"满庭芳"副刊）

滹沱河畔的血性汉子

天津电影制片厂的开锣大戏是《红旗谱》。回首这部影片的创作，不能不想起滹沱河畔那几条血性的汉子。他们是执筒的导演"拼命三郎"凌子风、编剧胡苏、出演主角朱老忠的崔嵬，当然还有挥笔写出同名原著小说的梁斌。

滹沱河畔自古多慷慨悲歌之士，这几条汉子继承了燕赵遗风，其故事颇有几分传奇之色彩。

1957年，小说《红旗谱》横空出世，震惊了文坛，成为那一时期小说"三红"——《红旗谱》《红岩》《红日》之首。被评论家们认为是新文学的新成就。其独特之处在于它塑造的朱老忠这一形象，大异于旧时的草莽英雄，有着中国农民所特有的民族气魄，继承了民族传统的优良精神。他是横跨新、旧两个时代，找到新方向的农民豪杰。在其血管里，交汇着无产阶级的血液和我们祖先战斗传统的血液。

田汉看罢由其改编的话剧后，曾赋有一诗：

> 清流碧血忍凝眸，
> 廿载归来恨未休。
> 苛税不除人不散，
> 红旗飞满古城头。

作品如此之好，影响如此之大，天津电影制片厂将其搬上银幕是情理之中的事。梁斌曾任河北省文联副主席、作协河北分会主席，为一心一意写他的小说，曾辞天津市副市长之位。他与天津有着如此深厚的缘分，用他的大作为天影厂开山，就更在情理之中了。

当时，天影厂初创，正在招兵买马，北影的"拼命三郎"凌子风，执意要调至天津，为天影奉献心力，北影岂肯放走"凌大帅"，但满足了他去支援天影，执导《红旗谱》的愿望。

编剧由谁来操刀呢？后任长春电影制片厂副厂长的剧作家胡苏承担了这一重任。他与河北渊源颇深，此前在河北工作有年，曾任河北省首任文学艺术界联合会主任、河北省宣传部文艺处长等职，他与梁斌结有君子之交。

胡苏先生曾对我聊过梁先生的一些逸闻秘事。其中养虎之事颇为有趣。

那是1948年年底，淮海战役结束后，梁斌参加"南下工作团"到湖北襄樊地委任宣传部部长。一面剿匪，一面防饿虎下山伤人。在保康检查工作时，他发现了一只饿得奄奄一息的虎崽儿，为挽救这条可怜的小生命，便将它带了回来，起名"虎子"，由夫人散帼英照料喂养。"虎子"在其精心侍弄下慢慢地长大了。后来随着梁斌的工作调动，"虎子"也跟随梁斌一家人由武汉到了保定。几年过去，"虎子"渐渐地长得如同牛犊般大小，虎性显现。为了防止伤人，梁斌夫妇便将它送给了保定动物园。梁斌和散帼英念及着它，常常去看望。一听叫"虎子"，它就乖乖地来了。不幸的是，后来保定发大水，"虎子"跑了，死于追捕的枪弹之下。爱虎如子的梁斌夫妇在京得悉噩耗，痛不欲生。胡苏先生聊至此处，也不禁脸呈痛惜之色。

胡苏非常欣赏梁斌的才情，为了改编其小说，他反复地咀嚼书中每一个字，将那人物和情节吃得很透，不仅抓住了著作的精髓，而且锦上添花。

这位一直倡导电影剧本文学性的大家，在改编中擅于拿捏细节，巧设道具，叫人扼腕称奇。

此剧表现的本是一场你死我活的严酷阶级斗争，但他却将冀中农村的"红靛颏"鸟描画得如此富有情致。通过这一小小的精灵，既表现了运涛和春兰的爱情，又激化了朱、冯两家的矛盾，把地主与农民之间的压迫与反抗写得别出机杼。

朱老忠催马扬鞭过冯门一场戏，更是精妙之笔。按老令，车过地主冯老兰的宅门，文官必须下轿，武将必须下马，以示卑恭。复仇的朱老忠却不吝这一套，他如龙穿云，似虎跃涧，威风凛凛地驾车驰临门前，当冯老兰差人来拦，他当空炸响一鞭，抽开狗腿子，驱马腾蹄"嘚嘚"而过……

这一鞭，非同小可，不仅打破了锁井镇千百年的老规矩，而且，令这片土地再也不能平静了！它乃一声霹雳，预示朱、冯两家的世代恩仇即将了结，冯老兰的末日到啦！

这一鞭，与姐姐的惨死紧密呼应。被逼离乡的朱老忠此番归来，除了复仇便是与唯一的亲人老姐姐团聚，岂料，她早已跳河自尽。闻听此事，他的一颗心还能平静得了吗？一场与冯家的生死决斗还能避免吗？胡苏将惊心动魄的中国共产党领导的人民革命风暴写得别具风神。

导演凌子风乃了得的一代大师。他曾任延安战地摄影队长，危急关头，跟随毛主席转战陕北，摄下弥足珍贵的历史镜头；并在延安电影制片厂的开山作《边区劳动英雄》中出演主角吴满有。后赴兴山东影，与翟强联袂执导《中华女儿》，在卡罗维发利国际电影节上，首夺中国电影红色经典时代的国际桂冠。

凌子风颇为欣赏胡苏的剧本，力主由主演过《宋景诗》、在《老兵新传》中出演战长河的崔嵬来演朱老忠，而且兼演其父朱老巩的双戏码。后来的事实证明，他的这一决定，成为《红旗谱》一剧成功的定海神针。

崔嵬在接下朱老忠一角的时候，正在为其执导的《青春之歌》做后期，为即将执导的《杨门女将》准备粮草。

开机后，凌子风迟迟不见崔嵬的影子，便急匆匆找上门去。

"你还演不演了？"

凌子风揎拳捋袖地喝问。

崔嵬"扑通"一声跪倒在地，合掌为揖：

"吾兄放心，愚弟岂敢不演！"

凌子风抹着热泪，喃喃着：

"那我就放心了！"

说着，跪在了崔嵬的面前。

两条汉子抱在了一起，盟誓要把《红旗谱》"拍出个样儿"！

崔嵬没有辜负凌子风的期望，戏，演得相当的认真。

在拍戏的间隙，他与蔡松龄、赵子岳、赵联等人特意到高阳县拜访故旧。烈日下，赤着臂膀与乡亲们一起下田劳作，寻找朱老忠的感觉。为表现朱老忠入党时的兴奋之情，他还精心设计了一场朱老忠要七节鞭的戏，不幸片子送审时，给"毙"了，多年后，提及此事，凌子风连呼"太遗憾啦"！

为拍这部戏，凌子风可谓焚膏继晷。他与摄影吴印咸反复琢磨每一个镜头，甚至设计多种方案，确保影片拍出淳朴、敦厚的基调和冀中平原的乡土气息；拍出充盈在人物身上的燕赵遗风。对于影片的音乐，他与作曲瞿希贤一起琢磨如何凸显地方特色和人物的气质，最后选用了滹沱河畔农民喜爱的河北梆子为底色音乐，并用唢呐、高胡来刻画人物。

为《红旗谱》泼洒心血的汉子们，无论是原著梁斌还是胡苏、凌子风和崔嵬都结缘于滚滚滔滔的滹沱河，他们都曾在那河畔的英雄热土上，经受过革命的洗礼，与朱老忠家乡人民血肉相连。

梁斌生于河北蠡县梁庄，亲历家乡农民造反的"高蠡暴动"，11岁便参加共产主义青年团；于保定第二师范学习期间，投身革命学潮；目睹国民党反动派枪杀爱国学生的二师"七六"惨案，更加坚定革命决心。入党后，担任中共蠡县县委领导职务，开展党的地下革命斗争和游击活动。随军南下，在束鹿、衡水、石家庄、邯郸等地领导剿匪反霸、减租减息和土改运动。

他不仅是一介书生，更是叱咤风云的革命战士。

就是在那些出生入死的岁月里，有了生活，有了故事，有了底气，他要为人民代言，要为人民立传，于是《红旗谱》应运而生。

曾长期生活战斗在河北的胡苏先生何尝不是如此呢？

恰如崔嵬所说："我在朱老忠家乡冀中一带生活了很多年。我虽然没看见过朱老忠这么个具体的人，但我看见过朱老忠同辈参加过高蠡暴动的人，而且和他们一起战斗和生活，利益一致，性命相交。"

这也许就是《红旗谱》一炮走红，铸就红色经典的缘由所在。

贞如翠竹明于雪

静似苍松矫若龙

这是老舍对巨星崔嵬塑造的朱老忠艺术形象的评价。

他还写道："看来看去，我忘了崔嵬同志，而认识了一个剧中人，爽爽朗朗的既像崔嵬，又不是崔嵬。极自然地，崔嵬化成了剧中的一位英雄，而且使人相信，那位英雄正是这个样子。"

崔嵬的表演，出神入化，从骨子里透出中国血性汉子的非凡气韵，令戏剧大师慨叹不已。他因此而成为首届《大众电影》"百花奖"最佳男演员得主。

他与蔡松龄、村里、鲁非、赵联、俞平、葛存壮、赵子岳等桴鼓相应，成功演绎了一阕气贯苍穹的英雄史诗。

"文革"结束后，新时期来临，胡苏先生先后完成《北斗》和《海风寄语》两部影片。离休之后，他抱着病来到滹沱河畔，掬起故土，凝思良久。这位饱经沧桑的老剧作家何尝不想将梁斌的《播火记》《烽烟图》搬上银幕，可叹自己已力不从心矣！

朱老忠（崔嵬饰）剧照

新时期，恰是凌子风晚风奏雅的时节，他与夫人韩兰芳鸾凤和鸣，接连拍出佳作，无暇顾及梁斌的大作。而崔嵬尚未施展拳脚，便与世长辞了。倘若血性的汉子们能再次合作，将《播火记》《烽烟图》拍出一如《红旗谱》那种味道的影片，观众定会大饱眼福，然而，这是永不可能实现的美好之想了。

大凡经典，多因苦难而生。

浩劫时期，护佑经典，竟也要蒙受苦难，乃至生命。那阵子，胡苏先生被关进"牛棚"，编剧《红旗谱》成为罪恶，打手喝问："认不认罪？"他不语，摇头表示不予认同，于是随着"啪啪"声，他的身上又多了几条皮带抽出的血印……

梁斌也有同样的厄运：浩劫年间，邪恶势力斗他、批他，喝问："《红旗谱》是不是大毒草？是不是为王明路线翻案？"

他高声答曰："不是！"那打手一脚将其脚下的高凳子踹翻，但听"扑通"一声，梁斌重重地摔倒在地上。

邪恶的打手再问："是不是大毒草，是不是为王明路线翻案？"

他站了起来，声音很大，斩钉截铁："不是！"

接下来会发生什么，可想而知。

何为风骨，这便是答案。

（载 2021 年 8 月《天津日报》"满庭芳"副刊）

扶风沐雨话梅翁

郑逸梅之爱梅，入名，入心，铸骨，凝魂。

他敬梅、咏梅、画梅、写梅文、编梅书，有《梅花韵事》《百梅集》行世，且在无锡梅园举办过个人画梅展，堪称道地的梅翁。坊间赞其"人淡如菊，品逸如梅"。

梅翁与梅结缘，源于在苏州草桥学舍读中学时的先师胡石予先生。胡师乃"江南三大儒"之一，德高望重，人称"胡布衣"，著作等身，画梅驰名，绘梅千幅，无一雷同。他赠逸梅多幅梅图，其中有一立轴，题云："莽莽苍苍，寒星之芒，孤洞有光，满山流芳。"并题："逸梅同学弟，敦气谊，重言诺，不矜才，能自立，自是有志之士，以拙画赠之，为癯仙添一知己。"可见，先师对学子喜爱之情，他慧眼望远，勉励前行。耳濡目染中，梅翁得其真传。

早在辛亥革命之初，梅翁便声驰文坛，被誉为民国时期报刊之"补白大王"，从13岁始发表文章，笔耕80余载而不辍，以第一本集子《梅瓣》为发端，出版各类作品七八十种，逾1800多万言，可谓著作等身。

梅翁呕心沥血，不舍昼夜地爬格子，为名？为财？怕不尽然，敬畏先贤，为史留真迹，弘扬文化，不忘家国，也许是他的真性情。

梅翁声言："如明天去见孔子的话，今天还是要买书，还是要写书。"

晚年，尽管视力已不从心，他仍每日坚持写两三千字，从1982年至1992年的10年间，即88岁至98岁期间，竟又登上笔耕之高峰。从54万言的《南社丛谈》始至200万言的《郑逸梅选集》和《我与文史掌故》，一路豪情奔涌，共有27部著作行世，计1000多万字。

嗟夫，天不假年，1992年7月11日，梅翁写就7000字的《画家潘天寿》当晚，突发脑血栓，乘鹤而去，一支秀笔方静静地歇息了。

梅翁乃一代文史大家，他为文人立传，为艺人传奇；在旧派文学研究、南社研究、近现代报刊研究等众多领域广涉博采，颇有建树。其笔锋老辣，遒劲生姿，自成一格。写人叙事，舒卷有致，独具风神。梅翁笔墨，纵横文史八方，凸显人情练达，充盈着一股沧桑之气，流淌着世间真味，令人叹为观止。

1985年的春天，我与《艺术世界》好友吴承基兄去拜会梅翁。在长寿路的楼下，承基兄朝楼上轻轻地唤了一声，但见窗子开了，梅翁探出头来，他挥了挥手，传来"快请快请"的让客声。

上楼，进了他朝北的斗室，只见墙上挂着一幅匾额，上书"纸帐铜瓶室"，显然，这便是梅翁的书斋了。

人们都晓得，这斋名取自清代文学家张船山的咏梅诗："铜瓶纸帐老因缘，乱我乡愁又几年，莫笑神情如静女，须知风骨是飞仙。"这是主人自比老梅，斗室藏风骨之意。

匾额"纸帐铜瓶室"五字书作，系梅翁于苏州草桥中学读书时，校长汪鼎丞先生之墨宝。

我此去搅扰梅翁，是邀请其为我主编的《电影晚报》写个专栏。梅翁岂止是文史巨擘，还是民族电影初创时期的拓荒者，这段经历，鲜为人知。

梅翁好客，谈辞如云，聊起往事，山高水长。他之影坛生涯，始于1926年。那一年，但杜宇、殷明珠夫妇在沪北天通庵路创办的上海影戏公司开张，他被聘为"编撰"。"编撰"有两项工作，一是为影片撰写字幕；二是编写剧本。梅翁这个父亲早殁、在外祖父膝下长大的孩子，儿提时，便醉心于那些悲欢离合的故事；进入社会，更体味到世态炎凉，以及大丈夫之于家国该有的担当。所以，他编写的剧本情节有趣，且充满正义和光明的色彩，令但杜宇很是满意。1928年，他以《万丈魔》开山。随后，相继写出《糖美人》《国色天香》《新婚的前夜》《东方夜谭》《南海美人》和《石破天惊》等剧本。它们均由但杜宇执导，搬上银幕。主演这些影片的多是海上风头正劲，且声名远播南洋的但夫人殷明珠。

这殷明珠，系惊世骇俗的"洋派"才女，在当时，不缠足，已是一奇；又讲得一口流利的英语，更是奇上加奇。她才出多门，十分了得，不仅熟稔丹青，能歌善舞，且能驾汽车，纵马使枪，游泳、踢足球，令男儿都自愧弗及。梅翁称其是我国第一位修养全面，真正意义上的电影明星。

1921年她首登银幕，主演史上首部爱情片《海誓》，饰摩登女郎福珠，大放异彩。从此一改我国电影男扮女装的尴尬局面，真正开启了由女性担任女主角的历史，此乃我国电影史上不可或缺的一笔。

此后，殷明珠驰骋影坛，主演电影近30部，包括无声电影《盘丝洞》《重返故乡》《传家宝》《红楼梦》《飞行大盗》《金刚钻》《南海美人》《清白》《黄金时代》和有声电影《媚眼侠》《画室奇案》《豆腐西施》《古屋怪人》《东方夜谭》《桃花梦》《富春江上》等等。那时节，上海人天天看的便是殷明珠。在万千"殷迷"中，便有后来的神女阮玲玉，她就是因仰慕殷明珠而立志从影，走上银灯生涯的。

但杜宇十分仗义，当年洪深大闹光明影院惹来了官司，他挺身而出，支持洪深之义举，并出重金，请律师助其成了赢家。"一·二八淞沪抗战"时，梅翁家的住房被战火吞噬，只好寄居他人家中，梅夫人此时正身怀六甲，待产于上海广仁医院，住院的一系列费用尚无着落，急得梅翁如锅上之蚁。就在这时，但杜宇派人送来一笔钱，说是给梅夫人买补品的，而真正的目的梅翁心知肚明，除了感激还能说什么呢？后来得知，这笔钱竟是但杜宇夫妇将值钱的东西送进了当铺换来的银子，这让梅翁岂能不感恩于心。

梅翁与但杜宇、殷明珠夫妇，由同道逐渐地成为朋友，后来梅翁又让独苗的哲嗣拜殷明珠为干娘，关系更非一般了。

1931年秋天，但杜宇的影戏公司并入联华影业公司。这联华影业公司，在中国的电影史上具有重要的地位，它出品过《渔光曲》《神女》《故都春梦》《野草闲花》《共赴国难》《自由魂》《大路》《小玩意》《体育皇后》《夜半歌声》《壮志凌云》《霸王别姬》《青年进行曲》等有影响的名片。在这里，活跃着夏衍、田汉、司徒慧敏、史东山、聂耳、孙师毅、吴永刚、李萍倩、金山、田方等一批有才气的热血影人；朱石麟、孙瑜、费穆、蔡楚生、卜万苍、沈浮等人均为其导演；殷明珠、金焰、王人美、黎莉莉、张翼、刘琼、郑君里、林楚楚、陈燕燕、韩兰根、殷秀岑等是其演员。

在联华麾下，梅翁编剧的影片有《三生石》等。

1935年，梅翁出任新华影业公司宣传主任。因之，他对20世纪二三十年代的影圈相当熟稔，对于中国电影由默片走向有声时代的发展，不仅是见证者，亦是参与者。后来，梅翁虽然离开了电影圈，但仍心仪着电影，写了许多电影人及其掌故文章，还出版了为人喜读的《影坛旧闻》《艺坛百影》等多部著作，并在其他书中亦有相关的篇什。

那次拜访梅翁，他慨然应允为《电影晚报》开个专栏，名曰"银屏忆旧"。他随即撂下手上的事，赐来大稿。第一篇《玲玉香消记》刊于1985年4月5日《电影晚报》创刊号。随后，又相继撰写了《"荒江女侠"徐琴芳》《电影的先例》《浦惊鸿烫发殒生》《音容宛在的金嗓子周璇》《姚苏凤在电影界》诸文。翌年，其专栏易名为"银屏忆语"，梅翁又撰写了《〈红粉骷髅〉之谜》《电影演员行列中的诗文篆刻家》《反派影星袁丛美》《胡蝶与〈明星日报〉》《良友和影星》《〈春水情波〉和潘伯鹰》诸篇，大轴篇刊于1986年8月14日的《银幕上早期的侦探片》。"梅专栏"，为《电影晚报》平添许多光彩，读者很是青睐。后来，我和夫人桂生编《中国影人诗选》时，又都得到先生热情的支持，他不顾眼力不济，热情赐稿，那忘我提掖末学的精神和对电影的痴情，感人至深。

1992 年，我俩编《名人雅趣》一书，梅翁又赐来大稿，题目为《集藏名人书札》，文中记述了他平生集藏名人书札那些有趣且坎坷的经历，他集的书札，横跨几个朝代，人物众多，明代的王阳明、王鏊、文徵明、屠龙；清代的林则徐、谭嗣同、《红楼梦》作者曹雪芹的祖父曹寅；等等，均在其中，可谓洋洋大观。

然而，这只是梅翁集藏宝山之一角。

梅翁不愧为收藏之大家，所藏三国吴王孙皓的建衡砚，那砚的四周刻有跋识，内中还有米芾之跋语，它已历经 1700 多个春秋，实为宝砚也！珍藏的明代文伯仁的山水画、清代书法家郑谷口的隶书对联，以及章太炎、王蘧常、柳亚子、俞平伯等名流书法，吴湖帆为其书斋所绘图，等等，弥足珍贵。

他之收藏，囊括多种门类，书画牍札、铜瓶瓷盎、瓦当砚台、文镇竹刻，以及种种可以供清玩的物件，如各个朝代的笺纸、墨锭、印章、希币、玉石等，不胜枚举，仅扇菷一类，名堂数不尽数，父母扇、夫妇扇、兄弟扇、兄妹扇、遗老扇，种类繁多，其上均有巨擘、翘楚的丹青、书法和诗赋，呈现着非凡的乾坤景象。梅翁笔墨所以能充盈浓烈的书卷气息，怕与他旷日持久的收藏，浸润在不同时代文化的滋养中不无关系。

梅翁中学读的是苏州草桥学舍，此乃苏州颇负盛名的公立中学，校舍位于草桥，翠柳依依，溪水潺潺，环境清幽。国文老师龚赓禹，系前清秀才，又赴东瀛留学宏文书院，满腹经纶，不仅课讲得好，批阅作文点石成金，令学子们十分的敬佩，在其教诲之下，学子们为今后成材打下基础。梅翁与顾颉刚、顾廷龙、叶圣陶、吴湖帆、颜文樑、范烟桥、王伯祥、江红蕉、江小鹣等一时俊彦，同窗共研。毕业后，梅翁与他们有的成为艺术同道，有的成为道义之交。

从那时起，梅翁广结天下名士，如京剧大师梅兰芳，朱德元帅的老师、云南陆军讲武堂总办李根源，复旦大学创始人马相伯，国父孙中山之医友名中医臧伯庸，民国武侠小说家向恺然，平复堂主张伯驹，写有《广陵潮》的名作家李涵秋，以及俞平伯、谢国桢、柳亚子、张恨水、张大千、王蘧常、陆澹安、容庚、周瘦鹃、严独鹤、陈冷血、叶楚伧、周退密、黄宾虹、潘景郑、朱屺瞻、唐云、江寒汀、邓散木、陈从周、陈巨来、钱君匋、吕贞白等数百人。这每一位友朋都是叱咤人生风云之骄子；每一位精英都有一片云翻水腾之精神世界，每一位俊才都是一部无字之大书，他们扩展了梅翁的眼界和襟怀，充实了他的人生阅历，丰富了他的知识宝库，使之如鱼得水，如龙得云，遨游在文史天地。没有这些人的激励、支持和帮衬，梅翁岂能有如此之大的收获和成就！

梅翁属羊，生于 1895 年 10 月 19 日。他本姓鞠，名愿宗，学名际云，号艺梅，后随母亲改姓郑。先生办过报纸、当过影人、执过教鞭，还做过文史馆员，一生可谓多姿多彩。早年，参加柳亚子、陈巢南、高天梅发起的革命文学团体南社，晚年，加入农工民主党，一生紧跟时代，追求光明。他有幸赶上了改革开放的新时期，令其得以在舒心的社会环境里笔耕不辍，他如一株枝干如铁的苍梅，历经风霜雨雪，开出灿灿金花。

梅翁爬了一辈子的格子，是什么令其永葆旺盛的精力，难道有秘籍不成？他笑曰："秘籍谈不上，原因总是有的。其一，脑不懒，手要勤，每天坚持写东西，这是我的生命，不写犹如不让吃饭、呼吸一样，是不可思议的事。其二，有规律的生活，心情快乐。其三，一生喜啖猪蹄，这东西也许为我补脑子、葆精神，提供了营养。"

原来，梅翁年轻时，母亲就经常为其烧蹄肴打牙祭，一吃便是几十年，成为口瘾。他笃信猪蹄乃猪身最精华之处，无论红烧还是白煮都大有裨益。他如此推崇猪蹄，并非异想天开，而是从清代大医学家王士雄那里找到了依据，《随息居饮食谱》中云猪蹄"填肾精而健腰脚""滋胃液以滑皮肤长肌肉"，还"可愈漏疡，助血脉"。他诵之，信之，受益一生。

（2021 年 9 月于南北溪）

汤晓丹：品如苍竹艺如兰

汤晓丹——中国电影史上的一座奇峰。

2012年1月21日，他于上海逝世，享年102岁。汤老走过一个多世纪的风雨，几乎与中国电影同寿，堪称化石级巨擘。

汤晓丹纵横影坛70年，留下洋洋近60部电影，构成瑰丽夺目的艺术画廊。特别是他执导的军事题材作品《南征北战》《渡江侦察记》《红日》《南昌起义》《廖仲恺》等，堪称金戈铁马的雄浑诗章，其魂魄之博大，其气势之恢宏，其场面之震撼，其人物之华彩……至今，无人可与之媲美。他是名副其实、当之无愧的"银幕将军"。

谈起战争，一向儒雅、慢声慢语的他，顿时加重了语气："我特别憎恶战争，日寇的侵华战争，险些把我炸死，有多少同胞死在他们的枪炮之下。我喜欢拍战争片，是因为我喜欢正义战争所追求的目的——和平！"

汤晓丹一介书生，何以在外景地统领千军万马，攻城夺堑？他微微一笑，曰："除了对战争苦难的感悟，就是得益于读书。"他告诉我，每每接下军事题材的片子之后，便去阅读有关的书籍，特别是毛泽东主席的军事著作，边读边抄，重要之处，背诵如流。作品的时代背景，环境的渲染，人物的拿捏，都源于此。《红日》从剧本创作到正式公映，历时4年。其间，他殚精竭虑，呕心沥血，竟成为"炮制大毒草"的"反革命"，被戴上了手铐，但他内心坦然，毫不畏惧，任凭七斗八斗，也绝不认"罪"；动乱结束后，片子虽被解禁，但仍有人要将石东根醉酒纵马的戏剪掉，他拒绝剪辑。他说，所以能这般镇定，有这般勇气，就是因为读了书，有了主心骨。

汤晓丹的电影，题材林林总总，样式异彩纷呈，人物生、旦、净、末、丑琳琅满目。显而易见地，岂能靠读一种书、几本书、几十本书就能驾驭得了！

"要耐得住一辈子的读书苦，博览群书，才能做个称职的电影导演。"他如是说。

大师从19岁进入上海滩谋生起，便养成读书的习惯。买不起书，就借书读。抗战期间，他流亡到桂林，栖身处，与猪为邻，每天只吃一餐充饥，但他依然不忘读书。书店的规矩：不允许坐读，更不准抄录，他便站着读书，并将喜欢的内容背下来，晚上回到住处，记到本子上，记不全的，改日再去补读。

他一生读书，从不间断。晚年，就是躺在病房里，仍以书为伴，除了看心仪之书外，每天雷打不动的是背诵《英汉辞典》。他说："一日不可无书，读书对于我如同空气，胜过一日三餐。"

影片《红日》剧照

汤晓丹数十年如一日，读书不止，所读之书，那数量应当颇为可观。所读范围十分广泛，囊括多种门类，艺术、文学、历史、哲学、数学、建筑、音乐、美术、外语……应读尽读。而且，许多的书，他都可以背得出来。毫不夸张，他本身就是一座图书馆。其超人之处，是持之以恒的毅力和神也似的记忆力。他说"读书与生命同在"，这等毅力叫人肃然起敬；而他完全凭借自学，读通了英语和粤语，并能学以致用，足见记忆力何其了得。

读书之于汤晓丹，乃安身立命之根本。书，既是其拍电影之利器，也是其修身养性之不二法门。读书，培养了他博大的家国情怀，也培养了他富贵不能淫，贫贱不能移，威武不能屈的品格。

抗战时期，他只身来到乱世香港，以其"抗战三部曲"《上海火线后》《小广东》和《民族的吼声》等影片宣传抗日救亡，与大陆同胞南北呼应，赢得"金牌导演"之美誉。就在他要继续为抗战奉献心力的时候，日寇攻占了香江。他的栖身之处焚于炮火，无家可归，又身无分文，不得不到朋友家暂避一时。

这天，电影公司的老板派人邀其吃酒。

国难当头，他哪有应酬之兴，便一口婉拒，可来人执意不走。无奈，他硬着头皮去赴宴。

到了那里一瞧，上宾竟是两个日本军官。汤晓丹眼前顿时闪现出日寇攻打香港时，冲进医院，用机枪扫射病人，轮奸女医生、护士的那一幕幕情景，不禁仇火中烧。

公司老板笑说："汤先生，你来得正好，这两位日本客人是来给我送大米的，请你来为我们做个翻译！"

"日语，我一句也不懂哦！"

"咦，你不是在东瀛留过学吗？"

"不，您是记混了！"

老板只好请他入座陪酒。

汤晓丹谎说一个理由，抽身而去。

其实，汤晓丹当然会些日语，做个酒桌上的翻译绰绰有余，可他岂肯与虎狼同桌，赔笑与仇敌呢！

此后不久，汤晓丹收到一帧红纸烫金的帖子，日军报道部邀其去半岛饭店赴宴。

请客的是占领香港的日军最高统帅矶谷廉介。

汤晓丹断定这是一场鸿门宴，无论去否，都是凶多吉少，他决计去看个究竟。

宴会上，矶谷廉介尽管佯装彬彬有礼，却难以掩饰内心的杀气。

他一面炫耀日寇的神勇和"天下无敌"，一面假惺惺地让与会的名流们"安下心来"，为"发展中日文化"奉献才智。

汤晓丹早已听出弦外之音，无非是让这些名人俯首帖耳，为其奴役中国同胞做帮凶而已。

他没有料到的是，矶谷廉介突然来向他"敬酒"。

日军翻译和久田介绍说："这位就是大名鼎鼎的金牌导演汤晓丹先生！"

矶谷廉介将酒杯碰了过来，嘴角溢出一丝微笑，道："久仰，久仰，能与汤先生相见，真是幸莫大焉！香港是块福地，汤先生可以更显身手，大展宏图啊！"

汤晓丹惴惴不安，觉得日寇瞄上了自己。

果然，矶谷廉介向他逼来。

两天后，翻译和久田奉矶谷廉介之命，请汤晓丹去喝茶。

名为喝茶，实为约谈。

和久田开门见山，道明来意："矶谷廉介将军要拍一部大戏，名字叫《香港攻略》，编剧是神笔陶铁山君，他的名字在我们大日本可是如雷贯耳啊！"

汤晓丹心头一惊，但不动神色。

和久田继续炫耀着："将军以为，这部影片是个大手笔，意义非同一般，所以需要最优秀的导演来执筒。"

他的眼睛盯着汤晓丹："将军慧眼识珠，觉得能担此大任者，非阁下莫属。"

汤晓丹心里一抖，知道大祸临头了。

从《香港攻略》的剧名上，他已猜出此剧的内容，必定是歌颂日本军国主义，为其无耻的侵略行径搽脂抹粉。

心里暗暗思忖：就是刀按脖子，也不能为鬼子歌功颂德！于是，他故意半晌也不言声。

和久田以为汤晓丹默许了，笑道："将军特别吩咐过，先生的酬金，一定会优厚，而且，可以提前支付。如果先生还有其他的要求，只管明示。将军再三表示，愿意与汤先生交个知心朋友！"

汤晓丹深知，此时，绝不能让和久田觉察到自己的真实心境，便不卑不亢地顺水推舟道："按敝人的习惯，上戏，要先看剧本，不然讲话就唐突了，还是先看看剧本吧，余下的事，不急。"

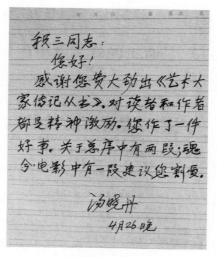

汤晓丹写给作者的信

和久田听罢，好似吃了定心丸，兴冲冲地向矶谷廉介交差去了。

汤晓丹马不停蹄，乔装打扮，在朋友的帮助下，化名叶圣哲，登上了一艘名为"荣昌号"的难民船，愤然驶离了香港。

令矶谷廉介的图谋未能得逞，他落得个空欢喜。

这就是大义凛然，铁骨铮铮，绝不仰日寇鼻息的汤晓丹。

这就是汤晓丹的电影一直跳荡着大众的血脉，惊天地、泣鬼神的源头。

汤晓丹说："电影是我的生命。"无论命运将他置于何种境地，数十年"抱着电影的武器不放"！早在上海开展"普罗美术"左翼文化活动时，他便十分景仰鲁迅先生，尔后一直以他为榜样，无论在十里洋场的上海滩，还是在纸醉金迷的乱世香港，以及抗战的大后方重庆，汤晓丹不忘家国，淖污泥而不染，永葆浩然正气。

那年，在济南举办"百花奖"颁奖活动期间，我曾采访过汤晓丹，而后又去上海与其长谈，后来主编《艺术大家传记丛书》，为编撰《大导演汤晓丹传》，与其夫人、著名的剪辑师蓝为洁大姐鸿来雁往，频繁的电话交谈，对他一生更添了解，更生景仰。《大导演汤晓丹传》行世后，他致意褒扬，还寄来墨宝，上书"妙笔生花"，让人岂敢承受！他激励后学，如春风拂来，吹暖心头。

汤晓丹九秩华诞时，其哲嗣、画家汤沐黎写有一首五律为父贺寿，诗云：

> 九旬声望隆，
> 导演自成宗。
> 坎坷尝荣辱，
> 平和淡富穷。
> 金鸡倾尾力，
> 银幕录头功。
> 已撰三朝史，
> 余辉映沪松。

诗中精妙地勾勒出汤晓丹一生的风采，由衷地表达出对父亲的深深敬仰。殷殷赤子情，跃然纸上。

两年之后，汤沐黎又精心为父亲作了一幅油画。那画的背景，是滚滚滔滔的黄河之水。浪涛之上，有一叶载着电影人的扁舟。占据画面中心的汤晓丹，镇定自若，神采非凡，俨如一尊撼不动的巨人，令背后的惊涛骇浪亦显得是那样的细弱。

这就是定格在儿子心庭里那永远的伟岸。

那画的题目，正是：《我的父亲》。

（载 2016 年 10 月《天津日报》"满庭芳"副刊）

夕阳山外山

生活一向很平常
凭苹画画写文章
养生就养一千字
忙

零三年夏示稿
九四更方戊重作
自画自乐方扰模
百无禁棵
禹堂

> 长亭外，
> 古道边，
> 芳草碧连天，
> 晚风拂柳笛声残，
> 夕阳山外山……

弘一法师的《送别》词，再配上美国乐人约翰·奥德威的曲子，歌中有画，画境迷人，就连那一丝淡淡的悲怆，也化作了一脉禅意。

此乃大师别友的感怀，可我一直把它当作告别人生的美妙挽歌。

在夕阳唱晚中，我遇见许多可敬的人。

米寿之年乘鹤而去的方成先生，从《人民日报》六秩卸任之后，曾信笔打油，曰："生活一向很平常，骑车画画写文章。养生就靠一个字：忙。"

这个忙字，是走向夕阳的至美诠释。面对即将随风而逝的人生，没有忐忑，没有悲情，只有一个排除杂念的忙。

记得20世纪90年代初，我作为某出版社《调侃》杂志的编委，去金台路向先生组稿，聊及离休后的生活，他莞尔一笑："自行车是我每天的伙伴，骑着它逛书店、看画展、会朋友，也去小馆喝盅小酒，打个牙祭……"

他"哎哟"了一声，"骑自行车的好处，真是多了去了，随时启程，随意停靠，想慢则慢，想快就快，既锻炼了腿脚，还上车就有坐呀，何其美哉？"他谦谦地说道："到了大街小巷，可以随时看到生活的变化，随心观察各色人等；驶入人流，清风吹拂，轮声盈耳，做个市井中人舒坦得很哎！"

先生乃漫画大家，离休后，从未搁笔，八十寿时，还举办画展。画有几多，一如他懵懂不知一生画了多少一样，从不去想。想画便画，有感便画，无论画什么，都是幽默之作，都是讽刺之花，都带着针砭时弊的"刺儿"，就像他的代表作《武大郎开店》一样，什么《鲁班开会去了》《脑瘤手术》《官商》《钟馗累坏了》，什么《包公打屁股》《张飞卖肉》《不要叫老爷》等等，让人直想笑。

他说，叫人哭容易，把人搞笑不易，幽默难矣。研究幽默，成为他晚年唯此为大之忙事。他曾将莫逆之交侯宝林请到家中，对饮花雕老酒，切磋幽默之道。侯老有个妙比："相声是立体的漫画，漫画是平面的相声。"

又云："相声是有声的漫画，漫画是无声的相声。"

二雄论剑，还嫌不过瘾，又邀来漫画家李滨声，三英煮酒论幽默……

他边说边练，实践出真知，于是乎，便有《侯宝林的幽默》《方成的幽默》《漫画的幽默》《滑稽与幽默》《红旗下的幽默》《笑的艺术》《幽默、讽刺、漫画》《这就是幽默》等一本本的著作行世。一时间，竟在漫画界，卷起方氏幽默之旋风，成为一个漫画时代的符号。

方成不仅留下许多研究幽默之道的文论著作，而且还有画集、散文集、杂文集等飨与读者。离休后，他竟一气出版了40余种著作，面对夕阳勾勒出的一个忙字，可谓辉光耀眼！

伊人仙逝，罕见被尊称"伟大"的高莽先生，从《世界文学》主编卸任后，同样笼罩在忙的快乐之中。其周身的重要部件，早就亮起红灯，他却置若罔闻。从70岁起，就言称"今年是我最后一年"，竟"最后"了二十一度春秋。

其间，这位最先把英雄保尔·柯察金介绍给国人的俄文翻译泰斗，穿梭于俄罗斯大地，成为新时代两国人民友谊与文化的使者。73岁时，他身为贵宾，莅临普希金200年华诞盛典，在克里姆林宫、在红场……与旧羽新朋畅叙友好。75岁那年，喜登普希金号之船，沿伏尔加河从南至北访问多个城市，续写友谊新章。八秩过三，又在弗拉基沃斯托克举办个人大型画展，成为中俄友谊史上之盛事。

他的笔管伴着四季的交替，从未停歇激情的奔涌。《高贵的苦难：我与俄罗斯文学》《历史之翼：品读文化名人》《白银时代》《锌皮娃娃兵》《O》《鲍里斯·帕斯捷尔纳克——历尽沧桑的诗人》《俄罗斯大师故居》《心灵的交颤》……一部部著作，像那深秋的红叶一样，辉映着夕阳的美艳呈现在读者面前。2013年深秋，87岁的高莽先生因翻译阿赫玛托娃的《安魂曲》荣膺俄罗斯翻译大奖，为人所钦羡；91岁那年，在仙逝前的三个月，出版其人生绝唱《高莽》，成为奇迹。

巨擘高莽，其名人肖像画，早已享誉中外，晚年愈发的精彩迷人。我和夫人桂生的《当代百家话读书》中，那105位文化名人肖像画，有幸皆为先生所作。那年，正值先生七秩高龄，他竟不顾病恙和酷暑，一笔不苟地画了整整一个夏天，叫人感动和心疼，留下挥汗的忘我身影。愈是年高，他的画幅愈大，单英图变成群英图。创作《普希金来到神州大地》《赞梅图》《巴金和他的老师们》《孔子》等大画时，海淀昌运宫的家，书成主角儿，人插足都难，他只好左搬右挪，在水泥地上腾出一块儿"特区"，将画纸分段卷起，铺于其上，耄耋老翁像孩童一样，或跪，或伏，一笔笔地画着……那情那景，令人动容，怎一个非凡了得！

乐山大佛旁的李琼久，亦忙在夕阳。过往的无奈与磨难，使其艺术理想成了江中飘月。开放初年，在其客厅里，那幅《山鬼》令我一惊，瞧那斑斓花豹，四蹄松风，乾坤震颤，其啸可闻。豹上裸女，半面红颜，窈窈窕窕，恍如降世的天仙。

我问："豹子可是琼久先生？"

他笑而不应。可哪个猜不出，那一准充盈着先生的精气神。

1980 年，他七秩又七，开办嘉州画院，植桃种李，创派开宗。

乐山、峨眉、大小凉山；岷江、青衣、大渡河，这三山三水，成其足迹遍布的造化之圣地。他忘却老迈，带领学子，数十次隐于深山，卧于泉边，沐风雷雪雨，察万物之变，终于创出前无古人之山石皴法、树法、点法，那笔墨、线条、色彩、构图，焕然新机；奇花瑶草、珍禽异兽、茂林佳木、险峰峻岭，顿生蜀魂。于是，嘉州画派横空出世，李琼久为其开山。其《泸定桥》《横绝峨眉巅》等丹青大作，成为浩叹人生，凝思大千的经典。

嘉州百里，曾出现过苏轼、廖平、郭沫若、石鲁等大家，而今李琼久列于其间，石鲁面对其峨眉画作，惊曰："峨眉太高，我何小也！"真乃山外有山。

（载 2019 年 8 月《天津日报》"满庭芳"副刊）

赵丹：愿天下人都乐

赵丹，人们都亲切地称他阿丹，是中国电影红色经典时代的一颗巨星。

他所以熠熠闪光，不仅是因为年方二十，便在《十字街头》《马路天使》这样的经典名片中才华毕现；也不仅是因塑造林则徐、聂耳、许云峰、李时珍、武训等艺术形象，使他红极一时，而是因了他对艺术追求的执着，一如他对革命的痴爱。

"我看见他，总觉得他身上有一团火、有一股劲。"

巴金如是说。

阿丹是一位诗情洋溢的艺术家，更是一位充满激情的共产党员。在银幕上，他敬畏生活，塑造真善美的艺术形象；在生活中，他敢于说真话，讲实话，一派真性情。他秉承自己的铁律："艺术家在任何时候都要给人以美，以真，以幸福。"

夏衍先生对阿丹有一句很高的评价，称其为"人民艺术家"，有同样桂冠的，是语言大师老舍。显然，能享有"人民"做定语的称谓，是一种殊荣。

编《中国影人诗选》时，我选撷了阿丹那首著名的自嘲诗。

诗云：

> 大起大落有奇福，
> 两度囹圄鬓尚乌。
> 酸甜苦辣极变化，
> 地狱天堂索艺珠。

看似平常的四句诗，却挟裹着疾风暴雨，电闪雷鸣。勾勒出阿丹在坎坷中奋斗，在艰难里挣扎的身影。这里面有笑声、有苦闷、有呐喊……

他的荣辱沉浮，幸与不幸，尽在其中。

这是阿丹的自画像，也是他一生的写照。

黄宗江称，此乃阿丹之"绝唱"。

显然，他看重的是悲情和警醒。

若说悲情，阿丹之坎坷，实在叫人唏嘘不止。

他享年65岁，两次深陷囹圄竟有10年之久。

"文革"后至其逝世，长达15年，他又空等了这15个春秋，一部戏也没拍成，他带着无尽的遗憾与心仪的银幕诀别，无奈地走了。

在其离世前的15年间，他精力充沛，做梦都带着灵感，本可以拍出多部新的力作的。他有那么多饰演角色的创意与憧憬：我们的总理周恩来，拍案而起的闻一多，直上九霄的李白，画圣齐白石，儒医黄省三，我以我血荐轩辕的鲁迅，哀其不幸、怒其不争的阿Q，等等。

他从"四人帮"监狱出来的那天晚上，便告诉夫人黄宗英："我身在大牢，心在想戏，齐白石的电影剧本，已经在脑子里分好镜头了！"

可是此事，竟成南柯一梦。

他扮演周恩来总理的愿望久已有之，总理逝世后，他更加渴望及早实现这一夙愿。

当读到描写北伐战争和南昌起义的剧本《八一风暴》之后，他爱不释手，决心饰演片中的周恩来，并且自己来导这部影片。

于是，他马不停蹄地奔南昌、上九江、去安源、访武汉、下广州……搜集资料，补充生活，为饰演周恩来做准备，可谓废寝忘食，三更灯火五更鸡。

然而，始料不及的是，剧本被上级领导给"毙"了。

好在未等他郁闷的情绪沉到谷底，传来好消息，北影《大河奔流》剧组请他去饰演周总理。

这不啻在乌云盖顶之时，突见蓝空彩虹。

阿丹难以抑制心头的狂喜。到了剧组，研读剧本，调看资料，唯此为大，连女儿都不见；为揣摩人物，他食不甘味，夜难成寐，一头钻进戏里，一心要把周总理演活了。

为了能"像"周总理，请牙科医生在腮内填充了软塑料，又把脸膛绷了起来……

经过化妆师的精心设计，反复修改，试妆后，无不称奇。

张瑞芳顿时大喊："周总理来了！"

黄宗江看到试妆照说："真像，像得让人叫绝。其实，阿丹的面容并不像周恩来，他有一种表演的神功，岂但神似，可称神入，神化！内心的体验，外形的体现，熔为一炉。"

阿丹入驻剧组四个月，完全进入角色，只盼影片开镜。

岂料，晴天竟有霹雳，剧组将阿丹"解雇"了！

原来是因为有位首长说了几句闲言碎语，令北影胆怯了。

一只无形的手，扼杀了阿丹的艺术生命。

阿丹崩溃，为之心碎！

从此，他再也没有回到摄影棚里。

后来虽有几次片约，也终无缘。

阿丹特想在中日合拍的《一盘没有下完的棋》中，与日本同行较量一番，那盘棋也未能下成。

因为斯时他已卧于病榻，无法拍戏了。

就在阿丹住院那个秋天，我曾专程到京请人参加长白山电影研讨会，那是一次解放思想，畅所欲言的盛会，本想邀请赵丹赴会，聆听他的发言。

可黄宗江先生告诉我："阿丹去不成了，他在医院里，是癌症。"

我一时愕然，不敢相信，更没有料到，就在那个秋天，阿丹乘鹤飞去。

阿丹16岁时，便在上海参加左翼剧联，追随革命，并将原名凤翔易名为丹，以明宏志。他拍摄了大量左翼电影，如《上海二十四小时》《时代的儿女》《到西北去》《女儿经》《乡愁》《热血忠魂》《清明时节》《小玲子》《琵琶春怨》《姊妹花》等等。编导这些影片的，系夏衍、洪深、欧阳予倩、郑伯奇、沈西苓等左翼先锋人物，阿丹在他们思想的影响下，更加关心祖国的命运，人民的苦难，热情投入创作，浸淫其中，是左翼电影的践行者。

抗战时期，他投身于抗日救亡的演剧活动，为危难的中华民族奔波呐喊，拍摄影片《中华儿女》。抗战胜利后，他主演《遥远的爱》《幸福狂想曲》等影片，还执导了《衣锦荣归》。

为了迎接新中国的诞生，他冒着被国民党特务追捕的危险，在极其险恶的政治氛围里，拍摄了《乌鸦与麻雀》和《武训传》等名片。

中华人民共和国成立后至"文革"前，是他创作的丰收季节，相继完成了《为了和平》《李时珍》《海魂》《林则徐》《聂耳》《烈火中永生》等作品。

阿丹一生拍摄50余部电影，30余部话剧，构成绚丽多彩的阿丹艺术画卷。

1937年拍摄的《十字街头》和《马路天使》是阿丹的成名作。

前者是由沈西苓执导的青春喜剧，阿丹出演主角老赵，把一个涉世未深、热诚、淳朴的年轻人形象，拿捏得不温不火，十分可爱，展示了他藏露有度，张弛有致的才华，与饰演杨艺瑛的白杨配合默契，相得益彰，堪称银幕情侣之经典。后者是袁牧之编导的社会问题片，阿丹饰吹鼓手陈少平，他以平实自然的表演，真实地描摹了人物的独特风貌，相当巧妙地展露出人物内心的世界。该片被称为现实主义之杰作。阿丹在《十字街头》和《马路天使》中的表演，奠定了其头号小生的明星地位。

《乌鸦与麻雀》是阿丹参与策划的影片，他在片中饰演"小广播"，把一个上海小市民形象，塑造得活脱蹦跳，让人过目难忘。这部社会讽刺喜剧，可与同时代的意大利新现实主义电影比肩，是中国电影史上的经典之作。

赵丹演出《乌鸦与麻雀》剧照

在《武训传》中，阿丹饰主角武训，他的表演堪称炉火纯青，是其数十年银幕经验的升华，对时代气氛的拿捏，对人物心境的揭示，对语言的吐纳，都十分的精到老辣。他精准地把握住形秽而神美的精髓，成功地塑造出一位热心办义学的乞丐形象。

不幸的是，这部影片曾遭到不应有的批判，并被长期打入"冷宫"；阿丹也因此而惨遭噩运。

阿丹主演的《林则徐》《烈火中永生》《聂耳》《李时珍》等影片，都是中国红色经典时代的擎厦之作，他塑造的这些不同时代的精英，魂魄宏伟，气象隽永，充盈着民族正气，惊天地、泣鬼神，成为鼓舞人、激励人的精神力量。

赵丹饰武训剧照

阿丹是个浪漫主义者，对艺术充满痴情，他因受到斯坦尼斯拉夫斯基的影响，而产生建立中国表演体系的志向。

1939 年秋天，他与 10 位同道，前往新疆，预想在那里落下脚跟后，伺机前往苏联，去莫斯科大剧院系统地学习斯坦尼斯拉夫斯基的体系，然后，回国实现自己的宏愿。岂料，此举给他带来了牢狱之灾，军阀盛世才将他关进大牢，长达 5 年，并使他失去了与第一位夫人叶露茜的幸福家庭。

阿丹不曾想到，1936 年春天，他与叶露茜参加的那场旷世新锐的六和塔婚礼，竟成为他命运的潘多拉匣子。

那次，聚在西子湖畔举行婚礼的，除了他们夫妇，还有顾而已、杜小鹃和唐纳、蓝苹。

三对伉俪来此旅行结婚，是取永谐同好之意。

然而，当年的蓝苹后来的江青，竟成阿丹后半生的噩梦。

江青主持了对阿丹主演的《武训传》的批判，并对《聂耳》《烈火中永生》等横加挞伐。阿丹"文革"5 年的铁窗遭际，其缘盖出于此。

俱往矣，俱往矣！

尔曹身与名俱灭，不废江河万古流。

阿丹的理想，是希望天下人都乐。

尽管命运带给他过多的苦难和坎坷，他总是以快乐示人。

1980 年 10 月 10 日，阿丹逝世。当日，阳翰笙先生来到病榻前，与阿丹诀别，悲恸成诗，诗云：

床头执手默无言，
死别生离旦夕间。
天下都乐君歌去，
互流热泪湿胸前。

战斗情深五十年，
几经风雨共危艰。

　　　　艺坛巨匠悲凋谢，

　　　　永教群众说阿丹。

　　阿丹潇洒地挥手告别人世，伴随其奔往天堂脚步的，仍是贝多芬的交响曲《英雄》。

　　在那悲怆的乐曲中，我们依稀听到了银幕英雄阿丹那无羁的开怀笑声……

　　　　　　　　　　　　　　　　　　　　（2022 年 6 月于快乐山）

雷振邦：追逐天籁的大师

雷振邦，系中国影坛少数民族音乐集大成者，他的音乐和歌曲，乃电影史册中的瑰丽奇葩。这位难得的音乐天才，堪称我国少数民族电影音乐之父。

改革开放初年，我曾去拜访先生，在他蜗居的长影—宿舍筒子楼里聊了两天，留下一段珍贵回忆。当时，我写有一篇小文《访电影作曲家雷振邦》发表于《大众电影》，这大约是海内外介绍雷振邦的首篇文章。

当年，在雷振邦的卧室兼客厅里，挂着一帧雷振邦与周恩来总理的照片。这是影片《刘三姐》在"百花奖"折桂后，周总理接见获奖者时与他的合影。

他说，获奖可以鼓舞士气，但它不是目的，艺术家的最终目的，是让自己的作品长久地获得人民大众的认可。先生很是喜欢曾写有《马德里之夜》《阿拉贡霍塔》和《卡玛林斯卡亚》三部幻想曲的俄罗斯乐坛巨擘格林卡。这位不朽的艺术家有两句名言："人民创造音乐，而我们艺术家只是改编而已。""让我们每时每刻都和人民在一起，我要和人民同甘苦，共欢乐。"

对此，雷振邦十分赞赏。

也许是因为他自己的根，就是正蓝旗满族的缘故，所以，他对少数民族情有独钟，总是把兄弟民族生活的地方，视之为自己的"家"。每每接下影片，他总要回"家"去探望"乡亲父老，兄弟姐妹"。

他如是说——

"电影音乐和歌曲，其最高目的是塑造人物，推进情节，倘若不去那些人物生活的地方走走看看，不懂得他们怎么生活，不懂得他们的喜怒哀乐，你写的曲子不就成了无源之水，无本之木吗？"

"深入生活，就是发现崇高，发现美，发现诗情，发现那些值得学习的东西。"

"作曲人的真正灵感来自大众的心声，来自他们历史和现实的本色歌唱。"

数十年来，雷振邦深入生活，竟有一幕幕非同凡响的故事。

电影《冰山上的来客》拍摄一度失败，临阵换帅，才起死回生。他跟随后来的导演赵心水等主创人员远赴新疆，冒着随时都可能遭遇雪崩的危险，登上高山哨卡深入生活。舍生忘死保边疆的战士，使他一次次动容；因封山断粮而壮烈牺牲的英雄，令他寝食难安。当时，为了安全，导演劝他不要再去另一个哨卡，他坚决不肯。当他们刚刚登上山顶，随着轰然的一声巨响，身后便发生了雪崩，人们暗暗庆幸，倘若晚走一步，后果不堪设想。而他，早已忘却了个人的安危，望着面前那矗立在风雪中的战士，坚守哨位，俨如一尊尊雕像……他不由得想起那些牺牲的英雄，泪水涌动着激情，刹那间，一支天籁般的激越旋律，从穹外飞来——

> 当我永别了战友的时候
>
> 好像那雪崩飞滚万丈
>
> 啊……
>
> 亲爱的战友
>
> 我再不能看到你雄伟的身影
>
> 和蔼的脸庞
>
> 啊……
>
> 亲爱的战友
>
> 你也再不能听我弹琴
>
> 听我歌唱……

这就是后来那首著名的插曲《怀念战友》，出现在一班长被暴风雪冻成冰雕的那一幕……它优美而悲壮，抒情而昂扬，如山崩雷炸，撞击五中，怵彻灵魂！

《景颇姑娘》开镜前，雷振邦曾赴云南许多地方采撷音乐的"种子"。他得悉西山有位能唱"总阁"的景颇老歌手，便从盈江坝子下面出发，赶去拜会。为能及早登上山顶的寨子，他穿过旱蚂蟥区，翻岭爬坡，在老林里马不停蹄。时值酷暑，口渴难熬。尽管挎包里背着几瓶好酒，可他舍不得嘬上一口。据说老歌手"无酒不开口，有酒唱个够"。这酒该有多么的宝贵！当他攀上山顶的寨子，早已是暮色四合。雷振邦满满地斟上美酒，老人家兴奋地亮开了歌喉。一杯接着一杯，越唱兴致越高。美妙的歌儿唱了一支又一支，直唱到晓鸡三唱，红日登山。老汉意犹未尽，雷振邦已记满了厚厚的笔记本。——那是日渐失传的少数民族音乐旋律，弥足珍贵。老汉的歌儿，成为极有价值的"种子"，在雷振邦后来谱写的影片乐曲中开放出芬芳烂漫的花朵。

人说："不到橄榄坝，就不晓得西双版纳。"筹拍《五朵金花》时，雷振邦和导演王家乙一行，决意去橄榄坝，听最美妙的山歌儿。

他们竟不顾危险，乘着一叶独木舟，沿澜沧江顺流而下，真个是"两岸猿声啼不住，轻舟已过万重山"。行至途中，夜幔垂落。前无村，后无店，只好临时靠岸，钻进江边那亘古的莽林里等待天明。

入夜，他们栖身的草窝棚外，传来狼虫虎豹的阵阵嚎叫，追逐角斗之声可闻。天晓得哪只野兽会对草窝棚里的雷振邦们感兴趣呢？多亏老林中不乏它们的果腹美味，只是让电影艺术家们一夜惊魂而已。

然而，他们终归不虚此行，在橄榄坝听到了原汁原味的山歌，特别是听到了白族歌手演唱的那三腔九板十八调的大本曲，这对于后来雷振邦在大理的鹤庆、云龙、洱源所听到的大本曲是一种补充，其中的许多精华都被雷振邦巧妙地移植到影片的歌曲中，诸如《蝴蝶泉边》《唱支山歌扔过墙》《采药歌》《大家来赶三月三》等等。这些歌曲，为影片中的人物注入了音乐的灵魂，使其性格更加鲜活立体。

此行的另一重大收获，是将对歌确定为《五朵金花》人物的演唱方式。对于角色怎样演唱，导演王家乙曾一度陷入纠结之中，此行雷振邦听了白族年轻人的对歌，深感对唱的方式最能展示白族同胞活泼、开朗、向上的性格，便向导演荐言，助王家乙一锤定音。

雷振邦告诉我，当他读罢《刘三姐》的剧本，便兴奋不已，觉得乔羽的歌词写得情浓意美，撞入心怀。

那开篇的《山顶有花山脚香》就把人吸引住了，接下来无论是《山歌好比春江水》，还是《只有山歌敬亲人》，特别是刘三姐与阿牛之间的情歌《世上哪见树缠藤》《花针引线线穿针》等等，更是俏皮、生动、智慧、甜美。如果自己的曲子谱得不好，就糟蹋了人家的词。

他更深知《刘三姐》乃国内首部音乐故事片，音乐，为其半壁江山，他岂敢有半点懈怠，接下影片，便奔赴广西，住在壮族同胞的寨子里，拜师、采风、听山歌……

一次，他去拜会一位民间歌手。离开时，寨子里宰了一头猪，每户按人头分得一份熟肉，房东壮族老爹舍不得吃，竟把自己那一份留给雷振邦。

《刘三姐》剧照

那时，还没有冰箱之类的冷藏电器，老爹就把肉放到篮子里，挂在通风处，等待雷振邦回来打牙祭。可等啊等，直到四天之后，雷振邦才回到老爹的竹楼。

老人摘下篮子，请作曲家吃肉。那肉，因为天热，已经变色，并发出了异味。

那年月，肉，可是稀罕物，珍贵得很。雷振邦深知老爹的这片情意，比山高，比涧深。他宁愿伤了自己的身体，也不能伤了老爹的心！

在壮乡，雷振邦用真诚既搜集到曼妙悦耳的山歌和民歌，更感受到淳朴善良的情意和人间的美好。他看山山美，看水水美，看人人更亲切。他说："只有美好的人，才能唱出美好的歌！"雷振邦就是用这样美好的心境，让刘三姐的歌声唱响了世界，唱醉了一代又一代的人。

雷振邦从影于 1949 年，与共和国同龄。

他曾为近 60 部故事片和新闻纪录片作曲，谱歌逾百首，而以少数民族题材歌曲最为著名，其中，许多成为穿越沧桑的岁月金曲。

他在最好的年华，以最旺盛的精力，游走于壮族、彝族、傣族、白族、藏族、纳西族、景颇族、朝鲜族、蒙古族、拉祜族等多个少数民族之间，仅云南一省，便去过九次之多。

绚丽多彩的少数民族生活，令他领略到不同民族的性格、诗意和文化特色，为其音乐创作，提供了丰富的滋养和具有蓬勃生命力的"种子"。

他的作品，是生活绽放的花朵，具有不败的芬芳。

1997 年 10 月 20 日，81 岁的作曲家踏歌而去。

然而，他的朗朗笑声，依稀还响在苍山脚下的白族寨子、高黎贡山顶的景颇族木楼、帕米尔高原塔吉克的"冬窝子"、西双版纳密林里的傣族之家……他那熟悉的身影，仿佛还活跃在三月街上、蝴蝶泉边；他仍在塔吉克姑娘的婚礼上，吹奏着鹰笛；在叼羊赛上，雀跃呐喊……

（2022 年 5 月于快乐山）

林农：一生都在出征

林农是电影红都颇负盛名的人物。

他个子不高，身材敦实，性情刚烈，疾恶如仇。

林农执导之影片《艳阳天》剧照

新时期，他是第一位将毛泽东等领袖人物搬上银幕的导演，其执导的《大渡河》重现了中国工农红军长征中撼人心弦的一幕，同时，还塑造了周恩来、朱德、刘伯承等老一辈无产阶级革命家的艺术形象，这是林农对革命历史题材创作的一大贡献。

拿捏历史题材作品是林农的长项。其驾驭革命历史题材和一般历史题材，堪称一代巨擘。《党的女儿》表现的是第二次国内革命战争，不仅描画了江西老革命根据地斗争的残酷，同时，也刻画了女共产党员李玉梅的忠诚与坚贞；《兵临城下》把解放战争的错综复杂和党的地下工作的惊心动魄，铺展得如此扣人心弦；而在《甲午风云》中，塑造了忠义之魂，笔墨酣畅地再现了甲午海战那悲怆的历史画卷。

这些作品，都不愧是中国电影红色经典时代的擎梁之作。

林农喜酒且喜烈酒，他执导的作品《党的女儿》《甲午风云》《兵临城下》等也部部都似烈酒，滋味强烈，令人震撼，是历经岁月考验的红色经典之作。

林农的搭档、著名摄影师王启民说："林农的作品都是伴着酒诞生的。"

此话不谬。他写分镜头剧本时，案头一瓷缸白酒。喝一口，写一场；再一口，又一场。瓷缸干了，镜头也就分罢。

"读他的分镜头，越是激情处，酒味越重。"王启民如是说。

在拍摄现场，开机前，他总要"咕嘟咕嘟"地往嘴里灌一大口酒，然后大喊一声："开机！"随着摄影机的转动，紧张的拍摄便开始了。当他叫"停"的刹那，他会下意识地在地上转个圈圈，无论这镜头拍没拍成，他都要对着酒壶再喝上一口。

对于林农的这些"酒情"，多数人不谙其详。王启民却说，大有讲究。开机酒，可谓定神之酒，让人聚精会神，心思不二，进入拍戏的忘我境地。收官酒，喊的虽然是个"停"字，提醒的却是"别走神"，因此，这是提神酒。

说到底，酒之于林农，是抑制杂念，保持创作激情的兴奋剂，是灵感的保鲜剂。

林农，四川岳池人氏。蜀人喜辣，显然他继承了这种基因。

不晓得他是从哪部戏开始与酒结缘的。但我知道他的导演处女作是《小姑贤》。这是 1953 年长影投拍的第一部戏曲片。因此，林农被称为电影红都戏曲片的开山人。

影片《小姑贤》剧照

随后，他与谢晋联袂执导了由舒绣文、周森冠、师伟、浦克等人主演的《一场风波》；与朱文顺合作执导了印质明、刘增庆、王晓棠、李颉等人加盟的反特惊险片《神秘的旅伴》，而他独立执导的第一部故事片是《边寨烽火》，时在1957 年。

在这部影片中，他大胆启用初登银幕的达奇和只拍过一部电影的王晓棠，在他的调教下，两位年轻人一炮走红，在第十一届卡罗维发利国际电影节上折桂。

人们口口相传林农是慧眼识珠的伯乐，他一生发现、提掖的明星很多，李默然、庞学勤、王秋颖、赫海泉、傅学成、宋晓英、王馥荔、许中全、朱德承、张连文，等等，都是受其师恩，沐浴过他恩泽的人。

林农是个以电影创作为生命的人。

人说，他天生就是为电影而来到这个世间的，他不该娶媳妇，电影就是他永远不腻的情人。

是的，他无时无晌地琢磨剧本、琢磨人物、琢磨镜头……他的琢磨没有尽头，如醉如痴。

与林农同住一栋宿舍的王启民说，林农经常深更半夜地来敲门，总是在睡梦中被他叫醒，然后，被迫与其交流创作构想和拍摄中的问题……

林农在长影小白楼的水房里洗衣服，一件背心，可以三番五次地打肥皂，打了冲掉，冲掉再打……他手在洗衣服，心却在剧本和影片中天马行空了。

他常常走在路上，口中念念有词，并下意识地伸出手指，比画着镜头的位置。

他人在厕所，也叨咕剧本，自言自语地说着台词，这投入的情景，我在小白楼里遇到过多次。

他把全部心思都融进了电影。

这也许就是他进了摄影棚从不瞧分镜头剧本，角色的台词了然于心的原因所在。

林农原本是个精壮的汉子，经过"文革"的七批八斗，身体大不如从前，但他依旧豪情不减。

新时期，又写出上、下两集的电影文学剧本《西安事变》；并马不停蹄地拍摄《闯王旗》等影片。执导《大渡河》时，他沿着康藏公路，赶往泸定桥。高原缺氧，他为把有限的氧气袋留给别人救急，自己竟多次昏倒在拍摄现场。

拍戏重于生命，这就是林农的追求和风范。

2002 年 7 月 21 日，林农于北京辞世。

遵照他的遗嘱，送别他的不是哀乐，而是他执导的影片《党的女儿》插曲，兴国山歌：

　　　　　　哎呀来哎
　　　　　　炮火声来么战号声
　　　　　　唱一个山歌咳你来么听哎

　　红军哥哎

　　百万草鞋送你们……

这是当年兴国老俵欢送红军的出征歌。

林农一生都在出征。

带着烈酒，带着憧憬，他又出征了！

（2022 年 7 月于卡尔尼）

钱君匋之雅趣

"雅趣？哎呀，我喜欢的东西多。"

钱君匋先生微微地笑着。

"吃酒，算是一宗吧，喜欢了一辈子。"

1991年秋天，我编《名人雅趣》，特登钱府请君匋先生赐稿。谈起"雅趣"，他津津有味，口吐莲花。

"小孩子的时候，就醉过；后来参加'开明酒会'，同人经常雅集；年纪大了，见到老酒，还是要吃几杯。你也许猜不到，我喜酒，大约始于11岁。就在那一年，我醉倒在酒缸上。"

先生莞尔一笑，说他生性好奇。那天，闻到一股香气，便和两个小玩伴不住地噏着鼻子四处地嗅着，猜着，这香是打哪儿冒出来的？

循着香味儿，一路寻去，竟寻进酱园的酿酒作坊，又追到藏酒的大屋子里。

只见一排排大肚子的土石缸矗立在面前，便爬到缸口，探着半个身子，往里瞧着。

嘿！缸里装的是酒呀，香气就是从这儿飘出来的。

哎哟，那味儿就别提有多馋人啦！

也巧，他褂子的口袋里，装着几个敬神用的小酒盅，原本是拿出来玩耍的，这下派上了用场。

他们趴在缸上，一盅一盅地喝了起来。

"那酒很甜很甜，越喝越甜，从舌尖慢慢地甜透了整个舌头。开始，我边喝边喊，'好喝！好喝！'后来，觉得浑身麻麻酥酥，头晕晕乎乎，喊也喊不出声了，胳膊腿都软了，眼前出现了一个个的圈圈。接着，就什么都不晓得了……"

当酿酒师傅发现他们的时候，见仨孩子像三只青蛙，软塌塌地贴在酒缸上。

"这是我第一次醉酒。嘴巴尝到了甜头，屁股却吃到了苦头。"

钱先生忆起令尊杖屁股的板子，仍心有余悸。

他转而诡谲地一笑："其实，我馋酒，与我的父母大有关系哩！"

原来，钱先生的令尊和令堂，都嗜老酒。酒之于他们，一是壮身体；二是除疲劳；三是解烦忧。每天劳作之后，几碗暖酒下肚，身心卸却了负担，那愉快、舒坦的样子感染了小君匋。

君匋便琢磨，酒，到底是个啥滋味儿，咋有那么大的神力，原本沉默不语，郁郁寡欢的父母，一沾酒，就变得眉飞色舞，兴高采烈，好似进入极乐世界似的。

于是，他吵着，嚷着，闹着，也要吃酒。

父母拗不过他，就将筷子伸到酒碗里蘸了蘸，滴滴点点地让他尝尝，这一尝，便引出了馋虫。

"那酒，到底有什么好？"我问。

"嘿，酒如琼浆，一滴入舌，那滋味之美，实在难以形容。一种轻松舒畅的感觉，顷刻涌遍全身。喝了这一口，还想下一口。"

钱先生的父母大人原本不希望哲嗣沾酒，可既然沾了，便黑着脸与儿子约法三章：一、不许单独用碗吃酒；二、不许多吃，只能在他们的碗中啜上几口；三、将来会吃酒时，也不得吃醉。

"我一生只醉过两次，儿时醉于酒缸，那是第一次。"

"第二次呢？"我问。

"是与恩师丰子恺先生对酌。"

说罢，他兴味悠然地讲了起来。

那是 20 世纪 30 年代，有天傍晚，因工作上的事，想请老师为自己拿个主意，便将丰子恺邀到了"王宝和"酒店。他要了"加饭"，佐着五香豆腐干、花生米、发芽豆等几样小菜，与老师边吃边聊。

丰子恺纵横捭阖，把事情的里外轻重讲得鞭辟入里，叫钱君匋茅塞顿开。

他们越聊越兴奋，越聊兴致越高。盛半斤酒的小锡壶，喝干了一壶又一壶……二人直将十四把小锡壶翻倒在桌子上，这才离开酒店。

丰子恺是把"老锡壶"，钱先生远不及他的酒量。回去的路上，老师仍健步生风，学生却步履蹒跚，醺醺的醉了。多亏有丰师的搀扶，才回到宿舍歇息。

钱先生告诉我，虽然他的"酒龄"不短，但因受到父母的限制，几碗而已，1927 年进入开明书店当编辑后，才被"开明酒会"逼出了酒量。那时，开明同人以酒雅集，号称"开明酒会"，章锡琛、夏丏尊、丰子恺、郑振铎、叶圣陶、沈雁冰、章克标、方光焘、周予同、丁晓先、章锡山、范洗人，等等，皆为会员。

酒会有个规定，一次能受用五斤"加饭"者，方能入会。钱先生因勉强吃到三斤半，险些被开明老板章锡琛拒之会外，多亏夏丏尊老求情，给钱君匋破格打了个"七折"，才使他如愿以偿。钱君匋不负众望，很快就吃到了五斤。

君匋先生心仪酒会，自然不是为了长酒量，而是喜欢那个氛围。"开明酒会"每周一次，是纯粹的文人雅集。谁也不猜拳，不劝酒，都是自斟自饮。共乐中求自乐，其乐融融。

这些为新文化尽心献力的文化人，端起酒杯，相互所谈自然离不开编创之事。

酒后见真情，诸人各有胜慨，妙点子、好创意，常常伴着酒香而生。

酒香消解了埋头纸墨的疲惫，也增进了相互交流和切磋的友情。在一个充满文化气息的恬适环境里，让人感到温馨与畅快。

钱君匋先生告诉我，到了晚年，每当他自斟自酌时，当年"开明酒会"的幕幕情景，犹在眼前……

（载 2018 年 9 月《天津日报》"满庭芳"副刊）

大伽李準的段子

那年中秋节，李準先生打来电话，邀我去家里吃饺子。我知道準公是个实诚人，如果和他客气就不够朋友了。

当我赶到前门外李府，嫂夫人早已把饺子包好了，在等我下锅呢。除了饺子当然还有下酒的菜，记不清喝的是啥酒，也忘了是啥菜，但我俩唠的内容却还清晰地记得。

準公对时政看得很透，就像当时的赵丹先生，看到社会的许多弊端，更对束缚文艺创作的问题深有体会。他不吐不快，向我敞开了心扉。

得知我要编《中国影人诗选》，他问："我想写首诗，你敢用吗？"

我说："只要你敢写，我就敢发。"

后来，他果然写了，在诗中将自己比作报晓的"雄鸡"，别人还在酣睡，他要把人们唤醒。

那天，聊得很晚，準公给我讲了许多沧桑过往和从文的坎坷，当我告辞走到街上，圆月已经升起来了。他讲的"文革"中为乡亲们写祭文的事，让我不得不佩服这个顶顶聪明的河南"侉子"，谁会想到他痴迷写祭文的后面，竟会是如此的一番谋算呢？

李準自诩为"侉子"。

侉子，原本不是什么雅词儿，準公不以为然，自有别解："'侉子''侉子'，就是大智若愚装傻子，这是对我河南人绝顶聪明，略有那么一点点狡黠的大赞之词也！"

李準明白花打哪儿红，枣自哪儿甜，对于农村和乡亲向来有种感恩之情。他深知无论是处女作小说《不能走那条路》，还是成名作电影《李双双》，以及自己那一大串的作品，无不得益于生他养他的庄稼院。因此，被赶到乡下后，日子虽苦，心里倒觉得很亲切。只是写东西的权利被剥夺了，令他抓心挠肝地难受。

浑身落满高粱花的乡亲们呢，知道他是耍笔杆子的家伙，平时见他厚诚老实，不笑不说话，几乎没谁把他当坏人。

一天傍晚，有位乡亲拎着瓶印着毛主席语录的烧酒进了他的家门，请他无论如何得帮个忙。

原来家里老人过世，等着下葬。那阵子，时兴像"老三篇"里，纪念张思德那样开追悼会，会上要念祭文。那个地方，文化落后，远近十里八庄没谁会写这玩意儿，这位乡亲便找到李準救急。

李準并未多想，只是觉得此忙得帮，岂可让乡亲白张一回嘴。可祭文不能天马行空，必须得了解过世人的情况啊。于是，他请这位乡亲详细地介绍了逝者的一生，从傍晚直唠到晓鸡三唱。

开追悼会那天，李準代主人宣读祭文，祭文写得相当生动，加之他念得颇为动情，涕泗横流，引得满场哭声一片，就连围观看热闹的人都被打动了，跟着"呜呜"地号啕起来……

这下子，李準名扬四乡，乡亲们凡写祭文都来求他。

开始，李準并无他想，权当力所能及给乡亲们帮个忙。随着找他的人越来越多，他便思谋起来，想着想着，一拍脑门儿，惬意地笑了。

他打定了一个主意。

上边不允许他搞创作，可无法不让他为乡亲们写祭文。李準便堂而皇之地将写祭文当成了谁也干涉不了的营生。通过写祭文，他与乡亲们更加地熟稔起来，结识了不同经历的乡亲，了解了他们生活的苦难和艰辛。这里有爱情、有恩仇、更有传奇……

他对被追悼者的情况了解得愈加地详细，偶尔遇到有家谱的、老辈留有书信的，他都仔细地观瞧；连祖上、族人等诸多情况都问得仔仔细细，也记录得相当的翔实。随着时间的推移，由他写祭文的乡亲计有 600 多位，那记录下来的资料装满了一个小柜子，也装满了他正在构思的长篇小说《黄河东流去》的脑海。

管他的人，不许他搞创作的人，做梦也不会想到，李準这个"侉子"竟借着让他为乡亲写祭文的机会，去深入生活，收集素材，暗地里搞创作。

这也正是李準早就打定的那个主意。

"文革"结束后，李準终于完成了他此生最为满意的作品《黄河东流去》，他说："如果没有写祭文的那段经历，也许就不会有我的这个长篇，当然也不会有我的电影《大河奔流》。"

準公是农民的歌手，更是人民的歌手。他一生缠绵于红尘烟火，敬畏百姓苍生，因此他的笔端，流淌着苦难、挣扎、向往和欢乐。他的作品不薄气，有精气神儿，就像黄河两岸的庄稼汉子，面对风雨，却浩然天下。

準公要笔杆子的源头和归宿，都是苍生。他为自己立下规矩，无论是写小说，还是编电影："三句话叫人落泪，三分钟进戏，把读者和观众的心放在我手心里揉。"他揉下了人们的眼泪，也揉来了鲜花和掌声，其电影作品《李双双》《牧马人》《高山下的花环》等纷纷在《大众电影》"百花奖"和中国电影"金鸡奖"中折桂，赢得了"金鸡奖""百花奖"最佳编剧的殊荣；其小说如同他的电影一样屡屡受到读着的青睐，《黄河东流去》以茅盾文学奖的桂冠，将其文学成就镌刻于史册。

凖公尽管成就了得，却十分清醒，自知有些作品并非尽如人意，有的甚至不值一提了。他认为有仨人点到了他的要穴。

一位是胡风，说他"把生活写得太甜"。

另一位是沈从文，指出他"写得太少"。

第三位是编校《歧路灯》的作家栾星，一针见血："不能老是紧跟风，写那些速朽的东西。"

他说："甜，少，速朽，如醍醐灌顶。"

凖公是个性情中人，不藏不掖，甚至连自己的私密之事，也说给朋友听，敢作敢当，不做伪君子。

遇到不公，也会拍案而起，不做软蛋。1980年，他的剧本《冤孽》摆到了北京有关电影领导的桌子上。那位领导翻罢剧本，为抓到了批判的"靶子"而十分兴奋，准备向凖公大兴问罪之师。

说也巧，那领导身旁恰有凖公的一位朋友，他悄悄地将消息递到了凖公的耳朵里。凖公连夜给当时的一位中央领导写了封信，陈述剧本的内容及创作的初衷及遇到的麻烦。

中央领导甚为重视，批阅了这封信，说："李凖也有不准之处，剧本可以修改嘛！"

这便是修改后由谢晋执导的影片《清凉寺的钟声》的一段插曲。

若不是凖公的据理申辩，若没有这位中央领导的理解与呵护，凖公怕是难逃一劫，人们也就听不到清凉寺的钟声了。

影片《清凉寺的钟声》剧照

艺坛流传着一个段子，说在纪念豫剧大师常香玉从艺 50 周年的庆典上，大名鼎鼎的"谢别林"谢添大师故意"将"了李準一"军"，道："李先生，都说您三句话就能让人哭，今天您就显显神通，让常香玉大师哭一场如何呀？"

準公愣了愣神儿，转而一笑，抱拳作揖唱了个肥诺道："好，好，好，洒家遵命了！"

他朝常香玉不轻不重地喊了声："香——玉——呀！"

便说将起来："今儿个，是您的喜日子，谢大导演却让您哭，不够厚道哇！"

随即，他又亲亲切切地喊了声："香——玉——呀！知不知道您可是我的救命恩人呐！我 10 岁那年逃荒到了西安，三根筋挑着一个脑袋，眼瞅着就要饿死了。忽听一声大喊，'常香玉放粥了！'我随着难民们去喝粥，终于灌满了肚子。捧着粥碗，我发着誓，日后见到救命恩人常香玉，我要给她磕个响头哇！"

接着，他一把鼻涕一把泪地倾诉着："'文革'中，见您被押在大卡车上，叫人按着脑袋，别着手，'坐飞机'挨斗，我心里这个疼啊，真想冲上去护着您呀，我的救命恩人香——玉——呀！"

此时，只见谢添身旁的常香玉已悲不自持，打断了準公的话，潸泣道："老李，您别说了！"

常香玉扮演花木兰剧照

她捂着脸，泪水从指缝中流淌下来……

尽管这是个段子，窃以为大半不虚。

準公是个有故事的人。

他的故事里，充满睿智、骁勇、达观；响着历经坎坷、磨难后的胡卢而笑。

也许，这不仅是"侉子"李準一个人的故事，更像一面镜子，照出许多人，甚至一代人的影子。

準公自诩为河南"侉子"，其实，他只是半个河南人，另一半属于蒙古族。因为他有蒙古族的血统，其祖先是成吉思汗四大名将之一的木华黎，他的家谱上，第一句写的便是："龙门李氏不讳其祖裔为鞑人。"

我一直珍藏着準公的墨宝，其中包括先生为我的一本散文集所题写的书名；先生所赠《李双双小传》一直摆在我的书柜里。看到它们，便想起他的许多段子，不由得笑出声来。

（2020 年 9 月于查尔斯顿）

豪放巨子洪深

洪深，艺贯影戏二坛，十八般武艺，惊世夺人，乃不可多得的民族俊才。

1916 年，他于清华大学毕业后，漂洋过海赴美留学，在哈佛等学府研读编剧、表演、导演、舞台技术和剧场管理等课程。6 年后，学成返国回到上海。最初，他受聘于中国影片制造股份有限公司，其撰写的《征求影戏剧本启事》，如旗纛猎猎，似霹雳隆隆，飞珠溅玉，言辞荡耳。

启事如是写道："影戏为传播文明之利器""能使教育普及提高国民程度"。凡应征剧本，必须"以普及教育表示国风"为主旨，若有"诲淫""诲盗"，"专演人类劣性""曝国风之短"者，概不取用，云云。

其实，这就是他的电影宣言。

他最早提出电影"视角化"思维的理念，指出："电影最重要的，是把人事'视觉化'""作者必须有一个图画眼"。这种"视角化"的形象思维，道出了电影的精髓，切中肯綮。这种高屋建瓴的视野，不啻为电影人准确把握电影艺术竖起一座引航的灯塔。

作为艺术家，他温文尔雅，似水真性情；面对邪恶，金刚怒目，演绎着人生精彩。

1984 年洪深 90 周年诞辰之际，德高望重的阳翰笙先生挥毫赋诗，诗云：

> 快语惊人口常开，
> 壮志豪情岂浅哉？
> 怒斥罗克传四海，
> 辱华影片敢重来！
> （洪深：字伯骏，号潜哉，别号浅哉。）

诗中所言"怒斥罗克"之事，就是曾轰动一时的"洪深大闹大光明"的威武活剧。

1930 年 2 月 22 日，上海大光明电影院放映由罗克主演的美国辱华影片《不怕死》，洪深看后愤怒至极，便与田汉商量予以还击。于是他带领高大威猛的明星金焰、音乐家张曙和记者廖沫沙前往影院。当银幕上映出侮辱华人的镜头时，兀地响起一声大吼，但见洪深如一头猛狮从座位上蹿起，愤怒地高声演讲起来。他言辞铿锵，理明情切，终于激起观众的爱国热情和民族义愤，影院里随之响起愤怒的口号声，人们纷纷要求退票，场内顿时大乱。

影院的洋经理唆使打手扭打洪深，遭到金焰、张曙、廖沫沙的一顿教训。洋经理仗势欺人，将洪深告上法庭，我方多位律师挺身相助，终于打赢了这场官司，在舆论的压力下，美国派拉蒙影片公司不得不收回《不怕死》一片，并公布了罗克的道歉信，这便是那"大闹"一幕之原委。

曹禺对洪深之举，敬佩之至，说："我深深为洪先生的爱国主义精神所感动，在我的心目中，他是个学者，又是个英雄。"

洪深，绝非等闲人物，他乃屹立于中国影坛之巨擘也！在中国电影的蛮荒之岭，披荆斩棘，可谓开山人。其电影作品，闪耀着正义之光；不朽的理论著作，至今还泽被后人。他曾高擎"为苦难的人民，为痛苦人生"的大纛，在风雨如磐的旧中国，呼啸呐喊，奋力前行，体现了电影人的良心和社会担当，成为那个时代的铿锵回响。

洪先生出身于官宦之家，因父洪述祖涉嫌宋教仁案被当局冤枉处死，使他认清上层统治阶级的阴毒本质，进而投身于人民大众的营垒。

他崇拜易卜生，曾说："我愿做一个易卜生式向社会挑战的勇士"，砥砺自己做易氏那样的思想者和战斗者，用电影和戏剧，引领大众改造社会，改造人生，令其走向进步和光明。正因为如此，他 22 岁赴美留学，原本在俄亥俄州立大学化学系研读陶瓷工程，为实现志向，毅然离去，考入哈佛大学戏剧训练班，同时到波士顿声音表现学校和考柏莱剧院附设戏剧学校旁听。

《申屠氏》，是洪深发表的第一个电影剧本。它连载于 1925 年的《东方杂志》。此乃中国电影史上首部完整的无声片电影脚本。尔后，有声时代导演的分镜头脚本，亦传承于此。这个剧本，不仅有完整的故事、情节、人物，而且标明了场次、景别等，特别是它标出了摄影的角度和拍摄的技巧。"渐现""渐隐""特写""化入"等术语沿袭至今。这是中国电影文本的创举。之前，电影公司拍电影，只有一个大致的想法，没有文本，拍摄时，多靠导演和演员的临场发挥。

洪氏剧本的出现，不仅为电影的拍摄提供了更为缜密、更为详尽的文本。同时，也为电影剧本进入文学的殿堂，进而成为一种独立的文学样式提供了可能。显而易见地，洪深是当之无愧的我国电影文本的奠基者。

就在这一年，洪深进入明星公司，他自编自导了《冯大少爷》《早生贵子》《爱情与黄金》《少奶奶的扇子》等影片，并在《爱情与黄金》中出演男主角黄志钧。在实践中，他深切体味到无声影片的若干弊端。于是，渴望有声时代的到来。他为此奔走呼号，身体力行。

先是于 1928 年年底，翻译了爱森斯坦和普多夫金等人的《关于有声电影的宣言》，为变革鸣锣开道。

影片《歌女红牡丹》剧照

其后，又于 1930 年开始创作我国第一部蜡盘配音的国语对白有声片《歌女红牡丹》；这无异于第一个吃螃蟹，影片拍摄颇为不易，其中困难可想而知。仅口音问题，就令人大伤脑筋。参加拍摄的是明星公司以胡蝶、王献斋、夏佩珍、龚稼农领衔的 20 余位演员，他们分别讲的是湖南、江苏、广东、浙江、湖北、山东方言，可谓南腔北调，除了胡蝶一人会讲普通话外，其他的人都要纠正发音，为此，洪深苦心办了语言训练班，逐一纠正演员的台词。实拍时，既要使演员的动作、口型与声音相吻合，又要考虑到千人左右影院的音响之效果；还要在没有隔音设备的情况下避免杂音，更是历经千辛万苦，导演张石川说："当时，绝望到想哭。"片子费时整整半年，直到 1931 年 1 月才杀青，是年 3 月 15 日正式公映。

《歌女红牡丹》横空出世，不仅在国内的多个大城市影院引起轰动，同时也吸引了南洋的侨胞，成为影坛空前盛事。

洪深大受鼓舞，继之，他于 1931 年 6 月亲赴美国为明星公司购得制作有声片的器材设备，请来技术人员，拍摄了由他编剧的片上发音影片《旧时京华》。

越年，该片在上海卡尔登大戏院首映，盛况绝前。

洪深为开我国有声电影之先河，功垂青史。

洪深不仅是天才的电影实践的大家，亦是骁勇的电影批评的先锋。他曾不顾自己是明星公司编剧委员会成员的身份，自曝家丑，在当时《晨报》的"每日电影"副刊发表文章，批评明星公司出品的影片，其笔锋犀利，切中弊端，毫不留情。他的那篇题为《一九三三年的中国电影》的文章，总结了左翼电影的成就，是我国电影史上的珍贵文献。

洪深以艺术为生命，一丝不苟，精益求精。他做导演，对演员十分严苛，不允许有丝毫的懈怠和马虎。王莹、蓝马、贺璐等人，都受过他的"训"，挨过他的"责骂"。他们曾想不通，王莹委屈地哭过；蓝马受不了，与之大吵；贺璐被骂得要"掼纱帽"。但到了最后，他们都觉得自己错了，更加敬重他，佩服他，感激他。洪深的严厉调教，培养了一批明星和优秀的电影人才。

抗日战争爆发前，是洪深电影创作的鼎盛时期，他创作了《香草美人》《劫后桃花》《女儿经》《压迫》《时势造英雄》《新旧上海》《女奴》《梦里乾坤》《社会之花》《镀金的城》等13部电影剧本，并导演了阳翰笙编剧、王莹主演的《铁板红泪录》。那段时间，除了明星公司之外，新华、联华、艺华等制片公司也争相拍摄他的剧本。一时间，洪深旋风，席卷上海滩。

《香草美人》是其代表作之一，它描写了农民王老二惨遭不幸后的觉醒，揭示了20世纪30年代中国工人阶级的苦难根源及其奋起抗争的渴望，凸显了时代精神。这部电影与田汉的《三个摩登女性》、夏衍的《狂流》、沈西苓的《女性的呐喊》、蔡楚生的《都会的早晨》等作品一起，占领了左翼现实主义电影的前沿阵地，标志着中国电影进入一个摧枯拉朽的新时代。

他的另一部代表作《劫后桃花》，创作于民族矛盾日益激化的1933年。该片由胡蝶主演，并由她演唱主题曲《劫后桃花》。当时不少电影直接表现上海"一·二八"抗战后民众的觉醒，洪深另辟蹊径，将目光投向中国近代历史生活，从青岛前清遗老祝有为家庭的衰败，描摹了清末至第一次世界大战后，20多年间，中国社会的变迁，揭示了帝国主义的侵略，给我国人民造成的巨大灾难和精神创伤，它如一鼎洪钟，警醒人们思考民族与国家的现实处境，具有强烈的反帝、反侵略的时代意义。

胡蝶主演影片《劫后桃花》剧照

烽火连天的抗战岁月，洪深躬身投入如火如荼的抗日救亡活动。直到日寇投降后，才回到上海，一面主编《大公报》的"戏剧与电影"，一面笔耕不辍，继续他所心仪的电影创作。

洪深曾为筹措组建"大同电影企业公司"奔走呼号，鲜为人晓。

那是抗战胜利后，战时成立的"抗敌演剧队"编制撤销，致使那些抗战文化战士失去了生活来源。这让洪深忧心如焚。为让这些人有生活着落，更为社会尽力，便去动员有经济实力的老板柳中亮先生成立电影公司，解决"抗敌演剧队"人员的生计问题。

柳中亮先生乃电影事业家，曾与胞弟柳中浩一起创办世界和金城大戏院，专门放映国产影片，后又创办国泰影业公司，拍摄了 40 多部影片，包括《无名氏》《梨园英烈》《忆江南》等。他见义勇为实现了洪深的愿望，成立了"大同电影企业公司"，这家公司由柳中亮和其子柳和清共同经营。柳和清后与大明星王丹凤结为秦晋之好。"大同电影企业公司"于 1948 年于上海成立，1952 年公司收归国有，并入"上海联合电影厂"即后来的上影。

当年，洪深为给刚刚创立的"大同电影企业公司"带来经济效益，他运筹策划，并亲自执导了欧阳予倩编剧的《弱者，你的名字是女人》，为确保影片上座，他请了"四大名旦"之一的舒绣文和演剧队九队的名角即北京人艺的朱琳饰演姊妹花，终使这部影片获得令人满意的经济效益。随后他又与赵清阁联袂创作了《几番风雨》并搬上银幕，同样取得不俗的票房，让"大同电影企业公司"在上海滩扎下了脚跟。

洪深一生创作 38 个电影剧本，导演 9 部电影，并有《电影戏剧的编剧方法》《编剧二十八问》《电影术语词典》《电影戏剧表演术》《戏的念词与诗的朗诵》等多部专著行世。

郭沫若评赞其："中西共治，新旧兼容著作 60 余种，而犹孜孜不息。"

洪深在影坛耕耘的同时，还在戏剧舞台大展才情，既会编也会导，还能演，堪称全才。他曾在法国大戏剧家罗斯丹的《西哈诺》中，演那个既耍剑，又秀舞的西哈诺，赢得满堂彩；还自编自导《少奶奶的扇子》；留下了《五奎桥》《香稻米》《青龙潭》这"农村三部曲"等名作；并教出了一批优秀的学生，包括著名的戏剧家马彦祥、著名导演艺术家朱瑞钧等。他在话剧界可谓贡献极大，功勋卓著。

洪深不仅是中国电影的先驱者和奠基人，也是中国话剧的先驱者和奠基人；

他是电影师，也是戏剧师。他的一生，是电影人生，更是戏剧人生。

洪深五十寿诞时，曹禺为其写有一副寿联赞曰：

能编能导能演是剧坛的全能
敢说敢写敢做是吾人的模范

1955 年 8 月 29 日，洪深逝世。

田汉深情地说道："我们应该细致分析一下洪先生的作品，从他的艺术了解他所处的时代和他所代表的精神，吸取他的精神和灵感。可能有人说：'我们还缺少钥匙'，但懂得洪先生的为人便是理解洪先生的作品的最好钥匙。"

夏衍高度评价洪深的一生，称赞其："从不离开时代，从不离开社会，从不把自己和国家民族隔绝，他永远和时代共呼吸，与人民同忧喜。"

电影与戏剧的一代天才巨匠，虽然已落下人生帷幕，但其斑斓绚丽的艺术画卷，在人民的艺术史册中夺目依然。

洪深的忘年交赵清阁先生告诉我，洪深曾写有一联：

大胆文章拼命酒
坎坷生涯断肠诗

其壮烈、豪放之怀，跃然纸上。其实，这也是洪深一生之写照。先生的极致性格，也引来他的一幕悲情过往。

赵清阁先生说，1940 年，洪深辗转来到重庆，尽管任职于郭沫若主持的政治部三厅和文化工作委员会，并在北碚黄桷桠的复旦大学兼课，但因子女多，又要为一个肺病晚期的女儿治病，生活窘迫，更觉国运艰厄，竟举家寻了短见。幸而抢救及时，才未酿成惨剧。

当时，一个有政治背景的人物，送来一笔钱，洪深拒不收纳。

洪深对赵清阁说："人要有一点虎骨！"

即使去死，也不接受邪恶势力的怜悯，更不会卑躬屈膝与其同流合污。

这便是洪深的大丈夫人格，立地如松，浩气冲天。

（2020 年 8 月于查尔斯顿）

瓦尔登湖寻梭罗

不朽的梭罗曾言之凿凿："只有在瓦尔登湖畔，才能离上帝和天堂最近。"我想，一定有许多人如我一样，是受到这句话的诱惑，才去一睹瓦尔登湖的芳容的。

瓦尔登湖在哈佛大学西北，离康科德小镇不远的地方。

一路的秋雨，临近瓦尔登湖时，终于停了。入眼的这泓名湖，鲜灵翠绿，水波不兴，远处与林木相接的地方，腾起雾霭，似有一道白练横亘在氤氲中。兀地，有两只白色的水鸟鸣叫着，从湖边展翅飞起，又落到远处的岸边。人说，这湖中有鲈鱼、鳟鱼、银鱼、猫鱼和太阳鱼等多种可食的鱼儿，是禽鸟争相觅食的天堂。当年，梭罗就常常划着小船到湖中捕鱼，然后，在湖边架木、燃火、烤鱼、煮鱼汤，享受上帝赐予的惠泽。

沿着湖边的沙滩徜徉而去，空气中弥漫着湿漉漉的草气和松香，但见经霜的林木，色彩绚丽，斑红灿烂，颇像东山魁夷的丙烯画，让人想起故乡的五花山。放眼四围，植被保护得相当之好，尽管秋色已深，枝叶斑驳，但仍可想见夏日枝繁叶茂，葳蕤壮观的景象。

梭罗在这儿自我流放的时候，曾故意放了一把火，燃得白松、赤杨"辟啪"作响，见火蛇飞腾，从近处的树梢蹿到远处的树梢，汇成一片火海，他竟在高处手舞足蹈，事后，还喜不自持地说："只有我一个人看到了那美妙的景象，真是福气！"也许是上帝对他的特殊眷顾，让这场火毁了300多英亩林木后，就渐渐地熄灭了。可要一直烧下去，肯定会连同他一起吞噬，难道他没有想过？梭罗真是个怪人！

怪人走了，45岁时因肺疾走了，离开我们已经150多年了。在瓦尔登湖北面的林子里，我找到了与他等高的铜铸塑像，落在那肩头的雨迹还湿着，头上、脸颊都滴着水……我很想为它擦拭一下，可又觉失礼，因为那是一种打扰。

在塑像身后的山坡上，是依据当年的样子仿造的小木屋，它被高高的漆树、核桃树和北美油松掩映着，透着一种满地金叶唱大风的沧桑感。小木屋里，陈设依旧，一张简陋的桌子，一张木床和简单的炊具。我们的哲人就栖身在这儿，度过两年两个月又两天的时光，探究人从哪里来，到哪里去；应该怎样活着；如何敬畏万物，成为自然的朋友……

其实，瓦尔登湖并不大，水面不过60公顷左右，若不是因了梭罗，它恐怕永远也不会有什么名气，自从梭罗成了它的灵魂，才崭露头角。此湖并非远离尘世，距梭罗在康科德的家，只有步行10分钟的路。他在湖畔木屋隐居的那阵子，常常回家，甩开嘴巴，狼吞虎咽，将母亲的点心罐子吃个底儿朝天；亦师亦友的艾默生夫人也隔三岔五将蛋糕、火鸡肉和龙虾送到林子里，给他打牙祭。

梭罗在林中度日，虽说是隐居，但并非远离社会，脱离了人群。其间，他以"瓦尔登湖"为名，组织了一个文学社，经常在康科德举办诗人、哲人的文友小聚。他的朋友圈很广，苦力"红脖子"、湖上的渔夫、林中的猎人、四处游荡的商人都在其中，他们都与"隐士"谈得来，且谈得痛快淋漓，湖边的草地、月下的篝火旁，是他们谈天说地的场所；小木屋里经常高朋满座，响着欢声笑语。当西印度群岛传来奴隶解放的消息时，一向反对奴隶制的梭罗，在小木屋里，开了个相当热闹的派对，从傍晚一直狂欢到黎明。

梭罗为什么要在瓦尔登湖隐居？据说那时他的心境很糟。失恋，是个重要原因。他与胞兄亨利同时爱上了17岁的女郎艾伦·西华尔，成了情敌，而艾伦姑娘却嫁给了牧师，这让梭罗跌入绝望的深渊，几乎不能自拔；接着，胞兄亨利被刀片割了个小口子，却染上致命的细菌，命丧黄泉，这无常的人生，再一次打击了他；更沮丧的是，他因抗缴政府不合理的人头税，竟被关进牢狱，又一次让他看到世间的丑恶与不平。

于是，这位哈佛大学的毕业生，在国家独立日那一天，从打响独立战争第一枪的康科德，愤然走进当时人迹罕至的莽林，来到瓦尔登湖畔隐居，成了探究人与自然、人与社会的另一种斗士。

瓦尔登湖，是梭罗心中的圣湖，他不仅赋予其神奇的传说，而且对那四季变幻的美妙景色，心醉神痴。春来布谷声声，湖亮林翠，他泛舟湖上，在月光下，吹着长笛，美哉，悠哉……夏日百树争秀，湖光潋滟，他裸身躺在一个人的沙滩上，晒得周身酥软，偶尔，斜着眼睛，瞧那跳出湖面的毛利鱼……秋风一吹，千红万紫的霜叶，染得满湖彩光。碧空里南旋雁阵的倒影，在湖面闪动着，他坐在探进湖中的老树干上，忘情地看着，竟忘记了手中的鱼竿，大鳟鱼险些将他拖进湖中……冬天雪花儿飘飘，梭罗说那是上帝亲手撒下的梅花，在湖上的半空绽放。然后化作了湖中水，令其永不干涸。它总是把那上帝的梅花搜集起来，烹煮梅花咖啡；圣诞节时又用它堆成圣诞老人、神鹿和许多的小雪人，从湖边直排到小木屋前……

这每一个瞬间，都让他感受到大自然的恩赐，上帝的抚爱，天人合一的快乐。

瓦尔登湖四季轮替，尽管冬有暴雪，春有朔风，夏有虐雨，秋有严霜，然而，唯有那湖水，不理会这一切，静静地躺在那里，平平展展，坦坦荡荡，淡定如常。

梭罗敬畏它，礼赞它，称"它是大地之眼，人们注视着湖泊，就可以测量出自己天性的深浅"。他由衷地慨叹："湖与我们的生命相比，不知美了多少；跟我们的性格相比，不知透明了多少！"也许，就是这泓湖水，让"隐士"悟到了一种精神，一种品格，一种境界。于是，他那颗哀伤躁动的心，终于平静了下来，平静得如那湖水。

幻境般的瓦尔登湖

在湖畔，他种庄稼、捕鱼、采蘑菇、拾松子，辛勤劳作，自给自足；他喝着从湖中舀来的水，滋润着五脏六腑和周身的血肉。他与那一枝一果对话，与那一草一木聊天，与枝头的红鸟，草间的乌龟谈心，与林中的鹿、狐狸和刺猬打招呼……

"呀！"他不禁大呼了一声，原来这一切都有灵性！它们与人一样，都是上帝放在地球上的人类之友！

他醒悟了！

"为了一杯朗姆酒出卖他们所享有的那一份自然之美"有多么的可怕。

他看透了！

"要是人们都脱光了衣服，他们相对的等级地位还能保持到什么程度？在这种情况下，你能否在一群文明人里面确切地说出哪些人属于最受尊敬的阶级？"

他并非调侃！

"我听说过有这么一条狗，它对凡是穿着衣服、走近主人房屋的任何陌生人都吠叫起来，可却很容易让一个光着身子的小偷弄得一声不叫。"

物欲、官爵、名利有多么的可笑!

梭罗的呐喊是如此的震天撼地:"不必给我爱,不必给我钱,不必给我名誉,给我真理吧!"

这一刻,他接近了上帝,望见了天堂。

就这样,在瓦尔登湖畔,诞生了一部倡导人类纯美生活的圣文《瓦尔登湖》。

艾默生赋诗赞道:

> 仿佛是清风送来了他,
> 仿佛是麻雀教会了他,
> 仿佛是神秘的路标指引着他,
> 觅见了远方土壤中怒放的兰花。

心头吟诵着这首诗,带着对梭罗的敬意,我离开了瓦尔登湖,可我的心却仍在那里徜徉……

（载 2018 年 3 月《天津日报》"满庭芳"副刊）

去基韦斯特看海明威

海明威是描摹大海的巨擘，一部《老人与海》，写尽对海之敬畏与缠绵，被人尊称"老海"。

他的故居，恰恰在环海茫茫的基韦斯特岛上。

这个远离陆地的珊瑚小岛，位于美国大陆的最南端。

在佛罗里达群岛这串上帝撒下的珍珠中，是最西、最南、最璀璨的那一颗。

迈阿密距基韦斯特，有 200 多公里的路程。

公路从迈阿密海滩步步往南，当车沿着一号公路离开陆地，驶向那通向天际的海中之路，眼前是一片童话般的世界。

路旁，蓝天杳杳，云岫如雪，娇艳无比的凤凰木，那满树满枝的火焰花，顷刻，便将你的心庭染得斑红灿烂，好似这人间只有一个美字。

桥两边，是连天的碧海，那海水，变幻着迷人的色彩。

同是一片海，桥左面，近处雅蓝，远处翠蓝，其间，浸淫着孔雀羽毛般的豆儿绿；桥右面，放眼望去，一抹殷殷的翠绿，衬着一抹艳艳的蔚蓝，勾勒在天海之间。接着，是一片片嫩嫩的松绿，连着一片片粼粼的粉蓝，斑斑驳驳，漂浮到近前。净洁，鲜亮，看得人，心都醉了。

停下车来走到海边，近瞧那海，只见阳光穿过雅蓝的水面，直射到水底，清澈无比，色彩绚丽的热带鱼，在嬉戏游弋……

可以想见，当年，"老海"驾船捕鱼，遨游海上，该是何等的惬意！他一度把家选在这片海上，是要在这个世外桃源般的地方，安放他那颗狂放不羁的心吗？还是要细细咀嚼这个纷乱的尘世，养精蓄锐，书写他的战争和人间的传奇？

当一幢幢掩映在棕榈和耀眼花木中的小巧建筑呈现于视野，刹那，阵阵椰风送来缕缕花香，这便是风情万种的基韦斯特小城。

其实，它早已蜚声天下，是世人趋之若鹜的旅游胜地，更是多条豪华游轮的舶锚之港。

走在街头，如同在花街中徜徉。一辆辆长长的、矮矮的、装扮得很有情调的观光车，不断地驶过身旁，司机和车上的旅客频频向你招手、微笑，让人觉得其乐融融。

不经意间，发觉竟有雉鸡样的母鸡，带着雏儿在树下觅食，发出"咕咕"的叫声；也有公鸡雄赳赳地在大街上昂首阔步，旁若无人。这是基韦斯特天下无双的景致。据说，这些基韦斯特鸡，并非谁家放养，而是野生的一群，被人们鸟一般地宠爱，堪称一奇。热爱生活的"老海"，当年，亦很喜爱这些无拘无束的家伙，还经常为其撒食。

杜瓦尔大街的尽头，矗立着一个惹眼的"大陀螺"，那是"美国大陆最南端"的标志。

我站在那里，遥望对面的加勒比海。

90英里之外，就是古巴。"老海"在那儿，植下了支撑其文学成就的大树《老人与海》。书中讴歌的主人公桑迪亚哥，正是古巴渔民。而"老海"自己，从1939年起，在哈瓦那，一住就是20年，与同美国对抗了一辈子的革命领导人菲德尔·卡斯特罗成为朋友。所以，他自诩"是古巴人"。

然而，美国，却将他誉为美利坚民族的精神丰碑，这实在耐人寻味。

来基韦斯特，当然必去那个鼎鼎大名的"邋遢乔"酒吧。

它外面的招牌，并不张扬，就是干干净净几个大字，里面却另是一片乾坤。几十张桌子，没有虚席，后客等着前客的座。人们从世界各地，慕名而来。

酒吧里的人们都称"老海"为"老爷子"。

四面的墙上，张贴着"老爷子"各个时期的照片，悬挂着他的诺贝尔奖牌仿品和在古巴捕获的巨大蓝鳍金枪鱼模型。

这一切，都在彰显着"老海"的成就、荣耀和硬汉精神。

显然，这是一个睹物思人的环境。

前面的木台上，一位英俊的美国小伙，倾心地弹着吉他。他那时而激扬，时而舒缓的曲子，让客人的情绪，不断地兴奋着……

来这儿的人，都想要上一份"邋遢乔"和双份"老爷子"酒。"邋遢乔"，其实也是汉堡，只不过面包中所夹的杂碎更多、更稠而已，佐料的味道，也更加浓重，更加酸香。据说，这是"老海"钟爱的美味。而"老爷子"酒，也是他的心爱之物。所谓"老爷子"酒，是用朗姆酒调制而成，里面加了冰块和青檬等，味道苦中有辣。

住在基韦斯特时，"老海"常常光顾这里，搜集故事，体味生活，结交朋友。

就是在这儿，他邂逅了小他近10岁，风姿绰约，楚楚动人的玛莎·盖尔霍恩。这位优秀的战地记者和作家，曾受到罗斯福总统夫人的赏识。她无法抵御"老海"的魅力，成为他的第三任妻子。尽管他们相爱的喜剧，最后以悲剧收场，但是，就在他们新婚燕尔时，玛莎接到去中国采访的任务，"老海"夫妇1941年携手来到重庆，报道中国人民的抗日战争，成为中美历史上的一段佳话。

也是在这儿，"老海"结识了斯坦利·德克斯特船长，他送给"老海"一件特殊而珍奇的礼物——六趾猫。船长告诉他，船有六趾猫，可以逢凶化吉，遇难呈祥。而这只六趾猫，恰恰是出生在风浪颠簸的船上，可以给"老海"带来祥瑞。

于是，"老海"欣然接受了它，还给它起了个俏皮的名字——"白雪公主"，成为他家繁衍六趾猫的鼻祖。

我要了一杯"老爷子"酒，啜上一口，并未觉得它的厉害，待走出酒吧，却上来了酒劲。

"老海"以此酒为好，又爱畅饮，岂能不酩酊大醉，怪不得夜里从"邋遢乔"出来，常常要靠他家隔壁的灯塔找到回家的路。

作者在海明威故居门前

也巧，就在这时，我兀地抬头望见了当年的那座灯塔，它就矗立在不远处。不过，如今，它已不再为过往的船只指引方向，而变身为灯塔博物馆，成为沧桑的见证。

循着"老海"回家的路，来到白头街 907 号，"老海"的故居。

这是一座豪宅深院。院中，一株株高大繁茂的凤凰木、无花果、扶桑、芭蕉、勒杜鹃、棕榈和椰树，枝丫蔽天，绿荫可人，锦花飘香，俨如一片热带植物园。

迎接客人的是一只墨云盖雪的猫咪，它悠闲地从一楼起居室走出，随后，慵懒地躺在树荫下乘凉，全然不顾客人纷乱的脚步。

我仔细一瞧，其前爪，果然比普通猫多了一趾，六个趾头。随后发现，故居里到处都是猫咪。它们享有"特权"，可以随意进出任何房间，可以躺卧在任何地方，床、案台、书架、沙发……皆是其领地。

解说员笑着说，这些宝贝儿，都是"老海"留下的六趾猫"白雪公主"的子孙。

故居的六趾猫

　　"白雪公主"与"老海"的儿子有一帧合影，挂在二楼卧室的墙上。也许，在"老海"的心中，"白雪公主"亦如他的孩子。

　　还有一尊画圣毕加索送的雕塑猫，摆放在"老海"的主卧室里，可见"老海"对猫咪的钟爱。

　　望着这些猫咪，依稀听到"老海"对它们亲切的呼唤，让人觉得哪里有猫咪，哪里就有"老海"，他仿佛没有走远，依旧在伴着他的猫儿们。

　　"老海"的写作间在起居楼对面的二层小楼上。解说员说，"老海"起得早，从床上爬起来，就来这里写东西。每天坚持工作六七个小时。

　　一台"皇家"牌打字机静静地放在桌子上。

　　"老海"用它，敲出了《乞力马扎罗的雪》《弗朗西斯·麦康伯短促的幸福生活》《丧钟为谁而鸣》《午后之死》《获而一无所获》《非洲的青山》和《告发》等多部作品。

　　"老海"的作品，都是生活对他的馈赠。

　　他栖身于这座故居的1933年秋天，曾随狩猎队远赴非洲，捕猎狮子、老虎、野象等巨兽。倘若没有这些冒险的经历，也就不可能有《乞力马扎罗的雪》和《非洲的青山》这样的作品。而诸如《丧钟为谁而鸣》《永别了，武器》等那些有关战争内容的篇什，也同样得益于他对战争的切身体味。

作为战地通讯记者，他参加过两次世界大战，多次深入前线，报道战争真相，用犀利的笔锋揭露法西斯的丑恶。

"真的，我并不介意死亡；人只能死一次；我们都欠上帝一次死。""老海"不畏死，住在基韦斯特那段时间，他曾于1937年，再一次迎着死神而去，奔赴西班牙前线报道那场内战。由于他与法西斯的不共戴天，而痛失朋友。

故居院子里的游泳池，是"老海"去西班牙期间，由他的第二任妻子宝琳·费孚为他建造的。它65米长，9米深，无论当初还是现在，其规模和豪华，都是首屈一指，基韦斯特无人可比。1938年，当"老海"从西班牙前线归来，得悉耗资两万美元，哈哈大笑，随后，从口袋里掏出一个便士，道："亲爱的，这是我的全部家当，请拿去吧！"如今，这个便士就埋在游泳池旁。

宝琳·费孚希冀用偌大的游泳池来拴住"老海"那颗狂放不羁的心，然而，"老海"渴望的是可以捕到几百磅大鱼的茫茫大海，是可以猎杀雄狮、猛虎、莽象的亘古草原。

最后，他们的爱情玫瑰在泪水和无奈中枯萎了。

基韦斯特故居，并非"老海"的出生地，亦非他的人生落幕之处。只是1931年至1939年的栖身之地。

在这儿，留下了"老海"的一段情，留下了他壮年的一段浪漫和跋涉的记忆。没有基韦斯特，也许，就没有他后来的诺贝尔文学桂冠。

诺贝尔文学奖评委会在给"老海"的颁奖词中，如是写道："他忠实、勇敢地再现了他所处时代的艰辛和危难。"

"老海"无论作为大文豪，还是普通人，他都是一个勇者，他选择了勇敢地生，也选择了勇敢地归去。

当我在基韦斯特落日广场，欣赏加勒比海落日的时候，仿佛听到了1961年7月2日，凯彻姆，"老海"家中的那声枪响……

"老海"在61岁时毅然地走了。

留下了不朽的著作。

还留下了他的人生感悟："每个人都不是一座孤岛。一个人必须是这世界上最坚固的岛屿，然后才可能成为大陆的一部分。"

　　故居的解说员告诉我，"老海"离开基韦斯特后，曾携第四任妻子玛丽·威尔逊多次回到老宅，并住在这里。

　　最后一次，是他离世的前一年 1960 年。

　　"老海"是如此眷恋着他的故居。

　　基韦斯特，是如此令他魂牵梦萦。

（载 2015 年 4 月美国《侨报》周末文学版）

特拉华河畔的钟声

我背依费城岸边紫薇的花荫，朝着霞光初露的对岸望着……

脚下，是特拉华河的流水，它从北面的卡兹奇山而来，一路吟唱着，时缓时急地向南，向着大西洋奔去……

河面的颜色随着天上的云朵和岸边的树影变幻着，或鲑鱼红，或天青蓝，或珍珠白，或孔雀绿，它们交汇融合，变变幻幻，让人捉摸不定。装满集装箱的货船慢慢地驶来，让水面变得斑斓一片，成群的鸥鸟"嘤嘤"地鸣叫着飞向船尾，似乎在等待着食物。

瞬间，将我面前的小城肯顿全部遮蔽了，我只好换个位置，继续观瞧着对岸。其实，我是在傻望，即便是望穿秋水，我敬慕的大诗人惠特曼也不会出现在我的视野，但我仍然傻望着……

望着，望着，我依稀看到身材魁伟、孔武有力的诗人，头戴高高的礼帽，身着那件他最可心的翻领大衣，衬领上已然戴着花结，拎着手杖，从他身后的那幢两层小楼的故居走来了，那优雅的步履，如同当年《草叶集》行世之后，他沿着百老汇大街，踱步在巴特利大街一模一样。

他在河边栎树下的椅子上坐了下来，凝视着河水，也许在酝酿着为《草叶集》增添新的篇章吧？

倏忽间，他的手上托起一盏白蜡杯，里面是鸡尾酒还是红酒，莫非要用这美味来助兴灵感吗？

我终于望见他的面庞，如仙的漂亮长胡子，明亮的眼眸，闪动着睿智的光芒，嘴角上挂着那抹永远愉悦的微笑。

是的，他在与我对视，他用目光在向我热情地打着招呼。

我恨不能一步奔过去，然而，就在此时，货轮的一声鸣响，将我的视线模糊了，诗人不见了，对面只有那栎树旁的凌霄花在随风摇曳，只有那莱兰柏闪着翠绿，只有那山茱萸吐着芬芳……

我知道，诗人于1892年3月26日，在他的人生之树上，刻下第73道年轮后，便魂归文学道山了。

然而，我的耳畔兀地响起诗人的那句铿锵的呐喊："做一个世界的水手，奔赴所有的港口！"

是的，做如此之想的诗人怎么会走呢！他的灵魂须臾也不会离开他所迷恋的红尘人世。

我分明听见他在尽情吟咏，他在放声歌唱：

我是肉体诗人

我是灵魂诗人

我有天堂的愉快

我有地狱的痛苦

前者在我身上繁衍

后者是我的语言

我的灵魂，在破晓宁静的清凉中

找到了归宿

我的声音追踪着我目力不及的地方

舌头一卷，我尝到了大千世界

我是丑陋的诗人

我是伟大的诗人

我享有快乐的极致

我享有痛苦的深渊

前者在我身上永驻

后者是我的思想

我的灵魂，在漫长凄凉的躅行中

找到了光明

我的呐喊鼓动着我想象不及的空间

臂膀一张，我拥抱了整个宇宙

我把自己交给泥土

在草丛中成长

如果你需要我

请在靴底下找寻

　　这首题为《我是肉体诗人》的千古绝唱，是刚刚从英国殖民者统治下解放出来的美国大众的心声，更是惠特曼崇尚自由、平等、民主的宣言。它敬畏生命的活力，也崇尚灵魂的高贵，把执掌一切的上帝已抛得无影无踪，可谓美国新诗之鼻祖——一个大写人的生命灯塔。

　　这诗，充盈着草根情节，充盈着人性恣肆无羁的本态，也让人窥测到惠特曼的宿命。诗人毫不讳言，他就是人生莽原上的一茎毫不起眼儿的草芥，他就是芸芸众生中的普通一员而已。那么，我们从他沾满泥土的"靴"底，能寻觅到什么呢？

循着他踢踏的脚步返身而去，纽约长岛乡村里的那个"小红脖子"，便映入眼帘。他脚上沾着牛粪，身上爬满草屑，衣冠不整。因家里一贫如洗，为能填饱肚子，他只读了6年书就辍学为生计奔波。他干了多种行当的杂役，尝到了人世间的冷暖，也在木匠、鞋匠、伐木人、渔夫、机械工、马车夫、船员、厨子等形形色色的下层"红脖子"那里，看到了世道的不平与上帝的不公——凭什么贵族的后代永远是贵族，车夫的儿子永远是车夫；尊者祖祖辈辈高高在上，而"下等人"代代都是"红脖子"？！

那时，他身上带着浓烈的印刷厂里的油墨气味，这也许是造物主对他格外的眷顾和恩赐，一是没让他像其两个胞弟、一个胞妹那样患上家族性精神分裂症；二是令其聪慧过人，在印刷这片地界儿，找到了可以活命，且可以施展拳脚之舞台。

就在此间，他读到了爱默生、潘恩、但丁、荷马、莎士比亚等旷世人杰之大作，特别是在曼哈顿听到被美国总统林肯称之为"美国之孔子"和"美国文明之父"的爱默生的讲演，令其血脉偾张，似乎周身的每一个细胞都鼓胀起来了。

一幅学者模样和绅士派头的艾默生，面相健朗，声音洪亮。他的讲演充满诗情、神秘和鼓荡心旌的力量。他说，人与自然万物都在"超灵"制约之下，它们共生共荣，共享平等、自由。而人之灵魂，与"超灵"是连体连心的，两者息息相通。"超灵"是天地间真理之所在，因此，我们每一个人都能与真理产生共鸣。

当他讲到诗人与文学家时，语气十分的幽默，他说呼风唤雨的诗人和妙笔生花的文学家，"眼睛"必须"长在脑袋的前面"，而不是"屁股后面"，要向前看，要向陈腐的一切宣战，要像飓风一样，摧枯拉朽。不仅要做自然的洞察者，更要做真理的预言者和表达者，要写出属于美国新大陆自己的独一无二的新诗章。

惠特曼接受了爱默生超验主义哲学的启蒙，立誓要做爱默生所欣赏的诗人和那样的文学家。

于是，1839年，他在生于斯长于斯的家乡长岛，创立了《长岛人》杂志，开始将自己的诗作公之于世，向诗人和文学家的目标奔去。

在聆听了爱默生的启蒙之后，经过13年孜孜不息的苦学力文，躬体力行，1855年7月4日，36岁的惠特曼在布鲁克林富尔顿街一家苏格兰移民印刷所，自费印制了他的诗集首版《草叶集》。诗人并不晓得那一天恰是美国独立日，冥冥中的神秘之手将两个有意义的伟大日子连在了一起。

惠特曼急不可耐地将处女诗集《草叶集》寄给他所仰慕的大师爱默生。

这位年轻人的导师翻阅着 95 页的诗集，爱不释手。他反复地吟诵着，咀嚼着，觉得《草叶集》彻底否定了从乔叟到丁尼生的诗歌传统，将它从骨骼到灵魂砸了个稀巴烂。他不禁为惠特曼犁莽开山，写出惊世骇俗、标新立异之"美国诗歌"而扼腕慨叹，兴奋不已。

爱默生看到在《草叶集》那长长的序言中，有两句精道之言，惠特曼如是写道：诗人必须与他的民族相称；其精神必须与他的国家精神相适应。

显然，诗人亦非小我，而是大我也！这让爱默生欣慰不已。

《草叶集》共收 12 首诗作，前 6 首竟无标题，诗与诗之间只以"草叶"二字相隔。诗作的形式与结构更可谓天马行空，早把传统的格律韵脚的枷锁弃之如敝屣，诗人随心所欲地任由心迹奔涌放歌吟唱，如同大地上那恣意葳蕤的野草。

诗集的内容是如此的广泛：国家和民族、艺术和哲学、太阳与万物、人性与美好、人体与灵魂，啊呀呀，天地之间，几乎无所不包，而对"我"的讴歌更是惊天地、泣鬼神！

你听，他这个"我"，居然成了乾坤的主宰：

> 沃尔特·惠特曼，
> 宇宙和曼哈顿的儿子，
> 骚动不安、肉体发达、情欲旺盛，
> 吃、喝、生育，
> 我从不故作多情，也不高人一等、独往独来，
> 我信奉肉体和欲望，
> 我的视觉、听觉和触觉是奇迹，
> 我的身上的每一部分都是奇迹。
> 我的身心洋溢着神性，
> 我触摸过的东西也洋溢着神性，
> 我腋窝的芳香胜过祷告，
> 我的头脑胜过教堂、经典和信条。

如此的豪放，如此的浑不吝！

这是一个草根对自由、平等、民主的灵魂呐喊；是对不自由、不平等、不民主的反叛！

在这里，惠特曼描摹和讴歌了一个大写的人。

其实，这也正是他一生所表现和张扬的唯一主题。

读罢，爱默生致信惠特曼，盛赞"它是美国至今最了不起的聪明才智所产生的文学菁华"。他还写道："这是一项伟大事业的开始，为了这样良好的开始，我恭贺您。这个开始将会有广阔的前景。我揉揉眼睛，想看看这道阳光是不是幻觉；但是这本书给我的真实感是明确无疑的。它的最大优点是加强和鼓舞人们的信心。"

他所说的人们，当然是指刚刚摆脱英国殖民统治的美国大众，他们正在为寻求新生，为争得真正的自由、民主与平等在踌躇满志，在跃跃欲试。斯时，正是美国崛起，文学最具民族主义色彩的当儿，美国文坛亟须一种崭新的、能够体现美国自然和人文特色的作品横空出世，引领时代，《草叶集》应运而生。

在爱默生眼里，惠特曼的诗乃时代的产儿，它代表着大众，正是张扬他们渴望自由、民主、平等精神的鼙鼓、号角和大纛。

爱默生可谓当时美国最具权威的文坛旗手，此番夸奖，对于惠特曼之前行，给予的鼓舞与信心可想而知。

然而，惠特曼这个旧时代的反叛者，开启了一场诗歌革命，却被视为"幽灵"，遭到美国文坛和政界腐朽势力的疯狂挞伐，甚至人身攻击，乃至1882年诗人的《草叶集》第七版印成后，竟被波士顿检察官的一纸禁令，无法销售，上演了一场被虐杀的惨剧。

实际上，直到伟大的诗人离开这个世界，他的诗也未能被他的国家所"接受"，更罔论被"钟爱地吸收了"。惠特曼始终是个"孤独的歌者"，实在是美国的一幕悲剧。

当然，为其击节叫好的也不乏其人，而最引起人们注意的是1877年4月14日，美国的著名慈善家安德略·卡内基先生，他在纽约麦迪逊广场剧院，听罢惠特曼发表纪念林肯总统的讲演后，伸出大拇哥称赞："惠特曼先生是美国迄今唯一的大诗人！"有人说，对诗人的这一评价，竟出自一个富豪之口，这不能不说是对美国文坛的一个辛辣讽刺，然而，事实就是如此的无情。

此前，1866年，惠特曼的好友、著名作家威廉·奥康纳一面在媒体上发声支持和赞美《草叶集》，一面出版了《白发好诗人》一书，为惠特曼鼓与呼。

翌年，英国诗人、评论家威廉·迈克尔·罗塞蒂称赞《草叶集》系"天才之作"并在伦敦编选出版了《惠特曼诗选》，将惠特曼举荐给英国人，并使之在国际文坛声名远播。

力捧《草叶集》，向惠特曼大撒鲜花的，还有一位英伦的传记作家，芳名安妮·吉尔克里斯特夫人。

她对惠特曼崇拜得五体投地，认为其诗歌具有"自由而独立的强大内心"，"将开创一种健壮而无所畏惧的文学"；称赞惠特曼"是一个摆脱了宇宙的人，可以揭示关于天地间的任何人都不知道的秘密"。

夫人与惠特曼可谓灵魂与灵魂之相遇。

她不仅在媒体上发表文章抨击那些对《草叶集》和惠特曼大不敬的人，而且接二连三地给诗人寄来私信，表白愿结秦晋之好的芳心。她在信中火辣辣地写道："我多么期待听到那个声音对我说，你是我想要的那个伴侣，新娘，妻子，永恒不离！"尽管夫人时年已四十有三，但她依然认为："我还年轻，能为你生孩子，我亲爱的！"

据说，夫人曾不远万里来与诗人相会，还在特拉华河畔的肯顿住了一段时间。可后来，这对有情之人为何又天各一方了呢？

我怀着好奇之心，经过架在特拉华河上的惠特曼大桥，来到河对岸诗人的肯顿故居，期望能解开谜团。

知情者告诉我，1873 年 6 月，惠特曼从华盛顿来到肯顿的时候，这里还是河边的一个小镇，诗人没有住处，寄居在弟弟乔治家里，一住便是 11 年。后来乔治退休搬往乡下，他不好意思再拖累弟弟，这才花了 1750 美元购置了一幢属于他自己的两层小楼，据说这是诗人此生唯一的房产。

在这儿，他住了 8 年，直到去世。当年，米可街上的这幢小楼，算不得豪华，但也并不寒碜。如今，米可街被现代化的马丁·路德·金大道所取代，尽管故居还幸存，左右却被他人的高楼所挤迫，显得有几分的尴尬。

尽管如此，走进故居，仍可感到几许故人的气息。惠特曼的塑像、照片和各种版本的《草叶集》都让你氤氲在诗人的气场之中。

故居的书房里，放置一张床，还摆放着一张长沙发和一座摇椅。解说员告诉我，1873 年夏天，惠特曼是抱着病恙来到肯顿镇的，那时，他已半身不遂，行动不能随心所欲，但他焚膏继晷，以夜续昼地坚持写作。他的绝唱第九版《草叶集》及《连续性》《最能让人镇静的思考》《给一位总统》等名篇，就是在这沙发上和摇椅上完成的。

深夜，当体力实在不支，他便躺到床上，一面听着窗外四脚蛇的鸣叫，一面文思奔涌……

听至此处，我恍然大悟，诗人如此这般的身子骨，如何能与安妮·吉尔克里斯特夫人那炽如火焰的爱情鸾凤和鸣呢？也许他不愿让心仪的夫人受到失望的伤害而选择了退却；也许他感到来日无多，要把有限的精力，献给他未竟的事业，违心地让夫人离他而去。不管怎么说，在爱情面前，诗人宁肯享受孤独，绝不伤害他人，他依然是那个大写的汉子！

惠特曼在肯顿故居度过了他人生的最后岁月。他一面与半个不听使唤的身子顽强搏斗，一面宵衣旰食，刿肝沥血地笔耕不辍。同时，他回首来路，对人生进行着深刻的反思。

诗人的前半生，是从"红脖子"的遭逢起步，在沧桑的风风雨雨中，探寻大自然与人生的真谛。他目睹了贩卖奴隶的现场，因而他反对惨无人道的奴隶制度；南北战争期间，他去探视受伤的胞弟，见到无数为自由而战挂彩的人们，深受感动，便义无反顾地成为战地医院的志愿者去护理伤员。为解决自己的生计，他找了一份抄写员的差事，每天下班后匆匆赶往医院。在 3 年里，护理了近 3 万名伤员，充分体现了诗人善良的心地和人道主义的大爱精神。他用另一种方式参加了为自由、平等、民主的战斗。

战后，诗人曾于内政部印第安事务局任小职员。岂料，那部长得知他是《草叶集》的作者，顿生厌恶，竟怒不可遏地"炒"了他的"鱿鱼"。随后，惠特曼又在联邦检察署工作 8 年，这让诗人看清了那社会仍充满不平与不公的残酷现实。继而，出版了由 53 首新诗辑成的《桴鼓集》及其含有悼念林肯总统的名篇《当紫丁香在庭院中开放的时候》之续集，标志着诗人在沉凝的人生反思中，作品进入了一个新阶段。

《草叶集》从 1855 年初版到 1891 年终版，共印九版，收录惠特曼一生的全部诗歌。

它是惠特曼的个人史诗，也是 19 世纪的美国史诗。

在惠特曼的诗章中，他以淳朴的真情描摹他所亲历的一切；以深切的关爱和怜悯之心，歌赞辛勤的劳动者，铺展普通美国大众的形象，《我听见美国在歌唱》《大斧之歌》《欢乐之歌》《大路之歌》《开拓者！啊，开拓者！》等等，都是这样的作品；特别是内战之后所写《哥伦布的祈祷》《红杉树之歌》《向印度航行》等名篇尤为精彩，如同诗人自己所云：它们"表达了我经常想着的那个创作雄心，即在诗中表现我们所在的这个时代和国家，连同那血淋淋的一切"。

是的，作为美国现代诗之父的惠特曼不停地在反思。

可以说他在肯顿的 19 年是反思之年。

面对生命之树的末端，回顾来路的艰辛，在关注个体灵魂救赎的同时，他对美国精神和美国社会进行了理性的审视。

现实并不如意，美利坚并不美满。

然而，诗人以自然万有皆入心庭的"宇宙情怀"，预言人类必将建成大同世界的美妙愿景。依然坚信平等、自由、民主乃"超灵"的本心，任何力量也休想将其阻挡，如同那莽原上的萋萋绿草一样，"野火烧不尽，春风吹又生"。为此，他崭露出心灵的狂喜。

惠特曼的人生晚年，是值得欣慰的。斯时，"国际惠特曼学会""瓦尔特惠特曼国际联谊会"等团体相继成立，他们时常派代表来探望他，更有崇拜者向崇拜耶稣一样崇拜诗人。有人为他出版了他一生所写的全部诗歌和散文，还有人为他购置了避暑的别墅；他的屋子里一年四季摆放着仰慕者送来的鲜花。

诗人的葬礼是公开举行的，数千之众为他送行，许多送行者的手中拿着的是《草叶集》。也许，人们肯定会听见一个声音在说："再见，朋友，这不是书本，谁触摸它，就是在触摸一个人。"这个人不仅是以草芥为荣的诗人自己，更是由千千万万个如草茎般的美国大众组成的美利坚。

当我带着几分不舍离开诗人肯顿故居的时候，远处传来教堂的钟声。

我不信教，但那钟声却是悠扬悦耳的。

突然想到，惠特曼和他的《草叶集》何尝不是钟声呢？

他赞美每一茎绿草，赞美每一个自由的灵魂，提醒我们要成为生活的主宰，而不要被他人所左右，激励我们莫忘自强自立，做个世间的勇者和智者。

有这样的钟声在耳，何其幸哉！

致敬！伟大的诗人瓦尔特·惠特曼。

（2021 年 6 月于查尔斯顿）

《飘》之城

　　临近肃杀的冬令，查尔斯顿依然是那样的优雅曼妙，棕榈婆娑挺秀，山茶幽幽吐香，水鸟嘤嘤地唱，云朵杳杳地飘……市街人家，门楣旁，打着圣诞节的煤气灯明明灭灭，古风飘荡；膘壮的骏马拉着百年前的花车，载着游人徜徉在石板路上，轮声辚辚，马蹄"踏踏"，仿佛从红尘的深处走来的云客……那腰系红丝带的驾车驭手，无论老者、壮汉，还是年轻女郎，都有满肚子的故事，他们对查尔斯顿的过往熟稔于心，会指点着那掩映在繁枝绿影中的幢幢建筑，讲述着曾经的主人，那发迹的传奇、那爱情的浪漫，还有下榻过的伟人名流以及多情鬼魅的不解奇缘……

悬挂于玛格丽特·米切尔故居的郝思嘉画像（摄于 2016 年 10 月）

　　据说，查尔斯顿城保留的 200 年前的建筑竟有 600 多幢，那每一幢楼房，几乎都可以写成一部或淘金沉浮，或喋血恩仇，或风花雪月的小说。

　　当然，那小说中，最为动人的一部，非《飘》莫属。那位风流倜傥，玉树临风的白瑞德正是出生在这里，而那位与其坠入爱河的乱世佳人郝思嘉，也正是梦想在此享受典雅淑女的逍遥人生。

　　玛格丽特·米切尔曾在小说中如是写道："查尔斯顿人用彩虹般的颜色深漆房子，装饰荫凉的门廊，门廊上时有海风夹带着玫瑰芳香轻拂而过。每幢房子里都有一间放置地球仪、望远镜和四壁摆满多种语言书籍的书房。每到晌午，餐台上总有六道菜肴，分别盛放在熠熠发光，世代相传的古董银盘中，供人享用。桌上的交谈是佐餐最佳的调料，八方传来的新闻和连珠妙语伴着舒心的美味……"

　　她所描摹的，固然是百多年前的查城风情和庄园主的奢靡生活。

　　尽管那个时代已随风飘逝，然而，在当今的查城，幢幢彩虹般的楼宇，依然是那样的鲜亮照眼，而且，人们赋予它"彩虹街"的雅名。

在城中心的多条街上，可以看到古建筑相依而建的景象。它们被修缮一新，虽然呈现出多样的建筑风格，但与穿插其间的新建别墅，浑然成趣，更显沧桑的隽永和历史的雄浑。那楼的主人，不乏老主人的后裔，更有当今大亨和社会的显达名士。

查城多次列于世界宜居之城的前列，爱海、爱《飘》、爱美国南方的许多人，从世界各地争相来这里购置别墅，成了那些经年老宅的新主人。

在查尔斯顿，我来来往往，已有十几个年头。

每逢沿着海堤前的市街漫步，或在其他的街区彳亍，每每朝那些洋楼别墅瞥去眼波，总是恍有隔世之感。似乎岁月停住了脚步，大西洋的涛声隐隐传来，那别墅庭院的花香、草香和树香，都会漫到了近前……

而我更喜欢在这静谧的时刻里，浏览那修剪得十分可人的棕榈、紫薇、云松、藤萝、玉兰和叫不出名字的奇花异卉。

这些绿色的精灵，在园艺师的悉心呵护和精心修剪下，呈现出迷人的婉约造型，它们高高低低，疏疏密密，深深浅浅，层层叠叠，把那建筑衬托得十分精致，透出脉脉诗情画意。

我常想，倘若没有这些精灵，这些建筑就会顿失风韵。这高树繁花，恰恰映衬着房主人的心境、身份和情愫。那典雅和恬适的范儿，怕是一点都不输玛格丽特·米切尔所描写的那个时代。但是，不能不让人惊叹，这其中的许多古树繁枝，在百年前便是这里的景致呢！而这用花树装点住宅的园艺之风，是不是也因袭了那个时代的传统呢？

作者在彩虹街

我暗自思忖，当年玛格丽特·米切尔来查尔斯顿采风时，这一切，也许在不经意间牵动过她的创作灵感和思绪吧。

那老宅的对面就是大海。

我坐在橡树下的长椅上，望着海面，眼前是来来往往的点点白帆。

顺着辽阔的波涛极目而眺，那远方，便是萨姆特岛。

那儿，是一个改变历史的地方。

1861 年，当主张结束奴隶制度的林肯当上总统之后，南卡州政府首先发难，宣布脱离联邦，并向驻守在萨姆特岛的北军要塞发动炮击，这便是史上有名的"南北战争第一枪"。尽管这第一枪（实为第一炮），炮弹失准，并没有伤到北军的一兵一卒，却由此揭开了长达 4 年之久的南北战争的序幕。

这场战争，用 67 万条生命和留下 20 万寡妇的代价，把南军维护奴隶制度的梦想彻底葬入坟墓。

战争结束 35 年之后，1900 年 11 月 8 日，在当年的另一处惨烈沙场，亚特兰大的桃树街 10 号，降生了一个女孩，名字叫玛格丽特·米切尔。

她长大后，成为《亚特兰大日报》的记者。此女自 26 岁起，花了整整 10 年的时间，创作了一生唯一的一部小说《飘》。

据说，其创作灵感来自曾遭受南北战争之苦的父母；而另一个来处，是曾风光无限的查尔斯顿古老庄园，其中包括著名的快乐山"布恩豪庄园"。

这一庄园，占地超过 250 公顷，是南方最大、最气魄、最富庶的种植园之一。园中，豪宅典雅气魄；植物繁茂无比，以百年老橡最为惹眼，虬枝莽干，气象万千。

当你置身园中，在橡荫下徜徉，可以感受到当年庄园主的威仪；进入豪宅，会被那阔绰豪华的景象震撼。

人们认为，这便是《飘》里十二橡树园的生活原型。无法猜测玛格丽特·米切尔在"布恩豪庄园"浸淫了多久，但在她的妙笔之下，总有其影子浮现眼前。

查城旅游马车的驭手曾告诉我，好莱坞的摄制组在把这部小说搬上银幕时，曾在"布恩豪庄园"拍摄外景，而查城会议街上那幢仁立着四根罗马柱，修有飘窗阳台的银白色豪宅，也是摄制组摄取镜头的地方。

在这里，桀骜不驯的郝思嘉提着裙子，赤脚小跑着，进出深宅大院，身后，留下一路的花香……

有人说，玛格丽特·米切尔的小说《飘》的发行量相当可观，仅次于《圣经》，她是奇迹的创造者。

还有人说，人们着迷的是由费雯丽和克拉克·盖博演绎的郝思嘉与白瑞德的爱情故事，而对作者在小说中所表达的战争观和历史观并没有正确的解读。她既不认为奴隶制度是坏事，也不赞同黑人与白人平等的观点。

实际上，《飘》，是对南北战争的一曲无奈的深情挽歌。

玛格丽特·米切尔对南方所代表的奴隶制度，表现了心头的无限留恋。

她在这里显然扮演了一个与历史潮流相悖的角色。

倘若还有时间，也许她还会写出与其相左的作品。

遗憾的是，她因一场车祸，英年早逝了，去世时年仅 49 岁。

女作家离开人世 37 年之后，她的两个侄子突发奇想，要为《飘》写个续集。

一场热闹的征集作者的活动，随之开场，应征者竟愈万众。

最后，白瑞德的老乡、在查尔斯顿长大的女作家芮普利脱颖而出。

她笔耕三载，终于完成了《飘》的续集《郝思嘉》。

因为痴迷的读者一直盼望揭开郝思嘉与白瑞德后来是否能再度重逢，是否能破镜重圆这个谜底，所以续集尚未发行，便先声夺人。

然而，它即便满足了一些读者的心理要求，但总归不是原作者的所思所想，甚至摧毁了玛格丽特·米切尔的蓄意铺排，颠覆了她精心留下的悬念，难逃狗尾续貂的结局。

窃以为，大凡名作，被他人作续集者，好果子，结的不多。

《郝思嘉》已然如是。

无论怎么说，《飘》，终归与查城结下了不解之缘。

玛格丽特·米切尔让静卧在大西洋臂弯里的历史名城，平添了一份对往日的怀想和对历史的沉思。

因了郝思嘉和白瑞德的爱情故事，风光旖旎的查尔斯顿变得风情无限，风月无边。

（载 2015 年 12 月美国《侨报》周末文学版）

走进海明威的书房

海明威是世界文坛荦荦大端的硬汉。他勇赴两次世界大战铁血硝烟的前线，以嵌有 237 处弹片的伤残之躯，写就声讨不义战争之千古檄文；他与非洲的雄狮猛虎争雄，更缠绵于大海的狂涛恶浪，在征服巨大蓝鳍金枪鱼的同时，也斩获了诺贝尔文学奖的金冠。

他生如烈焰，死如霹雳，一生轰轰烈烈。

尽管这位文坛巨匠魂归文学道山已经有年，然而，人们仍在怀念他，来自世界各地的"海粉"同美国本土的崇拜者一样，一年四季，从四面八方乘邮轮和飞机，络绎不绝地聚首在他居住过的基韦斯特。

基韦斯特位于美国大陆的最南端，这个小小的珊瑚之岛如同一枚鲜亮的翡翠，漂浮在大西洋的碧波之上。海明威定居古巴之前，在这儿留下最后一爿故园。

岛上，海明威最喜欢光顾的"邋遢乔"酒吧，至今仍在开业。走进酒吧，只见这可容纳数十人的百年老店，客人爆棚，真个是前客让后客，后客长队如龙。瞧那四围的墙上，挂满海明威的照片和与其有关的什物。小舞台上，年轻的歌手在弹奏着海明威最心仪的乡间乐曲。大家谈笑风生，热闹异常。仿佛海明威并没有走，仍坐在人们中间，就像在世时一样。众人嘴上离不开"老海"，谈及他的趣闻轶事，大快朵颐他最喜欢吃的"邋遢乔"三明治，品着他最钟爱的"老爷子"酒。

当我将那夹着满满牛肉碎的"邋遢乔"三明治送往舌尖，哎哟，一股奇香刹那在口腔里爆浆，那是葛缕子、美乃滋挟裹着芥末、酸黄瓜和瑞士奶酪等蔓延开来的香气，够香、够酸、够辣，顿时让你神清气爽。显然，这果腹的美味还是提神的妙品。那用古朗姆酒调制而成的"老爷子"酒更是不可小觑，尽管里面加有青檬和冰块，浅浅地呷上一口，有解渴祛暑之效，可当你不以为然地吞下一杯，你的头就会渐渐地变大了。当然，"老海"绝不如愚下这般不堪酒量，据说他可以连捆数杯，方入佳境；那"邋遢乔"三明治两三枚下肚仍欲罢不能。

"老海"光顾酒吧，绝非只为饕餮之快，而是另有乾坤。在其眼里，"邋遢乔"是阅读人生的"大书房"，是审视"活灵魂"的神圣之所。

在他看来，走进"邋遢乔"的每一个人，都是一部独一无二的无字书；每一尊灵魂，都独具风神，皆可透视人生五味，大开眼界。

基韦斯特乃繁华一时的码头，每天，都有船只在这儿泊岸，来自世界各地的旅人、商贾、兵士、船工、猎手、渔夫、记者、作家、淘金汉、斗牛士、探险家……

下得船来，都会争相走进鼎鼎大名的"邋遢乔"喝上一杯，美餐一番。在这风也平浪也静的精神港湾里，或寻觅知音，或期待艳遇，或聆听传奇，慰藉心灵，疏解疲惫，打发时光。

作者在"邋遢乔"酒吧

对"邋遢乔"趋之若鹜的不仅有外乡人，更有本土五行八作的各色人等，既有绅士，亦有"红脖子"；既有知识女性，也有风流红颜；既有上帝的宠儿，也有交了华盖运的倒霉蛋儿。"老海"乃"邋遢乔"之常客，累月经年浸淫其间，邂逅搭讪中，结交了故羽新朋。在这儿，他眼观六路，耳听八方，得悉人间冷暖，洞察苍生苦乐。

"老海"是幸运的。在这儿，他遇见了《丧钟为谁而鸣》中罗伯特·乔丹那种面对战乱，思索时事，拷问人生，最终勇敢地投身于反法西斯行列，配得上"英雄"二字的读书人；也遇见了如玛丽亚那样命途多舛，惨遭法西斯分子蹂躏，在正义的真爱中获得新生，却又失去爱情的烽火佳人；同时，也遇见了像比拉尔那种既向往着情爱，亦为正义不惧死亡，却相信宿命的"女巫式"西班牙女郎……

都说《老人与海》缘起于享寿百秩又八的渔神格雷戈里奥·弗恩特斯。皆因他系"老海"的救命恩人，其传奇经历令人动容。其实，在"邋遢乔"，"老海"遇见不止一位如渔神那样与惊涛骇浪搏斗一生的渔王，他们早为后来《老人与海》的主人公桑迪亚葛形象，涂上了灵魂底色。

特别应提到的是，在"邋遢乔"，"老海"结识了风浪一生的斯坦利·德克斯特船长，其亲历的魔幻般海上岁月，是最初激起"老海"描摹大海创作欲望之人。他将一只墨云盖雪的"六趾猫"，作为见面礼送给了"老海"。据说，这只在狂风恶浪中诞生的奇猫乃逢凶化吉之祥瑞精灵，"老海"甚为珍爱，成为镇宅之宝，并让其繁衍开来。他与"六趾猫"耳鬓厮磨，同床共枕，日夜相伴，那讴歌大海，为大海传神之念终日萦绕在心头，成为他的宿命。在"六趾猫"子孙的陪伴下，终于实现了夙愿。

"邋遢乔"这爿无字的"大书房"风云际会，一阕阕人间传奇，一蓬蓬红尘烟火；战争的苦难，和平的呐喊；人性的欲望，正义的呼唤；草根的悲欢离合，富豪的恩怨情仇……都涌进了"老海"的心庭，嬗变为他作品中的血肉和筋骨。毋庸讳言，正如没有战争的经历，就没有"老海"的烽火篇什一样，"邋遢乔"这爿"大书房"，与其笔下鲜活蹦跳的人物、土香浓重的烟火气紧密相连，不能分割，不可或缺。没有"邋遢乔"，也许就会让"老海"失去许多激情和灵感，令读者无缘看到他的一些经典之作。

诺贝尔文学奖评委会在给"老海"的颁奖词中如是写道："他忠实、勇敢地再现了他所处时代的艰辛和危难。"此言甚是。

当我走进白头街907号"老海"故居的书房，只见那台曾感受"老海"指温的"皇家"牌打字机静静地卧在桌子上。"老海"就是用它敲出了《中国加紧修建机场》《中国空军亟须加强》《美国对中国的援助》《苏日签订条约》《日本在中国的地位》等文章，报道了东方的战局和中国人民的抗战景象，并向全世界宣布："远东第二件确凿可靠之事，便是日本永远征服不了中国！""老海"是骁勇的战士，它便是冲锋陷阵的金戈，功不可没。望着这台见证中美两国人民友谊的文物，让人感慨系之。

"老海"是位"超人"，永不知疲倦。有时，离开打字机仰卧在躺椅上，也并非休息。瞧他双目微阖，嘴里咬着帕塔加斯雪茄，发出"嘶嘶"的声响，一朵一朵地吐着烟云……看似飘飘欲仙，其实，他在吞云吐雾中，苦苦地斟酌着文章，构思着小说中的人物……

"老海"故居书房

刹那，我仿佛嗅到了帕塔加斯雪茄那特有的带着木香和可可的味道。恍惚间，环顾四围，却不见"老海"的影子。他去哪儿了呢？难道又去了那硝烟弥漫的战场，还是非洲捕猎的莽原，抑或在风浪中与蓝鳍金枪鱼斗法吗？

也许，他身在"邋遢乔""大书房"吧，那里是其魂牵梦萦的地方。

（载 2021 年 9 月《藏书报》）

秋谒马克·吐温

　　密西西比河，秋光秾丽，岸边多彩的草木，将悠悠的流水染得一片斑斓。白云的朵朵投影，让水中的景致变得更加奇妙。坐在古风的木船上，向前驶着，脑际一直闪动着那位与邪恶不共戴天，神灵也敢调侃的大文豪马克·吐温的身影。仿佛他就在这条船上，就坐在我的身边。依稀瞥见他将着两撇短髭，响着浓重的鼻音，讲着岁月深处的往事。

　　哦，就是这条密西西比河，荡漾过他儿时的欢乐；激发过他青年发财的梦想。然而，弟弟亨利·克列门斯因火轮爆炸而惨死的情景，在其心庭投下阴影，一生都不能散去。他曾捶胸顿足，痛骂自己是勾死鬼，如不劝说弟弟当领航员，怎会命丧黄泉？为了永不忘却这宗罪孽，他依照领航员向舵手报告平安水深的行话，给自己起了个笔名"马克·吐温"，马克，就是测标；吐温，乃安全水位12米。用这个名字，为天堂里的弟弟祈祷福安，也祈望自己的生命之船顺风顺水。

　　那时，南北战争还没有爆发，他的家乡汉尼拔仍在奴隶制的摧残下喘息。人们讨口饭吃实属不易，寻个挣钱多的饭碗难上加难，而火轮上的领航员，因有潜在的生命危险，又需有熟悉航道的本事，所以薪水较高。他带着痛失弟弟的忧伤，在密西西比河上，一口气当了4年的领航员，直到南军的炮声响了。

　　穿梭于港口之间，沿河流动的火轮船，像爿不打烊的大酒吧，似永不散场的大派对。在这儿，马克·吐温接触到五行八作，各色人等。苦力"红脖子"的方言俚语、黑人奴隶特有的俏皮嗑儿，常常笑得他前仰后合。于是，口口相传的市井热闻，男女风流的韵事，流浪者的传奇故事……一齐在他的灵感中发酵，终于涌入笔端，演绎成《汤姆·索亚历险记》《哈克贝利·费恩历险记》等杰作；化作《在密西西比河上》和《密西西比河上的生活》等诸多名篇。他的《镀金时代》《傻瓜威尔逊》《竞选州长》《哥尔斯密的朋友再度出洋》等一系列著作，妙语连珠，辛辣四射，尽管远离道统，调笑不止，却意蕴广博，入木凿凿，其语言艺术的灿烂之花，离不开这段生活的馈赠。

　　密西西比河，成为孕育马克·吐温作品的脐带。

　　没有领航员的生活，也许就不会有讽刺幽默大师马克·吐温。

　　亘古奔流的大河，催生了旷世奇才。

　　木船靠岸的铃声响了，它打断了我的遐思。

　　马克·吐温在汉尼拔的老屋离河不远。那是一幢两层的白色小楼，在秋阳之下，显得是那样的简陋和孤单，透出淡淡的贫穷的沧桑气息。

　　这是当穷律师的父亲留下的遗产。在这儿，他度过了孩提岁月。

汉尼拔老屋

少年马克·吐温是个怪孩子，他眼睛色盲，而且喜欢梦游，所以常常被人讥笑。11 岁时，父亲因病离世，生活的重担压在他的肩头，从此，他四处打工，浪迹天涯，在社会这部无字的大书里，感受着正义与邪奸，美好与丑恶；体味着人情冷暖，世态炎凉。

身处卑微境地的草根，最有机缘看到世态人情的真相。

美国社会巨变前夜的社会现实，赋予马克·吐温一双犀利的批判目光，他看到了社会弊端，人性弱点。他坚决主张解放黑奴，反对种族歧视，其作品充满对民主、自由的向往和正义的渴望。

1913 年，故乡的人民为他竖起一座高高的青铜塑像，以表达对他的景仰。

我手捧鲜花，驻足铜像前，油然想起鲁迅先生说与他的那段话来："成了幽默家，是为了生活，而在幽默中又含着哀怨，含着讽刺，则是不甘于这样的缘故了。"

被马克·吐温称为"家"的故居别墅，在哈特福德。

这儿，是好莱坞巨星凯瑟琳·赫本的出生地，也是因《汤姆叔叔的小屋》而蜚声文坛的斯托夫人长期居住的地方。

远远地望去，四层的故居别墅，颇像一艘火轮船，一楼的房顶延伸出去，恰如甲板；二层以上那哥特风格的窗子和屋顶，恰似船舱。清风徐徐，秋叶摇曳，这房子像是在随风飘动……

流浪半生的马克·吐温，36 岁时才抱得美人归，又有了如此温馨的栖身之处，自然沉浸在从未有过的幸福之中，他情不自禁地说："这是一个家，世界从来没有像现在这样有意义！"

哈特福德故居别墅

有趣的是，这幢别墅的蓝图，是新娘奥丽维亚·兰登亲手设计的。

她为什么要把爱巢设计成火轮船的摸样，正是为了纪念她与马克·吐温因火轮而结下的姻缘。

马克·吐温当领航员的时候，在火轮上结识了她的胞兄，二人相互抱有好感，当那胞兄晒出妹妹的玉照后，马克·吐温的心，再也无法平静下来了。

奥丽维亚·兰登是望门千金，她的家族乐善好施，据说那年我国地震时，她家还捐了款，并将数百名灾区孩子接到美国来读书。

马克·吐温、奥丽维亚·兰登夫妇在这座故居生活了17年，育有三个孩子。而马克·吐温在故居顶层的小屋里，完成了最重要的著作，包括被海明威称为"第一部真正美国文学"的《哈克贝利·费恩历险记》，以及《镀金时代》《汤姆索亚历险记》《王子与乞丐》等力作。然而，有人却对奥丽维亚·兰登传有微词，说由于她的置喙，扰乱了夫君的心旌，使其晚年的作品难尽人意，甚至颠覆了早年的那个马克·吐温。真相究竟如何？人们一直追寻着……

在哈特福德，乡党们把马克·吐温传为美谈，颂赞他是一个绝顶聪明的家伙，是位奇人。他不仅是文坛的巨擘，而且是发明家，常常突发奇想，便专利加身，泽惠全球女性的"文胸肩带"，就是他于1887年获得的专利。然而，这种痴迷，也带来祸殃。他为将发明的打字机推向市场，竟败走麦城，不得不卖掉心爱的别墅，携妻带女远赴欧洲，流浪他乡……

乡党们告诉我，马克·吐温还是神奇的预言家。1835年11月30日，他出生那一天，恰好哈雷彗星飞临地球。1909年，他将着短髭对亲友笑道："明年哈雷彗星又要来了，我将随它一起去见上帝。"果然，一语成谶，越年，就在哈雷彗星到达地球的第二天——1910年4月21日，一代大师奄忽仙逝。

充满神秘色彩的马克·吐温被尊为美国文学史上的林肯，他因拥有亿万读者而不朽，传奇作家海伦·凯勒说得好："谁会不喜欢他呢？即使是上帝也会钟爱他，赋予其智慧，并于其心灵里绘出一道爱与信仰的彩虹。"

（2017年10月于查尔斯顿）

桃树街 979 号

去年，为躲飓风，全家人从查尔斯顿驱车到亚特兰大避难，这才有暇来到桃树街。

咳，我是被大风刮来的。

人说，桃树街之于亚特兰大，如同百老汇街之于纽约。倘若将亚城比作一株桃树，桃树街便是它的主干，历经沧桑，终于枝繁叶茂，出落成今天这座南方名城。

当年，这里是南北战争最激烈的战场，北军放火屠城，大火烧了三天三夜……

岁月竟如一场飓风，将街上那曾经有过的桃树、要塞军营，还有战争的疮痍，都无情地席卷而去。

一个名字，却没有被刮走，她就是玛格丽特·米切尔，还有她曾经栖身，写出《飘》的那幢房子——桃树街979号。

它，成了这条街，乃至这座城市不可撼动的地标。

入眼的979号，是幢三层小楼，红砖白柱，朴拙中透出几分别致。尽管周遭有高楼掩映，但因三面临街，又有庭院做隔，显得一派疏朗。

这幢历经两次火劫的百年老宅已被修葺一新，辟为"玛格丽特故居博物馆"。

楼梯旁独有的一柄雕兽扶手，与整座建筑并不搭调，这是火灾后幸存的物件，为重现玛格丽特的生活情景，特意镶嵌在楼梯上。它古色古香，可以想见遭受燹火前小楼的典雅风格。据说，玛格丽特·米切尔非常欣赏它，每逢下楼取邮件时，总要摩挲再三，把玩良久。

这幢小楼，原是十户人家挤在一起的公寓。作为名门千金的玛格丽特，为什么不买独有的大宅，却偏要在这里蜗居，至今是个谜。

1925年，她搬来不久，小屋成为她与第二任丈夫约翰·马什新婚的爱巢，从此，他们在这儿度过八个春秋，这是玛格丽特一生中最为重要的岁月。

当我走进那"袖珍"的起居单元，心"咯噔"了一下子，不由得放轻了脚步。

环顾四围，尽管人已远去，却觉得一个不凡的灵魂仍在这里。

这个超小的居所，实在难以承载她巨大的名气。

我凝视着每一件什物，如同端详着婴儿的摇篮。就是在这儿，诞生了大名鼎鼎的南方女孩郝思嘉，倏忽间，依稀看到她提着裙子，跑下楼去，跑出橡树街，跑进塔拉庄园，跑向"十二橡树"……身后，留下桀骜、浪漫、悲情与少女的馨香。

她的故事，如此的迷人，通过小说和电影，竟穿越时空，风靡了全世界，痴迷之众甚至可与《圣经》的膜拜者比肩。

　　流淌出玛格丽特心曲的打字机，静静地放在窗前的小几上，一旁的纸笺上写着："在我虚弱的时候，写了一本书。"

费雯·丽饰演的郝思嘉

　　是的，这是玛格丽特的心声。

　　这个在南北战争后出生的名门淑女，一生却笼罩在战争的魔影下。

　　家人耳闻目睹的战争故事，自小深入她的灵魂，像酒曲一样不断发酵，最后麻醉了她，令其不能自拔；从老兵那里学会的马术，教她神勇无畏，狂放不羁，以至多次摔于马下，落下伤痛之根。

　　1926 年，马伤复发，疼痛令她举步艰难，不得不终结报社的记者生涯。无奈之中，她离开热闹的社交圈和纵歌劲舞的朋友，蜷缩在桃树街的小屋里，靠着阅读书籍打发日子，陷入身心俱"弱"的时刻。

　　丈夫约翰·马什为给她的苦闷找个出口，便鼓励她写本书，于是，她开始了十年磨一剑的辛劳岁月。

　　约翰·马什为辅佐她，最后瘫痪在床。

　　那场留下 67 万具尸体和 20 万寡妇的战争，成其小说的背景，但她将血腥和残酷都隐藏在了幕后。她笔端出现的是风情万种的花鲜少女郝思嘉，实则是她自己，缠绵于情场之中的搏斗和战争带来的种种创伤。那战死沙场、曾令她痛不欲生的初恋情人克利福特·亨利少尉，化作了书中的卫希礼；而给她带来噩梦的第一任丈夫，竟成为白瑞德的某些影子。当然，她做记者时所采访的一些人物和在桃树街上结识的牧师等也都为她的人物提供了滋养。

人们迷恋郝思嘉，当然有明星费雯·丽与克拉克·盖博在银幕上的演绎因素。但说到底，还是主人公对爱情的那份执着和不懈追求，以及对来日的憧憬和向往，震撼人们的心庭。玛格丽特感伤"随风飘去"，但她借用郝思嘉之口说出不朽名言"明天又是新的一天"。

南北战争结束了奴隶制，乃正道沧桑，理应歌赞。但是，玛格丽特·米切尔，在字里行间，却对奴隶制带着恋恋不舍，甚至向奴隶主大撒鲜花，向着本该埋葬的黑暗制度唱着挽歌，这是令人遗憾的。

作者在桃树街 979 号庭院

然而，博物馆的讲解员却告诉我，书外的玛格丽特对黑人很友好，曾资助过贫困黑人家的孩子。她与黑人领袖马丁·路德金的律师父亲，还是要好的朋友。事情竟是如此的吊诡。

当我离开桃树街 979 号的时候，突然脑际跳出"宿命"二字。

玛格丽特·米切尔 1900 年 11 月 8 日出生于桃树街 10 号，在 979 号完成了她一生唯一的杰作，作品中屡屡出现的便是桃树街的景象。1949 年 8 月 16 日，也是在桃树街上，就在离 979 号不远处，作家遭遇酒驾，而香消玉殒。

桃树街成为玛格丽特·米切尔一生的宿命。

（载 2017 年 7 月《天津日报》"满庭芳"副刊）

因了一个人，
迷上一片海

因了一个人，恋上一座岛；

因了一个人，迷上一片海。

此话不谬。

若不是因为仰慕大文豪海明威的名气，远离美国大陆的基韦斯特岂能有如此热络的景象。瞧，一年四季，香客接云天，游轮竞往来，全世界的游人趋之若鹜。当然，美国本土的人，大多还是喜欢自驾，取道迈阿密，沿着碧波中的一号公路，跃过42架海桥，直抵它的尽头来访这爿珊瑚小城。乘汽车，走海路，尽可享受云海变幻，浪艳波娇的奇景，一睹由32座小岛组成的海中驿站，领略那鱼跃翠海，鸟翔碧空的童话般仙境，实乃人生一醉。

我有跨海遨游的体味，美不胜收，至今还萦绕在梦里。这一次，是搭乘前往墨西哥的游轮过境而来。

"胜利之吻"雕塑

出了码头，就让人眼前一亮，两年前矗立在街头的地标建筑，那高高的，十分惹眼的双人舞雕塑，已无影无踪，代之以神采飞扬的"胜利之吻"。周遭的"裸舞"等雕塑，亦焕然一新。基韦斯特小城真是善解人意，她不似一些地方，僵守田园，而是不断地改变着街景建筑，叫你惊叹不已。

不曾改变的，是那些有着海明威故事的建筑，它们跳荡着岁月深处的脉动，依然沐浴着大西洋的爽风和墨西哥湾的灿灿红阳。

站在白头街，远远地便可望见那有近200年历史的基韦斯特灯塔，掩映着凤凰木和老榕树，矗立在苍穹下。

走到近前，椰风拂耳，依稀传来当年海明威与看塔人促膝攀谈的朗朗笑声；

晒笑他深夜醉酒，凭借灯塔之光摸到家门的逸闻；嬉笑他在"邋遢乔"酒吧邂逅斯坦利·德克斯特船长，获赠六趾猫的趣事……

百年老店"邋遢乔"酒吧，就在灯塔的临街。不张扬的门脸和火爆的厅堂，古风犹存。品尝海明威最钟爱的"邋遢乔"酸香汉堡，喝一杯苦中带辣的"老爷子"酒，已成人们爱屋及乌的时尚雅好。海明威的照片、他荣膺的诺贝尔文学奖牌仿品、捕获的蓝鳍金枪鱼模型，布满酒吧的各个角落，"老海"的气息就在人们中间。

酒吧，之于海明威的一生和文学生涯有着非同寻常的意义。这是他了解世态人情，观察各色人等，结交五行八作朋友，构成笔下人物血肉不可或缺的场所。在"邋遢乔"酒吧，"老海"有过一场刻骨铭心的艳遇。他撷取了美丽而富才情的战地记者玛莎·盖尔霍恩的芳心，使其做了他的第三任新娘。

1941 年，伉俪二人远赴重庆，报道我国的抗日战争，写下一段中美友谊的佳话。

作者在基韦斯特街头

灯塔对面，那幢石木结构的两层白色小楼，便是海明威的故居。繁花似锦，庭院深深。这是"老海"与他的第二任新娘宝琳·费孚共筑的爱巢。"老海"61 岁时，去了天堂，在此，他度过了生命中六分之一的重要时光，其力作《乞力马扎罗的雪》《丧钟为谁而鸣》《午后之死》《弗朗西斯·麦康伯短促的幸福生活》《获而一无所获》《非洲的青山》和《告发》等，都问世于在这座故居。"老海"有晨起操笔的习惯，且爱站着敲字，一敲，便是连续五六个小时。所以，当人们走进他的书房，怎能不向那台曾感受过"老海"手温的打字机，投去亲切而崇敬的目光。

"老海"以写硬汉闻名天下，而他自己就是参加过两次世界大战的骁勇战士。反对法西斯，追求真相，揭其罪恶。为此，流过血，负过伤，多次与死神擦肩而过。住在基韦斯特时，他于 1937 年奔赴欧洲前线，报道西班牙内战，揭露法西斯的丑恶面目。

其间，他来到建于悬崖之上的传奇小城龙达。这个西班牙斗牛的发祥地，激发了他无限的灵感。他与著名的斗牛明星安东尼奥·奥德涅斯结为亲密的朋友。在古老的斗牛场里，他呷着咖啡，流连忘返，其灵魂深处的斗牛渴望得到充分的张扬。于是，诞生了他的名篇《午后之死》，此乃对"死亡芭蕾"的讴歌，系生当勇者，不畏死亡的礼赞。在《没有被斗败的人》和《危险的夏天》等篇什里，也都有缠缠绵绵的斗牛笔墨。

龙达，对于"老海"的创作思想有着至关重要的影响，倘若没有龙达之旅，也许就没有"老海"作品中与死神共舞的硬汉精神，也许就没有后来的《老人与海》，其实，他的主人公桑迪亚哥也是一位斗牛士，只不过那斗牛场是风诡浪谲的大海而已。

就在"老海"去西班牙期间，深爱着他的宝琳·费孚用一笔不菲的积蓄，在故居庭院，修造了一座豪华的游泳池，期冀以安逸拴住夫君那颗不安分的心。然而，弄巧成拙，这不仅没有赢得"老海"的欢心，相反受到嘲讽，引起他的反感。最后，"老海"这个倔强的、骨子里的斗牛士，绝尘而去。

他逃到了距离基韦斯特 90 英里的古巴，一住便是 20 个春秋，在那儿完成了他的扛鼎之作《老人与海》。然而，宝琳·费孚并没有离开这座故居，她依然还睡在与"老海"共枕过的大床上。那床头的靠板，原是一扇西班牙古老修道院的门板。有人玩笑，说这块门板给宝琳·费孚的婚姻带来了厄运，让她的晚年，走进修道院般的日子。她却不以为然，依旧恋着"老海"，精心饲养"老海"留下的数十只六趾猫咪，直到 1951 年离开人世。

"老海"这个人生斗牛士，却遇上了具有斗牛精神的第三任妻子玛莎·盖尔霍恩。玛莎并非等闲女流，她在与"老海"的耳濡目染中，提高了自己的写作技巧，以至于后来成了名作家，这让"老海"心生妒意。更让"老海"难以释怀的是玛莎作为战地记者呈现的那种非凡作为，让"老海"的斗牛精神受到了挑战。"老海"愤怒了，甚至把谩骂变成了俗鄙的诗行，而玛莎也不示弱，竟把"老海"的豪车给撞了，将他喜爱的猫咪给阉割了。最后，她愤而出走，抛弃了他们在古巴的爱巢。这场家庭决斗，"老海"完败。玛莎是坚定的反法西斯战士，她任战地记者走过半个世纪的岁月，在西班牙内战、芬兰战争、第二次世界大战、我国的抗日战争、越南战争等八次著名战争中，都留下了她骁勇的身影和犀利的作品。新闻界以她的名字设立了新闻奖。

"老海"毕竟是个人生斗牛士，任凭厄运和逆境袭来，他始终没有被斗倒，依然顽强地写作；依然与猛狮莽象斗勇、与大鱼斗法；依然我行我素，演绎着他的人生传奇。

后来，他带着第四任新娘玛丽·威尔逊多次回到基韦斯特老宅，并在这里过夜。是恋着"邋遢乔"的美味，还是"老爷子"酒的醇香；是不舍六趾猫的子子孙孙，还是想多看一眼满街觅食的野生基韦斯特鸡；抑或惦着故园里的那些书籍，还是毕加索赠予他的猫咪画盘；是回味一起去乞力马扎罗狩猎的老友，还是念着故居泳池那一泓碧水？

答案只有天堂里的"老海"知道。

这是他留给世人的不解之谜。

（载 2017 年 10 月《天津日报》"满庭芳"副刊）

绿色山庄的赛珍珠

费城西北郊的绿山农庄，禾青木翠，似乎那风都是绿的。

头上，突然响起鸟鸣，只见一大群知更鸟儿，遮天蔽日，呼啸着，向赛珍珠的故居上空飞去，成了我们的向导。

故居，坐落在山庄中间。它彩岩砌壁，门高窗阔，古朴中透着俊朗。高树繁花，如众星捧月般簇拥着它。

走进这幢两层别墅，楼上楼下，随处可见主人的心仪之物。客厅里，敬奉着莲眸宝相，大慈大悲的观世音瓷像；书架上展满字字珠玑，页页书香的三玄、四书、五经的典籍；柜橱里，挂着面料考究，图案可人的刺绣旗袍；墙壁上是几幅挥洒大千，泼墨乾坤的中国画；一副中国麻将牌，静静地码放在木台上，好似正等待着神机妙算，攻城夺池的高手……这一切，无不让你生发出春风秋雨，花开花落的遥想和叹息。

明亮宽敞的书房，彰显着女作家特有的书卷气。墙上，拓印的"先师孔子行教像"和《礼运大同篇》"大道之行也，天下为公，选贤与能，讲信修睦"的书作，赫然入目。

孔夫子是赛珍珠顶礼膜拜的圣人，她一生都痴迷于中国传统文化。这一像一书，表达着她对"孔老师"的深切了解、无限景仰与追随。

她曾说过："我一生到老，从童稚到少女到成年，都属于中国。"显然，这肺腑之言是深有根基的。

书柜里，竟藏有一部赛珍珠自己撰写的美食书。华夏的舌尖文化，借着她的生花妙笔，香气扑面而来。镇江的肴肉、西湖的醋鱼、阳澄湖大蟹、黄河鲤鱼汤……氤氲诱人。作者的流连回味，透着灵魂深处的那份情和恋。

我本知道，女主人于1973年81岁时，玉魂飞升，去了天国，可面对眼前这一宗宗物什，无不让人感受到她的气息，仿佛她仍在这山庄里生活着，仍在伏案劳作，耕耘着人生的花朵……

藏书室里，摆放着一张三屉书桌，殷殷的纹路还散发着古远的木香。这是赛珍珠不远数万里，漂洋过海，几经辗转，特意从南京运来的。就是在这张书桌上，她写出了不朽之作《大地》。正是因了这部著作，使她成为美国历史上，连获普利策和诺贝尔两项大奖的唯一女作家，数年无人可与之比肩。

赛珍珠生在美国，三个月大小，就来到中国，随着传教的父亲四处游浪，历经三十多年，与中国农民及其文化融合在一起。

她敬重土生土长的芸芸众生，在她眼里，"中国人生来就充满智慧，老练豁达，聪明无邪，就是与一位不识字的老农交谈，也能听到其明智、幽默的哲理"。她说："当我在我的国家找不到哲理时，就特别想念中国。我们的人民有观念、信念、偏见、想法，但缺乏哲理。也许这些哲理只属于几千年文明史的民族。"

她的眼光如此慧明，断言："大多数的平民，才是中国的生力、中国的光荣。"正是这种崇高的情怀，令其笔端别出机杼，独具风神，催生了中国农民的史诗"大地三部曲"等著作。

（上）影片《大地》剧照　　　　（下）影片《龙种》剧照

1937 年小说《大地》搬上银幕，曾因主演《歌舞大王齐格菲》而获得奥斯卡最佳女主角的露薏丝·蕾娜，出演王龙妻，再次荣膺奥斯卡最佳女主角桂冠。该片亦获得奥斯卡最佳影片的提名。

1944 年赛珍珠的另一部小说《龙种》搬上银幕，好莱坞巨星凯瑟琳·赫本出演女主角小玉，影片的主题曲就是我们后来的国歌《义勇军进行曲》。

这些电影进一步扩大了赛珍珠小说的影响。

正是这些作品，使全世界读者的目光，越过种族的藩篱，投射到黄河两岸，了解了像王龙一家那样的农民，了解了中国。

小说《大地》的原稿平平展展地放在书桌上。主人使用过的那台老式英文打字机，也静静地伏在原稿的旁边，如同驰骋疆场归来的猛士，在那里歇息。

赛珍珠一生创作了一百多部作品，这台打字机陪伴主人度过勤勉的文学岁月。它不仅为主人书写了"大地三部曲"，而且书写了英文版的《水浒传》《四海之内皆兄弟》和《异邦客》《战斗的天使》《东风西风》《群芳亭》《光明飞到中国》《女神的等待》等一部部锦绣文章，显然，它是有功之臣。

一些美国学者毫不讳言，美国的多位政治领袖和有识之士都是通过阅读赛珍珠的作品，才与中国人民结下良缘。而且，这种缘分之深，即便经过沧桑风雨世事变迁，仍不改初衷，可见赛珍珠的著作对于中美两国人民的友好起了多么重要的作用。曾为中美实现破冰之旅的尼克松总统十分赞赏赛珍珠，他有一句名言，称赛珍珠是"沟通东西方文明的人桥"。

此话并非溢美之词，赛珍珠堪称非凡的天使。

置身于她的故居，一种亲切之感油然而生。兀地想起曾数次来这座故居做客的明星王莹。王莹的夫君谢和赓告诉我，那是1942年，他和王莹受周恩来的委派，肩负着宣传我国人民抗日战争的使命，赴美留学和深造。赛珍珠像久别重逢的亲姐妹一样接待了王莹，她亲自下厨做了中国口味的红烧肉和清蒸鱼为她接风。

得知王莹是安徽芜湖人，她如见乡党，欣喜万分地说："我的家，曾在宿县，咱们是安徽老乡。我去过芜湖，在长江边上，很美很美的小城啊！"

她们沐浴着7月的阳光，坐在山庄的草地上，一面喝着王莹带来的"六安瓜片"，一面聊着家乡，聊着中国。王莹的悲惨身世、演戏、拍电影的经历，引起赛珍珠的极大兴致，特别是她远赴南洋、香港等地为抗日战争募捐的历险故事，更让她心生敬佩。她望着王莹那生动而坚毅的面庞，不禁暗暗赞叹："这是一位奇女子，一个了不起的中国人！为什么不将她写成一本书呢？"后来王莹出版的《宝姑》便源于她的鼓励和帮助。

按照美国人的习惯，除了极为亲近的人，是不留家里过夜的。然而，首次谋面，赛珍珠就盛情挽留王莹在山庄做客，一住便是十多天。后来，王莹、谢和赓夫妇成了她家的常客。而且，赛珍珠总是亲自开车，将他们由纽约接到绿山农庄来度假。

就是在这座故居里，王莹同赛珍珠一起翻译了《义勇军进行曲》《卢沟桥》《游击队之歌》《到敌人后方去》等抗战歌曲，同时翻译了街头剧《放下你的鞭子》和刘西林的《压迫》等话剧。赛珍珠极力推荐王莹这位中国的"海伦赫斯"到白宫演出。演出当天，她一身盛装，亲自为王莹报幕。王莹用流利的英语表演街头剧和抗战歌曲，获得圆满成功，观看演出的罗斯福总统由于下肢瘫痪坐在轮椅上，不便上台，特意让他的夫人代表他与王莹合影，表示对王莹的祝贺之情。由此，王莹在美国朝野获得颇大的声望和影响，对于她的赴美使命起到了推动作用。

那年夏天，赛珍珠请王莹来山庄消暑，聊起当时中国的文坛，她问："在当下，有世界意义的中国作家，您以为应该有哪几位？"王莹应道："如果可以打比方的话，老舍应是狄更斯；巴金可为托尔斯泰；鲁迅堪比高尔基；郭沫若则是惠特曼；茅盾称得上是巴尔扎克。"赛珍珠笑道："哎呀，我也是这样想啊！"后来，赛珍珠在她和丈夫拥有的《亚洲》杂志上，把老舍、鲁迅、郭沫若、茅盾、丁玲、萧红等一批有声望作家的作品相继译出，予以刊登，介绍给美国的读者。

1946 年，老舍赴美讲学，也成了绿山农庄的常客，多次在此小住。清晨，他常与赛珍珠一起打太极拳，然后，喝咖啡，用早点。老舍在美旅居 4 年，得到赛珍珠的多方帮助，作品接连在美出版，数量居中国作家之首。而当时在美闹得风生水起的林语堂，也是借助赛珍珠的力量才成为全美畅销书的新锐，没有赛珍珠的策划，也许就没有他的扛鼎之作《吾国吾民》；没有赛珍珠的周全安排，也许就不会有他的彼岸之旅，更遑论声名了。

1934 年，赛珍珠离开安徽宿县，回美定居后，无时不在思念着中国，念记着中国的朋友。她时常望着墙上的《礼运·大同篇》出神，那是王莹送给她的礼物，是她请夫君谢和赓的令尊书法家谢顺慈所写的书作。

当她获悉尼克松总统即将访华的喜讯后，兴奋得夜不能寐，祈盼再次回到魂牵梦萦的中国。然而，她的申请遭到了回绝。面对《礼运·大同篇》，她不禁潸然泪下。

就在那之后，她病倒了，不久便乘鹤而去。行前，她再三叮嘱，要将她的墓碑朝向东方，朝向她一生痴爱的中国。

她的墓地，就在绿山农庄故居的后面。

我看见几竿修竹，几蓬疏花陪伴着她。

墓身只有三个大字：赛珍珠。

不是英文，而是主人生前的亲笔——中国的篆书。

（载 2021 年 11 月《中华读书报》）

后 记

岁月之风，吹过春华秋实。但是，从未吹逝感恩之情。

吾与吉林人民出版社结缘之树，至今，可数出五十多道年轮矣！

20世纪70年代初，吾创作的小话剧《一人难称百人心》与合作的戏剧集《铁树开花》等小册子由吉林人民出版社出版。这些军旅生涯的试笔之作，便是结缘的开始。

"四人帮"覆灭后，吾之诗歌又被社里编入合集行世，让这缘分绵延开来。

那时，坐落在斯大林大街（今人民大街）上的出版社编辑室、重庆路新华书店楼上编辑们蜗居的筒子楼宿舍，是我经常拜访的地方。我结识了郭大森、王珏、文牧、吴玉璞等一位位文字编辑和美术编辑，其音容笑貌，仍若咫尺之间。他们的淳朴、谦逊、诲人不倦和才情，都让人难以忘记。在与这些良师益友的交往中，受到颇多的教益；特别是那甘做人梯、燃烧自己、奉献他人、不计名利的品德让我体味到世间的美好。其中，郭大森和王珏二位热情邀请我为他们写连环画脚本，于是从《居里夫人》和《公主与王后》写起，一发而不可收，竟有《安徒生》《送瓜记》《大闹天宫》《大渡河之战》等数十本连环画问世。它们的印数十分惊人，我为亿万小读者提供了精神食粮；同时，也为我写电影剧本熟悉镜头的画面感，大有裨益。

吉林人民出版社与作者的关系十分密切，常常举办见面和奖励活动，还记得在一次活动中，我荣获优秀作者的美誉，还得到一套多本的安徒生童话集的奖品。这是一段难以忘记的暖心记忆。

进入21世纪，在由京回长的卧铺车厢里，邂逅那时的第二编辑室主任张立华先生，他得知我有一部写大明星陈强先生的传记，第二天大清早，就追到我在湖西路的长影科技股份有限公司影视策划部办公室，说一定要拜读拜读书稿。他热情有加，岂能碍了人家的面子。哪承想，北京出版社和辽宁人民出版社的编辑朋友争要的书稿，就这样被他捷足先登了。于是，《大明星陈强传》和《大导演汤晓丹传》作为吾主编的"大艺术家传记丛书"之两种，很快即由吉林人民出版社推出。

丛书行世后，吾收到不少读者褒扬的来信，在电影界反映也相当强烈。全国多家有影响的媒体纷纷报道出版消息。传主汤晓丹大师称我"做了件大好事"；而《大明星陈强传》引发了我创作"电影红都三部曲"的欲望，如果没有它，也许就没有后来将《红都影帅》和《苏里传》组合成"三部曲"的创意联想。最后，它们成为我的传记文学代表作。

2016年，吉林人民出版社出版吾《红都星光》一书，结识了陆雨女士，她细致、敬业，一丝不苟的精神，给人留下难忘的印象。

今年，当我把拙稿《献给艾青的红玫瑰——曹积三随笔录》电邮给她，她随即打来电话，问及有关情况，并雷厉风行地审阅书稿，申报选题。那爽利的办事风格和对作者的热情、真诚，让人感动。

《献给艾青的红玫瑰——曹积三随笔录》即将付梓，喜见吾与吉林人民出版社的结缘之树又添新枝，让人何等之欣喜。谨向吉林人民出版社领导致以深深的敬意！

曹积三

2022年10月于大西洋畔